산속의 가을 저녁 山居秋暝

빈 산, 새로 내린 비 막 갠 뒤
날 저물자 가을이 깊어졌다
밝은 달 소나무 사이로 비치고
맑은 샘물은 돌 위로 흐른다
대나무 숲 시끄럽게 빨래 하는 아낙네들 돌아가고
연꽃 요동치게 고깃배가 내려가네
봄날의 향기로운 꽃 없어진들 어떠리
은자만 절로 머물만 한 것을

空山新雨後 天氣晩來秋 明月松間照 清泉石上流
竹喧歸浣女 蓮動下漁舟 隨意春芳歇 王孫自可留

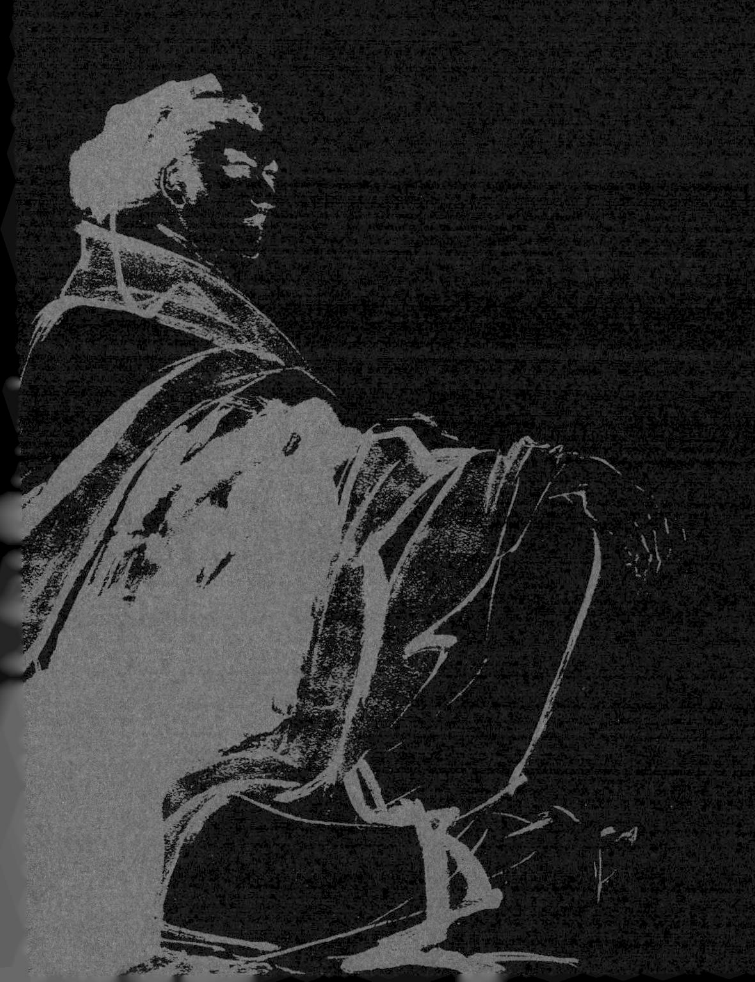

劍仙之路
검선지로
Fantastic Oriental Heroes

검선지로 3

사우 新무협 판타지소설

초판 1쇄 찍은 날 § 2005년 9월 13일
초판 1쇄 펴낸 날 § 2005년 9월 23일

지은이 § 사우
펴낸이 § 서경석

편집장 § 문혜영
편집책임 § 서지현
편집 § 장상수 · 최하나

펴낸곳 § 도서출판 청어람
등록번호 § 제1081-1-89호
등록일자 § 1999. 5. 31
어람번호 § 제2-0698호

주소 § 경기도 부천시 원미구 심곡1동 350-1 남성B/D 3F (우) 420-011
전화 § 032-656-4452 팩스 § 032-656-4453
http://www.chungeoram.com
E-mail § eoram99@chollian.net

ISBN 89-5831-684-5 04810
ISBN 89-5831-681-0 (SET)

사우 新무협 판타지 소설

검선지로

Fantastic Oriental Heroes

3

劍仙之路

신검재림(神劍再臨)

도서출판

목차

第19章

어둠은 짙어져 가고

제19장

바람이 불었다.

우울한 바람이었다. 바람에는 피 냄새가 묻어 나왔다. 그렇게 혈향(血香)이 깃든 바람은 곤명을 감싸고 있었다.

묘독문 곤명 분타는 곤명에서 조금 떨어진 청택호(淸澤湖) 근처에 위치해 있다. 본시 경치가 수려하기로 유명했던 묘독문 분타는 이제 잿빛 물결만이 넘실거렸다.

이른 새벽.

부상자들은 짐을 꾸렸다.

진영의 분위기는 침울했다. 이제껏 함께 싸우며 목숨을 지켜주었던 동료들이 그렇게 하나둘 떠나가고 있는 것이다.

사천으로 복귀하는 인원은 팔십여 명이었다.

천원세가의 합류로 인해 전력에 여유가 생기자 애초 생각했던 것보다 더 많은 인원을 부상자로 분류해 복귀시켰다.

부상자들 중 대다수가 팽가와 천독문 무인들이었다. 전력의 핵심이 되는 두 문파의 주력이 크게 손상되었다. 물론 가장 큰 피해를 입은 것은 당문의 전위대였지만 그들 중 부상자는 찾아볼 수 없었다. 부대주 한 명을 위시하여 세 개의 조가 전멸을 당했다. 그것이 전위대원들 중 부상자가 없는 이유였다.

전위대 무인들은 그들의 넋을 위로하기 위해 팔목에 검은띠를 둘렀다. 당문 이백 년 전통이라는 자의무복을 벗을 수 없기에 대신한 조치였다.

"싸우게 해주십시오."

해가 이제 막 솟아오려 하는 무렵, 유이명은 당문표가 머무르는 막사를 찾았다.

"허허……."

당문표는 조용히 너털웃음을 흘렸다.

전신의 절반을 붕대로 동여맨 모습. 힘들다는 것을 알면서도 어렵사리 말을 꺼내는 것이리라. 그만큼 유이명의 심정이 안타깝다는 뜻이기도 했다.

"억울한가?"

"……."

"무엇이 이리도 자네를 조급하게 만들었나? 자네는 당문이 자랑하는 전위대주가 아니던가?"

당문표는 진지한 표정으로 유이명을 바라보았다.

"짐이 될 뿐이네. 전위대에게나 자네 사형에게나."

"저는……."

유이명은 더 이상 말을 잇지 못했다.

당문표의 말이 비수가 되어 그의 마음을 파고들었다. 당문표의 말처럼 부상당한 몸으로 운남행에 계속 참여하는 것은 그뿐만 아니라 주위 사람들에게도 위험을 자초하는 일이 될 것이다.

"마곡이 준동했네. 그 말에 담긴 뜻을 알고 있는가?"

"……."

"싸움은 이번 한 번으로 끝나지 않을 걸세. 돌아가서 몸을 추스르게. 곧 중원에도 혈풍이 몰아칠 것이니."

"그리하겠습니다."

긴 한숨을 쉰 유이명이 신형을 돌렸다.

잘못된 판단으로 수하 서른 명을 잃었다.

천독문의 농간이 있었다고는 하지만 분명 유이명에게도 그 책임은 있었다. 그 책임이 유이명의 마음에 짐이 된 것이리라.

"바람이 불려는가……."

당문표는 막사 밖에서 쓸쓸히 걸어가는 유이명의 뒷모습을 바라보았다.

"천독문… 좋지 않은 시기인데 한팔을 잃었군."

휘이잉…….

돌연 서북녘에서 한차례 바람이 불었다. 곧 다가올 무더위를 알리기라도 하듯 지독히도 건조한 바람이었다.

"사형……."

유이명은 연운비만 이곳에 홀로 남겨두고 간다는 것이 못내 마음에 걸리는 듯 발걸음을 떼지 못했다.

"내 걱정은 하지 말아라. 그보다 가는 길에 별일없어야 할 터인데……."

"이만한 인원이면 아무리 부상병들이라고 해도 적들이 감히 습격하지 못할 것입니다."

"그랬으면 좋겠다."

연운비는 안심이 되지 않는 눈빛으로 유이명을 바라보았다.

물론 복귀하는 인원이 모두 부상자인 것은 아니었다. 혹시라도 모를 기습에 대비해 십팔도궁의 도객 십여 명이 호위를 맡았다. 엄밀히 따지면 그들도 부상자였지만, 상처가 난 정도가 미비한 경상에 불과했기에 운신의 폭이 넓었다.

"사형, 운남에서의 일이 끝나면……."

"그래, 가능한 들르도록 하겠다."

"못난 사제가 사형께 심려만 끼쳐 드리는군요."

"그게 무슨 소리냐? 네가 있지 않았다면 어찌 지금의 내가 있었겠느냐. 하늘이 우리의 인연을 맺게 했으니 지금껏 단 한 번도 너를 남이라 생각해 본 적이 없다."

"사형……."

유이명은 가슴속에서 뜨거운 그 무엇이 치밀어 오르는 것을 느낄 수 있었다.

"아무 생각 말고 무사히 돌아가 몸을 추스르거라. 웃는 낯으로 다시 보자꾸나."

"막내 사제 이명이 대사형의 무운을 빌겠습니다."

전신의 반을 붕대로 감다시피 한 유이명이 고통을 참으며 절을 하였다.

"녀석."

아픈 몸이라는 것을 알고 있었지만, 차마 거절을 하지 못했다. 상처보다 더욱 깊게 전해오는 것은 따스한 마음이었다.

"부디 보중하십시오."

"곧 다시 만나게 될 것이다."

연운비가 담담한 표정으로 떠나는 유이명을 배웅했다.

유이명은 미련이 남는지 몇 번이고 뒤를 돌아보았다. 그렇게 신형이 하나의 점으로 보일 때까지 사형제는 서로에게서 시선을 거두지 못했다.

"떠났구먼."

당문의 노가주 암왕 당문표가 나지막한 목소리로 입을 열었다.

"너무 걱정하지 말게, 큰 위험을 없을 테니. 자, 우리도 이만 가보아야 하지 않겠나?"

"조금만 더 이곳에 있어도 되겠는지요?"

"허허, 미련을 너무 두는 것도 좋지 않다네."

"어르신, 인연이라는 것은 무엇입니까?"

연운비가 천천히 신형을 돌리며 물었다.

"글쎄… 하늘이 정해주기도 하고, 때로는 사람이 만들어가는 것이기도 하겠지."

"저는……."

"이만 가세. 때로는 아무 생각 없이 걷는 것이 사람의 마음을 편하게 해줄 때도 있다네."

"알겠습니다."

연운비는 깊은 숨을 들이쉬며 걸음을 옮겼다.

중군이 곤명을 떠나는 것과 동시에 연운비는 당문표와 함께 길을 달리하여 초웅(楚雄)으로 향했다.

초웅까지는 무척이나 먼 길이었다. 운남의 지형상 관도로 달리지 않는다면 말을 이용할 수 없었기에 이동할 수 있는 수단은 도보뿐이었다.

그렇다고 대놓고 관도를 이용하기에는 적들의 이목이 신경 쓰이지 않을 수 없었다.

다름 아닌 오왕 중 일인인 암왕 당문표였다. 그가 이렇듯 홀로 이동하는 것이 적들의 이목에 포착된다면 묘독문에서는 그 어떤 희생을 무릅쓰고라도 제거하려 들 터였다.

"헛……."

연운비는 발을 헛디디는 것과 동시에 비탈길 아래로 미끄러져 내렸다.

후드드득…….

비탈길이라고는 하지만 족히 수십여 장은 되는 험난한 지형이다. 실제로 다소 완만하다는 것을 빼면 절벽이라고 해도 과언이 아닌 높이였다.

펑! 퍼펑!

연운비는 몸을 허공으로 띄우며 급히 손을 휘둘렀다.

검법을 주로 익혔다고는 하지만 그렇다고 해서 다른 무공을 전혀 익히지 않은 것은 아니다.

상청인(上淸印).

금룡십팔해(擒龍十八解)와 태청산수(太淸散手)와는 또 다른 의미에서 곤륜의 일대 절학.

대여섯 번의 장력이 비탈길을 후려치는 것과 동시에 연운비의 신형이 위로 날아올랐다.

"후우……."

평지로 올라선 연운비는 안도의 한숨을 내쉬었다.

조금만 잘못했더라도 큰 부상을 면치 못했을 일이다. 아니, 실제로 공력이 받쳐 주지 않았다면 이렇게 무사히 비탈길 위로 올라서지도 못했을 것이다.

"괜찮은가?"

앞서 가고 있던 당문표가 되돌아와 걱정이 되는 눈초리로 연운비를 바라보았다.

"괜찮습니다. 그건 그렇고 저 때문에……."

연운비는 고개를 들지 못했다.

어느덧 중군과 헤어진 지도 나흘이라는 시간이 흘렀건만 목표했던 거리의 절반을 조금 더 갔을 뿐이다. 관도를 이용하지 않은 이유도 있었지만 연운비의 느린 신법이 발목을 붙잡고 있었다.

물론 그렇다고 해서 연운비의 신법이 형편없다는 뜻은 아니다. 웬만한 일류고수에 비한다면 분명 나은 것이 사실이지만, 연운비의 무공 수준에 비한다면 기대 이하였다.

운룡대팔식(雲龍大八式).

곤륜의 명성을 천하에 떨친 천고의 신법.

오대검파로서 한 자리를 차지하기 전에 이미 곤륜의 무공은 세상에 널리 알려져 있었다.

칠백 년 전 천학(天鶴) 도인의 발끝에서 펼쳐진 대붕(大鵬)의 숨결은 아직까지도 회자되고 있는 전설의 한 자락이었다.

개인적인 차이는 있겠지만 그럼에도 연운비의 경공이 느린 것은 곤륜을 떠나온 후 상대적으로 다른 무공보다는 상청무상검도에 치중했기에 일어난 일이었다. 오히려 운룡대팔식보다는 상청인의 성취가 더 나은 실정이었다.

그로 인해 당문표도 어쩔 수 없이 적지 않은 위험을 무릅쓰고 유사하를 먼저 보내 시간이 지체될 것이라 전서를 보냈다.

"이해할 수가 없구먼."

당문표는 안타까운 표정을 금치 못하며 탄식을 흘렸다.

적어도 일주일 안에는 권왕 일행과 조우하리라 생각했다. 하지만 이대로라면 열흘은 족히 걸릴 터였다.

얼마 전 지나쳤던 삼살 호리파와 낭인대 무인들도 지금쯤이면 중군과 합류했을 것이리라.

물론 연운비의 무공 수준을 생각해 다소 늦게 출발한 것도 사실이었지만, 그래도 이 정도까지 차이가 날 줄은 몰랐다.

"죄송합니다."

"아닐세. 오히려 물어보았어야 하는데 그러지 못한 내가 잘못이지."

당문표는 고개를 저었다.

"지금부터는 내 뒤를 따라오도록 하게."

"어르신?"

연운비가 영문을 모르겠다는 표정으로 반문했다.

지형이 워낙 험준하다 보니 지금껏 경공이 빠른 당문표가 앞장을 섰다.

한데 이제 와서 앞서겠다니 무슨 뜻이란 말인가?

"발을 보게. 그리고 호흡을 느끼게. 당문에 법도가 있어 도움을 줄 순 없지만 그래도 길은 하나일지니……."

당문표는 연운비의 어깨를 한차례 두드린 후 앞서 나갔다.

땅을 박참에도 어떤 소리도 들리지 않았다.

한참을 멍하니 그 모습을 주시하던 연운비가 급히 경공을 펼쳐 그 뒤를 따랐다.

팍! 파파팍!

연운비는 전신의 내력을 끌어올렸다.

그렇게 하지 않고서는 도저히 당문표를 따라갈 수 없었다.

암기술뿐만 아니라 신법에 있어서도 최고의 자리에 올라선 무인, 그것이 바로 암왕 당문표였다.

"훅, 후욱……."

연운비의 호흡이 빠르게 거칠어졌다.

내력의 소모가 극심한 까닭이다.

짧은 거리라면 몰라도 이렇듯 긴 거리에서 극성으로 내공을 펼치는 것은 오히려 달리지 않느니만 못한 결과를 가져왔다.

'대체 무엇 때문에…….'

연운비는 무엇 때문에 당문표가 이렇듯 질주하는지 이해할 수 없었다.

'호흡이라…….'

이미 지난 이틀 동안 뒤에서 당문표의 모습을 주시하고 있었기에 발의 움직임에 대해서는 훤히 알고 있었다.

한 발을 축으로 다른 발이 뻗어나갔다.

흔히 경공의 고수들이 초상비(草上飛)을 펼치기 위해 사용하는 신법이다. 평지에서 가장 빠른 속도를 낼 수 있는 방법이기도 하였다.

'무엇을 보라는 것일까?'

연운비 역시 자신이 내공에 비해 경공 수준이 크게 떨어진다는 것을 알고 있었다.

물론 내공이 경공의 속도를 크게 좌우하는 것은 아니었지만, 그렇다고 해도 영향이 있는 것도 분명한 사실이었다. 그 예로 신법으로 명성을 떨친 무인들 중 내공이 크게 떨어지는 사람은 흔치 않았다.

'놓친 것이 있다. 그것을 안다면…….'

연운비는 정신을 집중했다.

특이한 것은 없었다.

사실 특이하다면 그것이 이상한 일이라 할 수 있었다. 비록 익히지는 못했다지만, 그 원리나 무학상의 이론에 있어서는 이미 운산 도인에게서 전수를 받은 상황이었다.

"무엇을 보고 있는가!"

그 순간 당문표의 입에서 사자후가 터져 나왔다.

"지금 자네 앞에 있는 것은 운산 도인이 아니라 나, 당문표일세."

화악!

그 순간 연운비의 시야가 환하게 밝아졌다.

'나는…….'

연운비 본인도 느끼고 있었다, 이제는 운산 도인의 품을 벗어나야 한다는 사실을.

그 사실을 알고 있었음에도 그러지 못했다.

집착이라기보다 그것은 지난 십오 년이라는 시간의 의미이자 존재였다.

'스승님…….'

연운비는 생각했다. 과연 운산 도인이 지금의 자신의 모습을 본다면 좋아할 것인가?

'나는… 대사형이다.'

연운비는 정신을 집중하고 호흡을 다스렸다.

익힌 내공이 다르고 신법이 다른 이상 당문표를 아무리 따라 한다 한들 발전이 있을 리 없었다.

틀을 기억하되 형을 버려라.

배움이 있으면 발전이 있기 마련이니, 어느 순간부터 연운비의 신형이 부드럽게 뻗어나갔다.

속도에 차이는 없었지만 움직임에는 있었다.

흐름을 기억하되 그 자체를 기억하는 것이 아니라 그 느낌을 기억하는 것이다.

이원보(二元步).

흐름에 몸을 맡기자 바람이 그의 몸을 감쌌다.

느리면서도 느리지 않았고, 움직임이 없는 것 같으면서도 신형은 앞으로 나아갔다.

당문표처럼 한 발을 축으로 다른 발이 뻗어나가는 것은 아니었지만, 현재 연운비의 상태에 펼칠 수 있는 최고의 신법이었다.

한 줌의 내공으로도 천 리를 움직일 수 있는 신법.

그렇게 곤륜에 잠자고 있던 또 하나의 절학 운룡대팔식이 연운비의 몸에서 펼쳐졌다.

'허허… 대체 이 젊은 친구의 끝이 어딘지 보고 싶구나.'

당문표는 마음속으로 너털웃음을 흘렸다.

유이명을 얻었을 때만 하여도 마치 천하를 얻은 것만 같았다. 수십 년을 강호에서 주유하였지만 유이명만한 인재를 보지 못했다. 그랬기에 그가 찾아와 당비연과 결혼하고 싶다는 이야기를 꺼낼 때에도 대번에 승낙한 것이다.

'십산재인(十山在人)이라… 구파의 산을 쉽게 넘을 수 없다는 것인가?'

강호인이라면 누구나 구파일방을 입에 담는다. 어느 누구도 오대세가를 그 앞에 거론하지 않는다. 그것이 바로 전통이라는 그들만의 자존심이었다.

비록 당문이 사천의 패자로 인정받고 있다고는 하지만, 그것은 아미와 청성이 자중하고 있기에 가능한 일이지 실질적인 힘을 따진다면 처지는 것이 사실이었다.

'하지만 상관없다. 당금 천하를 주관하는 것은 구파일방이 아닌 구파일방과 오대세가이니.'

백 년 전, 팔황의 난이 일어나기 전만 해도 강호에 오대세가가 설자리는 존재하지 않았다. 그것이 구파일방이 지닌 힘이었고, 그들의 능력이었다.

하지만 지금 대세를 주관하는 것은 구파일방이 아닌 구파일방과 오대세가였다. 차후 시간이 더 흐른다면 언젠가 오대세가의 이름이 구파일방의 앞에 서리라.

팍! 파파팍!

당문표는 속도를 조금 올렸다. 연운비는 별 무리 없이 당문표의 뒤를 따랐다.

신법이란 것이 단순히 깨달음이 있었다고 해서 단시간에 느는 것은 아니었지만, 그것을 가능하게 만든 것이 바로 연운비의 심후한 내공이다.

'하루 정도는 단축하겠군.'

당문표는 차분히 뒤따라오는 연운비를 보고 입가에 미소를 머금었다.

속도를 더 올릴까 생각해 보지 않은 것은 아니었지만, 지금 이 속도가 가장 적당한 것 같았다. 굳이 서두를 필요가 없다는 것을 당문표 본인도 잘 알고 있었다.

대기(大器)란 그렇게 채워지는 것이다.

"늦었네."

"이야기는 들었네. 쯧. 한심한 놈 같으니라고. 그래, 고작 경공 하나 제대로 익히지 못했다는 것이냐?"

위지악은 시선을 돌려 연운비를 바라보았다.

"죄송합니다."

"한데 생각보다 빨리 도착했군."

"일이 좀 있었네."

당문표가 희미한 미소를 머금은 채 말했다.

"일이라……."

위지악은 묘한 표정으로 당문표를 바라보았다.

일이 있었다면 늦어졌으면 늦어졌지 빨라질 수는 없는 것이다. 위지악이 그 말에 담긴 의미를 이해하는 데에는 그리 오랜 시간이 걸리지 않았다.

"여전히 재미있는 녀석이로군."

"허허, 나도 그렇게 생각하네."

당문표가 한차례 너털웃음을 흘렸다.

"광마는 찾았는가?"

"아직 그 종적이 묘연하네. 상황을 보건대 조만간 그들과 합류할 듯싶더군."

"거리는 얼마나 떨어져 있는 것인가?"

"이틀? 그 이상은 아닐 듯싶네."

"그렇구먼. 하면 어서 출발하도록 하세나."

당문표가 한차례 소매를 휘저었다.

바람이 장내에 모여 있던 이들의 몸을 감쌌다. 일행은 그렇게 칠마가 향한 곳으로 몸을 날렸다.

"이곳에서 누군가와 합류하였습니다."

염후아가 걸음을 멈추었다.

그의 손에는 꺾여져 나간 나뭇가지와 땅에 떨어진 잎사귀들이 들려 있었다.

"난 도통 그게 그거 같구만, 대형은 구분도 잘하슈."

철탑쌍부 둥철악이 고개를 설레설레 내저었다.

도무지 이 길로 갔는지 의심이 들 정도로 흔적이라고는 조금도 남아 있지 않았다.

둥철악이 아는 칠마 중 추격에 정통하거나 그런 비슷한 류의 무공을 익힌 이는 없었다.

무림 공적으로 몰린 지 오 년.

지루한 도피 생활을 끝으로 칠마는 추살되거나 행방불명, 혹은 변황으로 쫓겨갔다. 염후아가 추격하면서도 어려움을 느낀 점이 이것이었다. 칠마는 이미 본능적으로 상대의 추격을 벗어나는 방법을 알고 있었다. 그것은 무공의 고하와는 상관이 없는 것이었다.

"누구로 짐작되나?"

위지악이 무표정한 얼굴로 물었다.

"무공 수준으로 평가하자면… 파악이 불가능합니다."

"불가능하다?"

"그렇습니다. 제 생각이지만 아마도……."

"광마란 이야기겠지."

위지악이 단언하듯이 말했다.

무공의 고하조차 판별이 가지 않을 정도라면 상대는 염후아보다 한참은 고수라는 의미였다. 그 정도의 무공을 가지고 있는 이가 천하에 흔할 리 없다.

묘독문에 고수가 많다 한들 실질적으로 독이 아닌 무공으로만 따진다면 고수는 흔치 않았다. 아직 그 모습을 드러내지 않고 있는 묘독문주나 가능하다 싶은 정도였다. 하지만 묘독문주가 이 자리에 있을 이유는 그 어디에도 없었다.

"어느 곳에 있다 합류했는지 알 수 있겠나?"

"정확한 측정을 불가능하지만, 흔적을 보면 북서 방향입니다. 대리(大理), 점창산(點蒼山) 부근으로 짐작됩니다."

"대형, 그곳은 좌군이 지나쳐 온 길이지 않소?"

"흠……."

위지악이 무거운 표정으로 고개를 끄덕였다.

광마(狂魔).

희대의 마인. 그의 이름 앞에는 오왕이라는 칭호도 내세울 것이 되지 못했다.

화산검성이라 불리는 청운 진인과 암왕 당문표의 합공조차 유유히 벗어난 무인이 바로 광마였다. 물론 창마 조풍령의 도움이 있었다고는 하지만, 수십 초의 합공에도 경상만을 입었다는 것은 그의 강함을 말해 주었다.

실질적인 무위를 따진다면 오히려 이패에 버금가는 것이 바로 광마라는 무인이었다.

"자네가 광마를 맡아야 할 듯싶네."

위지악은 한편에 서 있는 당문표를 바라보았다.

"그 정도였나?"

당문표가 놀라는 모습으로 반문했다.

누구보다 그 말에 담긴 의미를 잘 알고 있는 당문표로서는 놀랍지 않을 수 없는 일이었다. 암묵적이었지만 광마의 상대로는 위지악이 나서기로 되어 있었다.

오왕 중 가장 강하다는 평가를 받고 있는 위지악이었고, 그라면 광마를 상대로도 우위를 점할 수 있을 것이라 생각했다. 암왕 당문표의 무공 역시 약한 것은 아니었지만 위지악에 비한다면 반수 정도 처지는 것이 사실이었다.

그랬던 위지악이 스스로 창마의 상대를 자처하고 있었다. 그것은 창마 조풍령의 무공이 결코 광마의 아래가 아님을 뜻하고 있었다.

"강하더군. 지난 십 년이 그에게는 긴 시간이었던 듯싶네."

"창마라……."

"가능하겠나?"

"장담은 할 수 없네. 하지만 적어도 패하지는 않을 걸세."

당문표는 눈을 감았다.

십여 년 전 광마 부평악과 싸웠던 기억이 되살아났다. 비록 화산검성 청운 진인과 합공을 했다 하지만, 실질적으로 싸운 것은 청운 진인 혼자였다. 단지 당문표는 광마가 도망치지 못하도록 퇴로를 차단하고 있던 것뿐이었다.

당시 본 광마의 무위는 그렇게까지 강하지 않았다.

우위를 점한다고 장담은 하지 못해도 패배를 염두에 둘 정도는 아니었다.

"가세."

당문표가 눈을 떴다. 그의 전신에서는 투기가 흘러나왔다. 오랜만에 느껴보는 감정이었다.

* * *

중군이 곤명을 나서면서부터 시작된 지루한 싸움은 역문(易門)에 도착할 때까지 계속되었다.

묘독문에서는 소수의 병력만을 내보내 지리의 이점을 살린 기습만을 강행했다. 전면전이 벌어지지 않는다는 것은 그만큼 묘독문의 병력이 열세라는 것을 의미했다.

무엇보다 중군을 곤란하게 만든 것은 이름 모를 독충과 독물들의 습격, 그리고 운남의 기후였다.

운남의 더위는 가히 살인적이라 해도 과언이 아니었다.

한 모금의 물로 며칠을 버틴다는 무인들이었지만, 그것도 정도 나름이었지 이런 더위 앞에서는 의미가 없었다.

식수가 부족했다.

묘독문은 중군이 지나가는 모든 길에 독을 풀었다.

큰 강까지는 어쩌지 못했지만, 우물이나 지하수, 샘물에 지독한 독이 풀어졌다.

이름 모를 괴질도 중군의 발목을 잡는 데 한몫을 하였다. 평상시라면 걸리지 않을 병도 체력이 저하되자 여기저기 만연했고, 그로 인해 수십에 가까운 인원이 싸워보지도 못하고 죽거나 회군해야 했다.

"컥……!"

"함정이다!"

앞서 가던 천독문 무인 하나가 땅이 움푹 꺼지는 것과 동시에 그 안으로 빨려 들어갔다.

쐐쐐쐐쐑!

수십 발의 화살이 날아들었다. 근처에 있던 천독문 무인들은 급히 나무 뒤로 몸을 숨겼다.

퍽! 퍼퍼퍽!

강노(强弩)의 위력은 상상을 불허했다. 대다수는 나무 기둥을 통과하지 못했지만, 몇 발의 화산을 두께가 얇은 나무 기둥을 뚫고 몸에 박혔다.

"단도객들은 적을 진압해라!"

십팔도궁에서 천독문을 지원하기 위해 움직였다.

단도객들은 이런 산악전에서 그 진가를 발휘했다. 아무래도 도의 길이가 짧다 보니 협소한 곳에서도 도법을 펼치는 데 크게 지장을 받지 않았다.

묘독문 무인들은 단도객들이 쇄도하자 주저하지 않고 진영을 물리며 후퇴했다.

"젠장!"

급히 단도객들을 따라온 이길편이 욕설을 내뱉었다.

곤명에 들어선 이후 가장 많은 피해를 본 것은 천독문이었다.

독공이라는 것이 그렇다.

분명 단시간에 일정 성취에 오르고 자신보다 무공이 고강한 자도 상대할 수 있었지만, 이렇듯 기습이나 대규모 전투에서는 아무래도 취약한 것이 사실이었다.

그런 면에 있어서 독공보다는 집단 전투에 능한 전위대가 선봉을 맡는 것이 옳았지만 그 피해가 너무 커 그렇게 할 수 없었다. 결국 천독문은 자충수를 둔 것이나 마찬가지였다.

그렇다고 해서 다른 문파에서 선봉을 맡기에도 독공에 능하지 않다는 단점이 있었다.

"피해자는?"

"세 명입니다."

수하의 보고에 이길편은 이를 갈았다.

이런 식으로 잃은 수하가 벌써 열을 넘어섰다. 물론 도망치는 적들을 추격하여 입힌 피해도 만만치 않았지만, 문제는 아군 피해의 대부분이 천독문에서 나온다는 사실이었다.

"본 문의 피해가 너무 막심하오. 앞으로는 십팔도궁에서 선봉을 맡아 주시오."

"알았소이다."

사풍도 막표가 마지 못하는 표정으로 대답했다.

차라리 대규모 전면전이라면 몰라도 그로서도 이런 지지부진한 싸움에서 선봉을 맡고 싶은 생각은 없었다. 하지만 거절하기에는 천독문의 피해가 너무 막심했다.

더구나 천독문이 빠진다면 독공에 마땅한 대책이 없는 이상 진군하는 데에 시간이 지체될 수밖에 없었다.

"후욱."

단도객 하나가 목을 부여잡고 그 자리에서 쓰러졌다.

"독이다!"

"가까이 가지 말아라!"

막표는 급히 신법을 펼쳐 쓰러진 단도객의 뒷덜미를 잡아 뒤로 내던졌다.

"상세는 어떠냐?"

"큰 지장은 없을 듯합니다."

뒤따라오던 천독문도 하나가 급히 단약 하나를 복용시켰다.

그러자 전신에 빠르게 퍼지고 있던 붉은 반점들이 급속토록 사라졌다.

이렇듯 호흡으로 중독되는 독은 그 독기가 그다지 강하지 않았다. 하지만 그것도 잠시뿐일 때의 일이지 장기간 독에 노출된다면 목숨까지 위협을 받는다.

"운기조식에 들어가도록 해라."

"으윽… 알겠습니다."

정신을 차린 단도객이 신음성을 흘리며 가까스로 가부좌를 틀고 운기조식에 들어갔다.

독은 해소시켰지만 여전히 몸 안에 잔독은 남아 있었다.

"무슨 독인가?"

"지운독입니다. 땅에서 습기를 타고 올라오는 독이지요."

천독문도가 답했다.

"어느 정도까지 퍼져 있는 것 같나?"

"이곳으로부터 우측으로 삼십여 장은 뿌려져 있습니다."

"우회해야 하나?"

"아닙니다. 반 식경이면 충분히 없앨 수 있습니다."

천독문도는 품 안에서 푸른 자기병을 꺼내 독이 퍼져 있는 곳에 마개를 열었다.

치이이익…….

자욱한 안개가 퍼져 나가며 땅으로 파고들었다. 옅은 갈색을 띠고 있던 땅은 그 색이 진하게 변했다.

"항상 저런 식으로 땅의 색이 옅어지나?"

"아닙니다. 습기에 따라 다릅니다. 오히려 진해지는 경우도 있지요."

"허… 결국 색으로는 판별하기 힘들다는 이야기군."

막표가 눈썹을 찌푸렸다.

이런 곤혹스러운 진격은 처음이었다. 곳곳에 독이 풀려 있었고, 독의 종류도 가지각색이라 도무지 대처 방법이 없었다. 그나마 천독문도가 그때그때 해독을 시켜주었기에 망정이지 그렇지 않았다면 상당한 피해를 보았을 일이다.

"흐흐, 어떻소?"

진형이 멈추자, 뒤에 처져 있는 이길편이 슬그머니 다가왔다.

"좋지 않소."

"흐흐, 그래도 다행히 사상자는 없구려."

"마치 사상자가 있었다면 좋았다는 말투요?"

심기가 편치 못한 막표가 쏘아붙였다.

"흐흐, 그럴 리가 있겠소?"

"그보다 샘물에 있는 독은 어찌 되었소?"

"흐흐, 해독이 불가하오. 지독히도 많은 독을 풀어놓았소."
이길편이 고개를 저었다.
가장 시급한 것은 식수의 확보였다. 샘물은 말할 것도 없을뿐더러, 심지어 마을에 있는 우물에까지 독을 풀었다.
"현재 보유하고 있는 식수가 이틀치도 되지 않는다고 들었소만?"
"흐흐, 조금만 더 가면 작지만 급류가 센 강이 있소. 그때까지만 버티면 될 듯싶소."
"강이라……."
막표가 고개를 끄덕였다.
확실히 흐르는 물이라면 아무리 지독한 독이라도 씻겨 내려가지 않을 수 없었다.
"흐흐, 이만 가보겠소."
이길편이 신형을 돌려 본진으로 향했다.
"저도 이만."
십팔도궁의 진형에 남아 있던 천독문도도 동료와 교대를 하기 위해 이길편의 뒤를 따랐다.
"정말 마음에 들지 않는 자이군요."
육 척 장신에 체구만큼이나 커다란 도를 들고 있는 사내가 조용히 막표 앞으로 다가왔다.
이번 운남행에 비밀리에 참가한 십팔도궁의 소궁주 굉천도(轟天刀) 혁련후였다.
"소궁주."
"그만 아니었다면 당문의 정예가 그렇게 몰살당할 일도, 지금처럼 진격이 늦어질 이유도 없었습니다."
"확인되지 않은 일은 함부로 거론하는 것이 아닐세."

"이제부터는 제가 나서 보겠습니다."

"자중하게. 소궁주가 나선다면 저들 역시 이상한 낌새를 눈치챌 것일세."

"답답하군요."

혁련후는 구불구불한 지형을 바라보았다.

우거진 숲이나 늪은 없었지만, 지형 자체가 험준해 여기저기 깊은 골이 패어 있었다.

"곧 있으면 역문이네. 그곳만 도착하면 그 뒤로는 대로를 이용할 수 있네."

"벌서 십여 일 이상 늦어졌습니다."

"마땅한 수가 없지 않은가? 지금은 참고 견뎌야 할 시간이네."

막표가 가볍게 손을 저었다.

대여섯 명의 단도객이 조심스레 이동을 시작했다.

혁련후의 말처럼 그가 나선다면 확실히 진군 속도를 높일 수 있겠지만 아직은 혁련후의 존재를 밝힐 시기가 아니었다.

십팔도궁에서 준비한 하나의 패가 바로 혁련후였다.

이제 이립의 나이에 불과했지만, 도왕 혁련무극과 삼태상을 제외하곤 적수가 없다는 혁련후였다. 아니, 삼태상조차 혁련후에게는 필승을 자신하지 못했다.

"후우……."

혁련후는 조심스레 이동해 가는 단도객들을 바라보았다.

그들의 등 뒤로는 짙은 어둠이 깔리고 있었다. 어느덧 해가 지고 있는 것이다.

*　　*　　*

추격을 시작한 지 열흘.

중군과 마찬가지로 연운비 일행은 극심한 갈증에 시달렸다. 시마는 보이는 샘물마다 모조리 독을 풀었다. 그나마 간간이 내린 비가 아니었다면 지금껏 견디지도 못했을 터이다.

"하악……."

일행 중 다소 무공이 처지는 유사하가 갈증을 참지 못하고 가쁜 숨을 내쉬었다.

둥철악이나 단옥령의 무공 역시 그녀와 차이나는 것은 아니었지만 그들은 이런 일에 익숙했다. 아직 그들의 물 주머니에 일정량의 물이 남아 있다는 사실이 그것을 증명하고 있었다.

"제 것이라도 드시지요."

보다 못한 연운비가 자신의 물 주머니를 건넸다.

"아니에요. 저는 괜찮습니다."

"유 소저, 저희는 일행입니다. 추격이 중요하다고는 하지만 일행의 안전보다 중요한 것은 아닙니다. 물이 모두 떨어지면 있는 곳으로 돌아가면 그뿐입니다."

연운비가 담담한 목소리로 말했다.

그럼에도 유사하는 선뜻 손을 내밀지 못했다. 이런 밀림에서 물이 얼마나 귀중한지 지난 며칠간 겪어보았기 때문이다.

"훙! 아주 성인군자가 났구나. 네가 무슨 일행의 통솔자라도 되는 것 같구나!"

위지악이 기가 차다는 듯한 태도로 말했다.

"허허, 왜 그러는가? 보기만 좋구먼."

당문표가 너털웃음을 흘리며 그런 위지악을 말렸다.

"오기 부리지 말고 마시는 것이 나을 거예요, 아직 강이 나오려면 한 참은 남았으니."

한편에 있던 단옥령이 말하자 유사하는 더 이상 거절하지 못하고 물 주머니를 받아 들었다.

몇 모금의 물을 마시자 갈증이 가시는 것이 느껴졌다.

그렇게 물을 마시던 유사하는 물 주머니의 양이 상당히 줄어들었다는 것을 느끼고 급히 입을 떼었다.

"죄, 죄송해요. 제가 너무 많이……."

"괜찮습니다."

연운비가 담담한 표정으로 대답했다.

그녀가 많이 마셨다고는 하지만, 아직 물 주머니에는 삼분의 일가량의 물이 남아 있었다. 이 정도면 나눠 마셔도 충분히 버틸 수 있는 양이었다.

'보면 볼수록 알 수 없는 사람이구나.'

유사하는 물 주머니를 건네며 힐끗 연운비의 얼굴을 바라보았다.

중군과 떨어져 권왕 일행에게 향할 때만 하여도 연운비의 경공은 그저 그런 수준에 불과했다. 그녀와 비교해서도 다소 처지는 정도라 할 수 있었다.

그랬던 연운비가 지금은 염후아와 필적할 정도로 빠른 경공을 보여주고 있었다.

일행은 모두 일곱이었다.

애초의 계획대로라면 낭인삼살이 모두 왔어야 하지만, 그렇게 되면 중군과 합류한 낭혼대를 이끌 사람이 없어 무공이 처지는 삼살 호리파 대신 유사하가 진영에 합류한 것이다.

"대략 세 시진 정도 전에 이곳을 지나쳐 간 듯싶습니다."

선두에 있는 이는 염후아였다.

이매망량이나 불리는 귀견자에게 전수받은 그의 추적술은 중원을 통틀어도 찾아보기 힘들 정도였다. 만약 염후아가 아니었다면 이렇게 칠마를 쫓아가지도 못했을 터였다.

"세 시진이라……."

당문표가 힘들다는 표정으로 고개를 내저었다.

일행에 합류하고 추격을 시작한 지 적지 않은 시일이 흘렀지만 좀처럼 거리가 좁혀지지 않았다. 일행 중 몇 명의 신법이 너무 처지는 탓이다. 그중에서도 둥철악의 신법이 가장 처졌다.

그나마 다행인 점이라면 곤마 육단소가 칠마 중에 속해 있다는 사실이었다.

곤마 육단소는 신법에 있어 칠마 중 가장 취약했다. 그렇지 않았다면 이렇듯 조금씩이나마 거리가 좁혀지지도 않았을 터였다.

"어르신, 그들이 갑자기 방향을 선회하였습니다."

반 시진 정도 추격이 계속되었을 무렵, 염후아가 조심스럽게 말을 꺼냈다.

"이해할 수 없군. 이제 와서 행로를 바꿨다고?"

위지악이 눈살을 찌푸리며 물었다.

"조금씩 방향을 바꾸더니 지금에 와서는 대놓고 보란 듯이 흔적을 남기며 애뇌산으로 움직이고 있습니다."

염후아가 확신하는 태도로 말했다.

'애뇌산이라…….'

위지악은 창마 조풍령을 떠올리며 생각에 잠겼다.

묘독문과 손을 잡지 않았다고 했으니 그것이 거짓은 아닐 터였다. 한데 칠마는 돌연 행로를 변경해 묘독문의 총단이 있는 애뇌산으로 향하고 있었다.

물론 혼란을 틈타 몸을 숨기려는 계책일 수도 있겠지만 위지악이 아는 조풍령이나 광마 부평악은 그러한 무인들이 아니었다.

"속도를 올린다."

위지악이 단호한 표정으로 결정을 내렸다.

이제부터는 경공이 처진다면 내버려 두고 갈 수밖에 없었다. 상황이 어찌 되었든 묘독문의 정예와 칠마가 합류하는 것을 바라만 보고 있을 수는 없었다. 그전에 어떻게 해서든 승부를 봐야 했다.

화르르르!

그 순간 백여 장 밖에서 불길이 치솟았다.

사방이 울창한 산림이었다. 그다지 높지 않은 산이라고는 하지만 이런 곳에서의 산불은 금세 퍼져 나가기 마련이다.

"시마……."

그 모습을 본 위지악이 이를 갈았다.

단순한 불길이 아니었다.

그것을 증명이라도 하듯 불길은 푸른 연기를 내뿜고 있었다. 시마 소북살이 자랑하는 삼대극독 중 하나인 쇄갈독이었다. 피부로 스며드는 쇄갈독은 불 속에서 그 효력이 극대화되었다.

산불을 빠르게 일행이 있는 곳을 향하고 있었다. 저 산불과 독 연기를 뚫고 길을 나갈 수는 없었다.

이 중에서 몇 명을 제외한다면 저 정도의 산불쯤이야 호흡을 멈춘 채 뚫고 나가는 것은 문제가 안 되었지만, 혹여 그 상황에서 칠마의 암습이라도 당한다면 낭패가 아닐 수 없었다.

"갔다 와 보거라."

위지악이 연운비를 가리켰다.

"알겠습니다."

연운비는 조심히 신형을 움직여 그 범위를 넓혀 가는 푸른 연기 속으로 들어갔다.

그 모습을 보고 있던 염후아의 표정이 살짝 변했다.

지금까지 이런 일을 처리했던 것은 염후아였다. 자신을 배려해 이런 조치를 내린 것일 수도 있겠지만, 어찌 되었거나 한참 후배인 연운비에게 이런 일을 맡겼다는 사실 자체가 기분이 썩 좋지만은 않았다.

"힘들겠습니다."

반 각 정도 후, 연운비가 되돌아왔다.

"가고자 하면 큰 무리는 없겠지만, 오성 이상의 내공을 끌어올릴 수는 없을 듯싶습니다."

"흠……."

위지악이 무거운 표정으로 고개를 끄덕였다.

'오성? 그 정도였나?'

염후아의 표정이 묘하게 변했다.

쐐갈독이라면 시마 소북살의 삼대극독 중에서는 가장 처진다고 할 수 있겠지만, 그래도 만만치 않은 독이었다. 연운비의 오성이라는 말은 내공으로 독기를 제어하면서 사용할 수 있는 공력을 뜻하는 말이었다. 그 정도라면 염후아 본인과 비교해서도 전혀 차이가 없는 수준이었다.

"강은 어디에 있느냐?"

"이십 리 정도 떨어진 곳에 있습니다."

"그리로 향한다."

"알겠습니다."

염후아는 묵묵히 방향을 틀었다.

선두에 서 있는 것은 염후아였지만, 결정을 내리는 것은 위지악이었다.

'후우……'

위지악은 후미에서 내심 한숨을 내쉬었다.

이것은 그들의 유인 작전에 걸려든 것이나 다름이 없었다. 칠마는 처음부터 애뇌산을 목적으로 했을 것이 틀림없었다. 지금까지 이리저리 도망친 것은 시간을 끌기 위해서였던 것이리라. 이런 상황이라면 차라리 중군과 함께 행동하는 편이 나았다.

'깨끗이 당했군.'

위지악은 칠마가 변했다는 것을 인정해야 했다.

예전 같았으면 당장 이곳에서 승부를 볼 광마였지 등을 보이지는 않을 자였다.

'무엇이 그를 변하게 만들었을까?'

위지악은 고민에 빠졌다.

현 천하에 위지악이 적수로 인정하는 몇 안 되는 무인. 그중 하나가 바로 광마 부평악이었다.

연운비는 밤하늘을 바라보았다.

우중충한 날씨였다. 곳곳에는 자욱한 구름이 자리잡고 있었고, 만월은 어디로 사라졌는지 그 흔적조차 보이지 않았다.

옆에서는 유사하가 힘겨워하는 표정으로 걸음을 옮기고 있었다.

추격전은 지루할 정도로 계속되었다.

거리가 좁혀질 만하면 곳곳에 함정들과 시마의 독이 발목을 잡아왔다. 그나마 강을 따라 이동하였기에 이 정도나마 시간을 단축할 수 있었다.

"좀 쉬어 가는 것이 어떻겠습니까?"

연운비는 지쳐 있는 몇 사람을 본 후 조심스레 입을 열었다.

그중에서도 유사하와 등철악은 발을 질질 끌다시피 하며 이동하고 있었다.

"알겠다. 이곳에서 일각 정도 휴식을 취한 후 이동하겠다."

그제야 위지악의 입에서 휴식을 취하라는 말이 흘러나왔다.

"끙……."

"휴우……."

누가 먼저랄 것도 없이 몇 사람이 그대로 자리에 주저앉아 가쁜 숨을 골랐다.

"함께 갈 텐가?"

"그러겠습니다."

연운비는 염후아를 따라나섰다.

이렇게 휴식을 취할 때면 염후아는 혹시나 모를 기습과 함정들을 대비해 주위를 살폈다.

저벅저벅…….

염후아는 천천히 걸음을 옮겼다.

하나라도 놓친 것이 있을지도 모른다는 생각에서였다. 그것이 추격의 시작이었고, 기본이 되는 일이었다. 물론 주위를 경계하는 것도 빼놓지 않았다.

"어떤가?"

짓밟힌 나뭇가지를 보고 있던 염후아가 입을 열었다.

"무슨 소리신지……."

"적들이 이곳에서 얼마나 머물렀을 것 같은가?"

"잘 모르겠습니다."

연운비는 솔직히 대답했다.

이런 일은 그로서는 한 번도 해보지 않은 것이다. 지금 추격을 하고 있는 것도 무작정 따라가고 있는 것이지, 특별히 하는 일이라곤 없었다.

"이것을 보게."

염후아는 들고 있는 나뭇가지를 가리켰다.

"이런 습지에서는 썩어가고 있는 나뭇가지에서도 습기가 있지. 이렇게 다시 한 번을 부러뜨리면 짓밟혀 부러진 것과 습기의 차이를 알 수 있다네. 아주 간단한 추격술 중 하나이지."

"그렇군요."

연운비는 어째서 염후아가 이런 말을 하는지 모르겠지만, 묵묵히 귀를 기울였다.

"아가씨도 이런 추격술을 익히고 계시네. 오래전 산에 머물 당시 내가 가르친 것이지. 하지만 그 성취는 높지 않다네."

"단 소저를 말씀하시는 것입니까?"

"그렇다네."

염후아가 고개를 끄덕였다.

"추격을 시작한 지 얼마 되지 않아 나는 창마를 보았네. 위령산에서였지. 그의 무위는 정말 가공했네. 그가 내뿜던 기파가 아직도 잊혀지지가 않을 정도로……."

염후아는 자신도 모르게 한차례 부르르 몸을 떨었다.

'대체 어느 정도이기에……'

연운비는 놀라움을 금치 못했다.

그것은 하나의 커다란 충격이었다.

연운비가 아는 염후아의 무공이라면 구파의 장로보다도 강한 수준이었다.

낭인왕 악구패가 아니라면 낭인 중에서 상대할 자가 없다는 무인이었고, 형산파의 장로조차 그에게 패퇴했다. 그런 그가 두려움에 떨고 있다.

그것도 단지 기도만을 보았음에도.

"만약 내가 잘못된다면… 아가씨를 부탁하네."

"염 대협?"

"왠지 자네라면 믿을 수 있을 것 같아서 하는 말이네. 아가씨는 불쌍한 분이시지."

"그런 소리 하지 마십시오. 어찌 염 대협이……."

"그냥… 만약을 대비해서라고 생각하게. 허락해 주게나."

염후아는 시선을 돌려 연운비의 두 눈을 바라보았다. 그의 눈에서는 진심이 느껴졌다.

"알겠습니다."

연운비는 거절을 하지 못했다. 그러기에는 염후아의 표정이 마음에 걸렸다.

"제가 살아 있는 한 이 약속을 지킬 것을 맹세하겠습니다."

"고맙네. 오늘부터 틈틈이 추격술을 가르쳐 주겠네. 혹여 자네가 쫓기게 되더라도 도움이 될 것이네."

염후아의 입가에 오랜만에 미소가 걸렸다.

*　　　*　　　*

"이만하면 시간은 충분히 끈 듯합니다. 이제 슬슬 시작해야 하지 않겠습니까?"

묘독문 삼대호법 중 일인인 탑칠라하가 조심스러운 태도로 물었다.

"적들은 어디까지 왔다 하는가?"

"사, 오 일 정도면 애뇌산 접경 지역에 당도할 듯싶습니다."

"그렇군."

창밖을 내다보고 있는 백발의 노인이 묵묵히 고개를 끄덕였다.

탑칠라하라면 묘독문에서도 다섯 손가락 안에 드는 실권자.

그가 이 정도의 공대를 취할 사람은 묘독문 전체를 통틀어도 두 사람 뿐이었다.

백발의 노인의 신분은 다름 아닌 묘독문의 태상호법 호미야루였다.

"문주님은?"

"지금쯤이면 마곡과 함께 산동을 함락시켰을 것입니다. 만해도도 제 몫을 해주고 있는 듯싶습니다."

호미야루는 여전히 창밖을 쳐다보고 있었다.

초여름 애뇌산의 풍경은 아름다웠다.

이 풍경을 이제는 볼 수 없다고 생각하니 호미야루는 가슴이 아파왔다.

"어디와 어디라고 했지?"

"산동악가와 황보세가, 그리고 풍천문 이 세 곳입니다."

"세 곳이라……."

호미야루는 한탄을 금치 못했다.

특정 문파를 정해놓고 공격하기 위해서는 어느 정도의 위험을 감소해야 했다.

매복이나 함정이 통하지 않는 지형을 그들 문파가 통과한다면 아군이 막대한 피해를 입을 수도 있었다.

"삼 단을 내보내게."

"알겠습니다."

탑칠라하가 조용히 자리에서 일어났다.

第20章

혈풍은 천하로 이어지니

묘독문도들은 지독할 정도로 끈질기게 기습을 감행했다.

역문(易門)에 도착할 때까지 중군이 제대로 밤을 지새운 적은 손으로 꼽을 정도였다.

하지만 대로가 나타나고 지형이 평탄해지자 묘독문도들도 어쩔 수 없이 물러서야 했다.

결국 중군이 곤명을 떠나 애뇌산 초입에 도착한 것은 한 달 하고도 달포가 지난 시점이었다.

"고생이 많으셨소."

운남행의 좌군 통솔자이자 총군사를 맡은 제갈헌이 반갑게 팽악을 맞이했다. 한편에는 우군 통솔을 맡은 십팔도궁의 부궁주 헌원산이 자리에 앉아 있었다.

애뇌산 초입에 모여든 총병력은 천삼백이었다.

중군의 피해가 가장 컸고, 좌군과 우군도 각기 백여 명의 병력을 잃었다.

충원된 병력이 아니었다면 이보다 못한 숫자였겠지만, 보급품과 함께 지원 온 병력이 있기에 가능한 일이었다.

"늦어서 미안하외다."

"그게 어디 사람 뜻대로 되는 일이오. 그보다 이번에 곤명에서 큰 피해를 입으셨다 들었는데……."

"그렇게 됐소이다."

팽악의 안색이 침중히 가라앉았다.

좌군이나 우군에 비해 중군이 입은 피해는 배를 상회했다. 부상자까지 포함한다면 그 피해는 더욱 막심했다.

"그보다 중요한 일이 있었다고 들었소."

제갈헌이 조심스럽게 말문을 열었다.

마곡(魔谷).

이미 수뇌부들 사이에선 알려진 이야기였다.

철갑대의 이야기도 마곡의 이름을 거론한 무인이 등장했다는 이야기도 공공연한 비밀일 뿐이었다.

"그렇소. 다들 아시겠지만 마곡이 출현했소."

"허……."

"정말이었단 말인가……!"

여기저기서 탄성이 흘러나왔다.

장내에는 제갈헌과 헌원산만이 있는 것은 아니었다.

악단명을 비롯해서 아미의 매영 신니, 개방의 풍두개, 천독문의 소문주 단중명을 비롯해 적지 않은 수뇌부들이 자리하고 있었다.

"애뇌산을 함락하기가 쉽지 않겠구려."

풍두개가 침중한 음성으로 말했다.

애뇌산은 험준하기가 중원제일이라는 남령산맥에 비해 처지지 않을 정도로 수풀이 우거지고 기암절벽이 여기저기 존재했다. 더구나 묘독문의 총단을 치기 위해서는 반드시 지나쳐야 할 길목이 몇 군데 존재했다.

수십의 병력으로 수천의 대군을 막을 수 있는 그런 험지였다.

그 외에도 가파른 산맥이 여기저기 형성되어 있어 대군을 이끌고 넘기에는 무리가 있었다.

선택할 수 있는 유일한 전략은 병력을 소수로 나누어 애뇌산 전체를 포위하여 전진하는 방법이었다. 하지만 그 방법에도 위험성은 있었다. 적이 작정하고 대병을 이끌고 내려와 몇 개 행로를 격파한다면 그 행로에 속한 자들은 전멸을 면치 못할 터였다.

"어쩔 수 없지요. 소수의 희생이 있더라도 병력을 나누어서 진행해야 합니다."

결정을 내린 이는 제갈헌이었다.

누군가가 이번 결정에 책임을 져야 했고, 이미 상당한 피해를 입은 팽악이나 십팔도궁의 헌원산보다는 제갈헌이 나았다. 제갈헌도 그것을 알고 있기에 나선 것이다.

"십팔도궁이 선봉을 맡겠소."

흑도에서도 책임을 질 누군가가 필요했다. 헌원산이 바로 그 책임자였다.

지위로 따지자면 진영 어딘가에 머물고 있는 삼태상 대해도(大海刀) 궁천이 높았지만, 헌원산 역시 책임자로서는 부족하지 않은 무인이었다. 천하오대도객(天下五大刀客)을 꼽으라면 빠지지 않는 무인이 바로 헌원산이었다.

"두 어르신께서는 합류하지 않으셨다던데 어찌 된 일이오?"

헌원산이 궁금하다는 표정으로 물었다.

오왕 중 두 명이라면 여기 모여 있는 수뇌진들 전부와 비교해도 결코 처지지 않는 전력이었다. 무슨 일이 있다고는 생각할 수 없었지만, 그렇다고 그냥 넘어가기에도 애매한 일이었다.

"나도 잘은 모르겠소. 하지만 늦어도 묘독문 총단에 들어서기 전 합류할 것이라 하셨으니 큰 지장은 없을 것이오."

대답한 이는 팽악이었다.

권왕 위지악은 칠마에 관한 이야기는 어느 누구에게도 함구했다. 추격에 참여했던 낭인대 무인들은 그 사실을 알고 있었지만, 위지악의 함구령으로 인해 감히 그 사실을 발설할 수 없었다.

"하루 쉬고 그 다음날 새벽, 진군을 시작하겠습니다. 다른 의견이 있으신지요?"

제갈헌이 좌중을 둘러보았다.

"반대가 없으시다면 오늘 회의는 여기서 마치겠습니다."

제갈헌이 말을 마치자 모두가 자리에서 일어났다.

어느 행로를 택할 것인지는 지금부터 자파의 무인들과 상의하여 가장 알맞은 곳을 택할 터였다.

그 행로가 죽음의 길이 될지 그렇지 않으면 편한 행로가 될지는 아무도 모르는 일이었다.

〈악가. 악단명 휘하 무사 칠십이 명. 제거할 것.〉

묘독문 소속 녹기단주 철혼은 첩지를 품 안에 구겨 넣고 뒤를 돌아보았다.

묘독문 정예 녹기단(綠旗團) 마흔 명이 전부였고, 상대는 오대세가 중 한 곳인 악가였다.

그런 악가의 정예 칠십이 명을 몰살시켜야 했다. 물론 시간만 충분하다면 지형의 이점을 살려 기습으로 적들을 처리할 수 있었다. 애뇌산에는 그런 험지들이 무수히 존재했다. 하지만 문에서 요구하는 것은 신속한 공격이었다.

철혼을 중심으로 녹기단 무인들이 모여들었다. 저편 어디엔가 백충단(白蟲團)과 흑혈단(黑血團) 무인들도 이 같은 힘든 싸움을 하고 있을 터였다.

수적 열세.

그 점이 무엇보다 묘독문을 힘들게 만들었다.

마곡이 지원을 해주고 있다고는 하지만 한계가 있었다. 더구나 마곡의 지원 병력은 중요 거점 몇 군데를 지키기 위해 몸을 뺄 수도 없었다. 이래저래 움직일 수 있는 것은 결국 묘독문 소속 삼 단뿐이었다.

언제부터인가 애뇌산 중요 거점들이 하나둘씩 적들에게 넘어가고 있었다.

묘독문의 문도 수는 많았지만, 정작 일류고수의 수는 그다지 많지 않았다. 절정고수로 넘어가면 그 도가 더욱 심했다. 이런 싸움에서 필요한 것은 고수의 숫자였지 일반 문도들이 아니었다.

물론 적들도 거점을 차지하기 위해선 그만한 피를 흘려야 했다. 팔황이라는 이름은 거저 얻은 것이 아니었다. 비록 팔황의 난 당시 입은 피해가 막심해 아직까지 이어지고 있다고는 하지만, 그래도 명색이 팔황 중 한 곳이었다. 그만한 힘은 있었다.

"언제 시작할 터인가?"

등 뒤에서 들려온 목소리에 철혼은 조용히 고개를 돌렸다. 무덤덤한 표정의 중년인이 그곳에 있었다.

철혼은 이 병력으로도 이런 지시가 내려온 이유를 알고 있었다. 바로 눈앞의 중년인이 아군에 존재하기 때문이었다.

천멸장(天滅掌) 적천악.

마곡에서 다섯 손가락 안에 드는 고수이자 세 명의 봉공 중 하나였다.

묘독문 문주도 그에게는 필승을 자신하지 못했다.

"갈래 길에 정찰병을 보내는 그 순간 시작하겠습니다."

"매복이라… 좋군."

적천악이 고개를 끄덕였다.

과연 묘독문 삼 단 중 한 곳을 이끌어 갈 만큼 철혼은 훌륭했다. 마곡에서도 저런 무인은 흔치 않았다.

"시작하게."

"모두 준비한다."

철혼이 먼저 움직였다. 마흔 명의 녹기단 무인이 그 뒤를 조심스럽게 따랐다.

악단명은 소롯길 수 갈래를 보고 고민에 잠겼다. 악가의 무사들이 그 뒤에 시립했다.

"어떻게 하시겠습니까?"

열세 갈래 길 중 악가가 택한 곳은 애뇌산 우현으로 통하는 길이었다.

산지가 그다지 없는 산동 중부에 그 적을 두고 있는 악가였기에 이런 산악전에는 익숙지 않았다. 그런 이유 때문에 악단명은 비교적 지형이 험준하지 않은 길을 택했다.

물론 지형이 험준하지 않다고 해서 위험하지 않다는 뜻은 아니다. 오히려 대병이 움직일 수 있는 길이니만큼 어찌 보면 더욱 위험할 수도 있었다. 그럼에도 악단명이 이 길을 택한 것은 악가의 병력의 적지 않다는 이유와 자신감 때문이었다.

악가는 이번 운남행에 적지 않은 병력을 투입했다.

사천에 위치한 세 문파에 비해서도 처지지 않는 전력이었다. 아무래도 빙궁과 대막혈랑대의 움직임에서 자유롭다 보니 병력의 이동도 자유로웠다.

"정찰을 보낸다."

"존명!"

악가 무사 몇이 나뉘어 소롯길로 들어섰다.

"크악!"

비명이 들려온 것은 그로부터 일각이 넘지 않은 시간이었다. 비명 소리와 함께 무수한 녹의 인영들이 악가 무사들이 있는 곳을 향해 날아들었다.

"습격이다!"

악단명이 나서며 창을 휘둘렀다.

군부에 상산조가가 있다면 강호에는 산동악가가 있다. 비록 창왕 벽리극에게 자존심을 내어준 악가였지만, 그래도 이백 년 전통만은 살아 있는 곳이었다.

흉험한 기세와 함께 날아든 창은 녹의인 한 명의 목을 꿰뚫며 기광을 토했다.

"감히!"

악단명은 적이 습격했다는 이유 하나만으로도 분노하고 있었다.

이십팔 로로 나뉘어 있는 병력 중에서 악가를 공격했다는 말은 악가가 그만큼 만만하게 보였다는 뜻이기도 했다. 그것이 무엇보다 악단명을 분노케 하는 이유였다.

쐐아아악!

어디선가 무수한 암기가 날아들었다.

기습적인 공격에 서너 명의 악가 무인들이 저항조차 하지 못하고 쓰러졌다.

처음 돌진한 이십여 명의 병력이 전부가 아닌 듯싶었다. 악단명은 상대의 무공 수준을 보고 적지 않게 놀랐다. 지금까지 상대했던 묘독문 무인들에 비해 월등한 수준이었다.

이 정도라면 이곳에 있는 무사들은커녕 본가에 있는 정예 무사들과 비교해도 차이가 없는 수준이었다. 악단명은 본능적으로 이들이 묘독문의 최정예라는 것을 알아차렸다.

'좋지 않다.'

악단명을 빠르게 주위를 살폈다.

악가의 무사들이 밀리고 있는 것은 아니었지만, 그렇다고 우세도 아니었다.

녹의인들 한두 명이 쓰러질 때 악가의 무사는 두세 명 정도가 쓰러졌다. 무공 수준을 고려했을 때는 오히려 선전하고 있다고 봐야 하겠지만, 무엇인가 마음이 찜찜했다.

"그대가 악단명인가?"

악단명은 어디서부터 이런 불안감이 오는 것인지 느낄 수 있었다. 바로 눈앞의 중년인에게서였다.

"그렇다. 그대는 누구인가?"

"적천악, 그것이 내 이름이다."

"마곡……."

악단명은 침음성을 흘렸다.

이미 적천악의 이름은 수뇌부들 사이에서 알려져 있었다. 비록 곤륜의 일대제자에게 패했다고는 하지만, 그 일대제자가 전위대주가 보증하는 무인이었다. 약하지 않다는 뜻이었다. 더구나 한 번의 싸움으로 상대를 판단하는 것만큼 어리석은 일도 없었다.

챙! 채챙!

"커억!"

언제부터인가 장년인 하나가 장내에 모습을 드러내면서 악가의 무사들은 속절없이 밀리고 있었다.

그가 가는 곳에는 어김없이 악가 무인들이 피를 흘리며 쓰러졌다. 녹의인들을 이끌고 있는 자 같았다. 그럼에도 악단명은 함부로 움직일 수 없었다. 바로 적천악의 존재 때문이었다.

'아쉽다. 하다못해 아우만이라도 왔다면…….'

악단명은 아쉬움을 금치 못했다.

지금 이곳에 절정고수라 불릴 수 있는 것은 악단명 혼자뿐이었다. 악가에 절정고수의 수가 많은 것은 아니었지만, 그렇다고 적은 것도 아니었다. 다만 묘독문의 무인들이 상대적으로 무공이 약한 반면 그 수가 많다는 점을 고려해 악가에서도 그에 따라 병력 위주의 편성을 한 것이 문제라면 문제였다.

콰광!

그 순간 한차례 파공음이 터져 나왔다.

"하하. 그렇구나. 네 녀석이 있었구나!"

악단명은 한차례 대소를 터뜨렸다.

그토록 악가 무인들을 몰아붙이던 장년인이 커다란 체구의 청년에게 막혀 고전을 면치 못하고 있었다. 청년은 다름 아닌 청협 악소방. 이번 비무대회에서 악가의 명성을 천하에 떨쳐 울린 무인이었다.

"차압!"

조금은 마음이 편안해진 악단명이 공격을 시작했다.

슉! 슈슉!

악가창법의 특유의 현란함이 그대로 드러났다. 악단명은 악가창법의 진수를 익히고 있는 몇 안 되는 무인 중 하나였다.

콰광!

한 번의 충돌과 함께 악단명은 두세 걸음 뒤로 물러섰다.

'강하다.'

악단명은 흠칫 놀라며 지금까지와는 전혀 다른 눈빛으로 적천악을 바라보았다.

악단명은 구룡이라 불리는 후기지수들에 대해 잘 알고 있었다. 그중 광도나 천수신검을 제외한다면 악단명에게서 백 초를 버틸 수 있는 사람은 흔치 않았다. 아무리 연운비가 전위대주의 사형이라 하나 그들과 큰 차이가 있을 리 없었다.

방심을 했을 수도 있겠지만, 어찌 되었거나 그런 연운비와 동수를 이룰 정도라면 크게 신경 쓸 것은 아니라 생각했다. 하지만 막상 악단명이 부딪쳐 본 적천악이라는 무인은 마치 거대한 벽을 마주한 듯했다.

그제야 악단명은 연운비의 무공이 자신에 비해 처지지 않는다는 사실을 깨달았다.

펑! 퍼퍼퍼펑!

악단명과 적천악은 그렇게 수십 합을 더 겨뤘다.

싸움의 저울추는 한쪽으로 크게 기울지 않았다. 적천악이 유리한 것은 사실이었지만, 그렇다고 악단명이 패하리란 법도 없었다.

'어찌해야 하는가?'

시간을 끌면 끌수록 피해를 입는 것은 악가였다. 녹의인들의 무위는 시간이 지날수록 그 빛을 발하고 있었다. 그나마 악소방이 적의 수뇌라 생각되는 자를 상대하고 있어 이만큼 버티고 있는 것이었다.

"생각이 많군."

적천악이 느긋한 표정으로 한 걸음을 옮겼다.

한 걸음이었지만 악단명은 그 기세에 대항하기 위해 적지 않은 내공을 끌어올려야 했다.

적천악의 손에서 장력이 뿜어져 나왔다.

천멸장(天滅掌).

일수로 모든 것을 멸한다는 그의 호칭답게 장력은 패도적인 기세를 담고 있었다. 악단명은 감히 상대의 공격을 경시하지 못하고 부딪치면서 한편으로는 흘려보냈다.

쾅! 콰쾅!

그렇게 몇 수가 흘렀다.

악단명이 이 싸움이 쉽게 끝나지 않을 것이라는 사실을 본능적으로 직감했다.

"후퇴한다!"

한 번 창을 길게 휘두른 악단명이 급히 물러서며 대성을 터뜨렸다. 그의 뒤로 악가의 무인들이 전열을 유지하며 조금씩 물러섰다. 녹의인들은 물러서는 악가의 무인들을 향해 거침없이 칼을 휘둘렀다.

"그만! 이만하면 됐다."

철혼은 추격하는 녹기단 무인들을 제지했다.

궁지에 몰린 쥐는 이를 세우는 법이다. 상대를 주살하는 것도 좋았지만, 병력을 잃어서도 아니 되었다. 지금 있는 이들이 바로 묘독문의 마지막 보루였다. 이들을 잃고서는 이번 싸움에 남는 것이 없었다.

더구나 첩지에 적힌 내용은 필사(必死)가 아니었다. 필사였다면 희생을 무릅쓰고서라도 악가의 무인들을 이대로 놓아주지 않았을 터이지만 그렇지 않은 이상 적당한 선에서 마무리해야 했다.

"피해는?"

"다섯 명이 죽었고 일곱 명이 중상을 입었습니다."

녹기단 무인 하나가 대답했다.

"시체를 수습해라. 묻어주고 간다."

"하지만……."

"명령이다."

철혼의 말에 녹기단 무인이 조용히 고개를 숙였다.

시간이 없다는 것은 철혼도 알고 그도 아는 사실이었지만, 철혼은 신경 쓰지 않았다. 녹기단은 철혼에게 있어서 삶 그 자체였다. 그것이 다른 단주들에 비해 무공이 다소 약하다고 할 수 있는 철혼이 녹기단주가 된 이유이기도 하였다.

"수고했네."

"고생하셨습니다."

적천악이 와서 말을 건네자 철혼은 정중히 포권했다.

"악가에 악단명보다 강한 무인이 몇이나 있다고 했지?"

"둘입니다."

"둘이라……."

적천악은 생각에 잠겼다.

악단명의 무공 수준은 확실히 자신보다는 반수 정도는 아래였다. 문제는 그보다 강한 고수가 악가에 두 명이나 있다는 사실이었다. 알려진 바로는 악가의 제일고수는 악단명이었지만, 실상은 달랐다.

"힘든 싸움이 되겠군."

적천악은 나지막한 목소리로 중얼거렸다.

삼십 년 전, 암천회의 난으로 많은 피해를 입었다고는 하지만 역시 중원무림의 저력은 만만치 않았다. 오대세가 중에서도 그 세가 약하다는 악가가 이런 무인들을 보유하고 있다면 다른 곳은 과연 어떨 것인가?

만약 암천회의 발호가 있지 않았다면 마곡도 이번 중원정벌을 강행하지 않았을 것이다.

"악가가 이동할 다른 경로를 찾는다. 한 번 더 피해를 입힐 수 있도록."

"알겠습니다."

적천악이 신형을 돌려 어둠 속으로 몸을 감추었다. 철혼 역시 녹기대 무인들을 데리고 움직였다.

장내에는 악가 무인 삼십여 명의 시체만이 황량히 널브러져 있을 뿐이었다.

*　　　*　　　*

〈황보세가. 황보천군 휘하 무사 사십구 명. 반드시 제거할 것.〉

흑혈단주 우야타루는 첩지를 태우며 눈을 빛냈다.

그의 주위에는 삼십여 명의 흑혈단 무인들이 병장기를 추스르고 있었다.

황보세가(皇甫世家).

비록 오대세가의 자리를 내주었다고는 하지만, 그래도 전통이 있는 문파였다. 때로는 약점이 되기도 하지만, 전통이라는 자부심만큼 상대하기 까다로운 적은 없었다. 그럼에도 우야타루는 승리를 확신했다.

흑혈단은 삼 단 중에서도 가장 강한 무력 집단이었다. 평상시 녹기단은 야전 중에 운용되었고, 백충단은 정보 수집이나 수성에 운용되었다. 그에 반해 흑혈단은 오직 적을 몰살시키는 일에만 투입되었다. 그것이 다른 두 단과 흑혈단의 차이였다.

"필사(必死)라……."

우야타루의 마음을 무겁게 만드는 것은 황보세가가 아니라 반드시 제거라는 첩지의 내용이었다.

상대를 몰살시키기 위해서는 상당한 무력 차이가 나지 않는 이상 아군 역시 그만한 피해를 각오해야 했다. 도망가는 적을 추살하는 것은 쉬웠지만, 악에 받쳐 목숨을 걸고 저항하는 적을 상대하기는 쉽지 않았다.

"개방을 치러간 스무 명의 단원은 어찌 되었느냐?"

"무당의 지원에 퇴로가 끊겨 전사했다고 합니다."

"무당이라……."

우야타루는 무겁게 고개를 끄덕였다.

무당이라면 스무 명 정도의 흑혈단 전력으로는 상대할 수 없는 거악이다. 그래도 구십여 명으로 이루어진 흑혈단 무인들 중 이십여 명이나 잃었다는 것은 안타까운 일이다.

"형제들의 복수는 해야겠지. 단 한 놈도 살려두지 않는다. 피의 축제를 시작해라!"

"존명."

흑혈단 무인들이 일제히 일어나 저편 어딘가에 있는 황보세가의 무인들을 향해 돌격을 시작했다.

그들에게 매복이나 암습 따위는 어울리지 않았다. 그것이 바로 흑혈단이었다.

* * *

일차 집결지인 분지에 모인 무인들은 침통한 표정을 지울 수 없었다.

이십팔 로 중에 무려 네 개 로가 전멸에 가까운 피해를 입었다. 실제로 황보세가나 풍천문은 한 사람도 살아남지 못했고, 악가나 개방이 입은 피해도 만만치 않았다.

"선별적인 공격이라……."

천막에서 총군사 제갈헌은 생각에 잠겼다.

산동(山東)에 적을 두고 있는 두 개의 문파가 전멸했고, 악가 역시 극심한 타격을 입었다. 상대적으로 피해가 덜한 것은 사천이나 장강 이남에 위치해 있는 문파들이었다.

'그들은 무엇 때문에 이러한 짓을 벌인단 말인가?'

응당 습격이 있을 것이라고는 생각했지만, 이 정도는 아니었다. 습격이라는 것은 적당한 피해를 입히고 타격을 받지 않는 상황에서 빠지는 것이지 지금처럼 죽기 살기로 싸우는 것이 아니었다.

실제로 몇 개 로를 전멸시키며 묘독문이 입은 피해도 만만치 않았다. 이런 소모전은 오히려 묘독문에 불리한 싸움이다. 이쪽이 고수를 잃었다면 그것은 묘독문 역시 마찬가지였다.

"면목이 없소."

악단명이 침통한 표정으로 한숨을 내쉬었다.

칠십 명에 달했던 악가 무인들 중 지금 살아남은 자들은 고작해야 삼십여 명이 전부였다. 더구나 그들 대다수가 부상자라는 점을 감안하면 실제로 싸울 수 있는 전력은 극소수에 불과했다.

공격을 받은 이들 중 그나마 개방만이 어느 정도 전력을 유지하고 있었다.

"무당에서 흑혈단으로 추정되는 무인 이십여 명을 제거했다 들었습니다."

"원시천존. 운이 좋았던 것일 뿐, 감당할 수 없소이다."

일송자가 고개를 저었다.

병장기가 부딪치는 소리를 듣고 급히 진로를 틀어 개방을 지원했다지만, 이미 개방은 적지 않은 피해를 입은 후였다. 일송자로서는 그 점이 못내 마음에 걸렸다.

"아니외다. 다시 한 번 개방을 대표해 감사드리오."

취걸개가 자리에서 일어나 정중히 포권을 취했다.

비록 이십여 명에 불과했다고는 하지만 섬뜩할 정도로 잔인한 자들이었다. 죽기 살기로 공격하는 그들에게 개방도들은 무수히 목숨을 잃었다.

개방도들의 협의는 대단했지만 무공은 그다지 뛰어나지 않았다. 이번 운남행에 참여한 개방도들은 대부분 정탐이나 순찰을 위해 파견된 것이었지, 실제 전투에 있어서는 큰 도움이 되지 못했다.

물론 개방이 정예를 보냈다면 이와 같은 일은 있을 수 없었다. 하지만 개방의 정예는 그렇게 쉽사리 움직이지 않는다. 그들이 움직이면 개방의 정보망은 큰 타격을 입었다. 중원무림이 개방에게 원하는 것은 그들의 무력보다는 정보력이었다.

삼인성호(三人成虎)라, 세 사람만 입을 맞추면 저잣거리에 호랑이가 타나났다고 해도 믿게 된다.

사람들의 귀에는 거짓과 진실을 구분할 능력이 없다.

개방은 무엇보다 중원무림의 사기를 떨어뜨릴 소문이 퍼지게 만들지 않는 것이 중요했다.

그것이 개방의 진실된 힘이요, 그들의 능력이었다.

"중요한 것은 지금 묘독문 총단이 얼마 남지 않았다는 사실입니다."

제갈헌이 주위를 환기시키며 말을 이었다.

사기가 떨어질 일을 계속 거론하는 것은 의미가 없었다. 지금 중요한 것은 묘독문 총단 공략이었다.

"선봉은 십팔도궁에서 맡아주십시오."

"물론이오."

헌원산이 당연하다는 태도로 말을 받았다.

선봉을 책임지기로 한 십팔도궁이었지만 적이 모습을 드러내지 않아 아무 전투도 없이 가장 먼저 분지에 도착한 상황이었다. 내심 껄끄러운 상황이었으니 거절할 이유가 없었다.

"이차 집결지는 묘독문 총단 십 리 앞입니다. 육로로 병력을 개편해 적이 기습할 수 없을 병력을 갖출 것입니다. 출발은 내일 새벽입니다. 모두 준비해 주시기 바랍니다."

"급보입니다!"

그 순간 무인 하나가 다급한 표정으로 천막 안으로 들어왔다.

"무슨 소란이냐."

들어온 자가 개방의 방도인 것을 확인한 취걸개가 눈썹을 찌푸리며 물었다.

"산동이 적의 수중에 떨어졌습니다."

쿵!

일순간 장내에 적막감이 돌았다.

적막은 한참이고 계속되었다. 그 적막을 깬 것은 산동에 적을 두고 있는 악가의 무인 악단명이었다.

"무슨 소리냐? 산동이 떨어지다니? 알아듣게 설명을 하여라!"

악단명이 떨리는 목소리로 급히 외쳤다.

"말 그대로입니다. 산동이 적의 수중에 떨어졌습니다."

"적이라니? 대체 누구를 말하는 것이냐?"

취걸개가 이해할 수 없다는 표정으로 물었다.

팔황 중 대다수의 문파는 중원 북동 지역에 몰려 있었다. 산동은 칩입을 받을 만한 지역이 아니었다. 그런 이유로 인해 섬서, 산서, 하남의 문파들은 출정을 하지 않은 반면 하북과 산동에 위치한 문파들은 적극적으로 운남행에 참여했다.

"마곡과 유령문… 그리고 묘독문 일부 병력의 기습이었습니다."

"말도 안 되는 소리!"

취걸개가 강하게 부정했다.

마곡은 본거지가 파악되지 않은 문파였으니, 그들의 움직임을 예측할 수 없다는 것은 그렇다 쳐도 유령문은 아니었다. 유령문의 본거지는 요녕(遼寧)에 있었다. 발호할 그 어떤 이상한 낌새도 없었을 뿐더러 유령문이 남하하기 위해서는 하북(河北)을 거쳐야 했다.

그리고 무엇보다 이해할 수 없는 것은 묘독문의 병력이 그곳에 나타났다는 사실이었다.

전설에 나오는 대붕(大鵬)이라도 존재하지 않는 이상 그것은 불가능한 일이었다.

"물길을 이용한 듯싶습니다."

"장강십팔채는 무얼 하고 있었단 말이냐? 그들과 내통이라도 했다는 뜻이냐?"

"수로연맹(水路聯盟)은 대부분의 채가 함락당하고 총채만을 사수하고 있는 상황입니다. 팔황 중 한 곳인 만해도가 움직였습니다."

"그런……!"

"맙소사!"

장내에 있던 무인들은 그제야 이 정보가 사실이라는 것을 깨닫고 표정을 굳혔다. 그중에서 악단명의 얼굴은 창백하다 못해 파랗게 질릴 정도였다.

'아뿔사… 이래서 선별적인 공격을 감행한 것이로구나!'

제갈헌은 지그시 눈을 감았다.

군이 적들이 몇 개 문파만을 집중적으로 공격한 이유가 여기에 있었다. 만약 본거지를 빼앗긴 문파의 문도들이 복귀한다면 죽기 살기로 공격할 터이니 부담이 되지 않을 수 없었다.

"본가는 어찌 되었느냐?"

악단명이 다급한 어조로 물었다.

"악가와 황보세가의 주력은 크게 패퇴하여 하남으로 급히 피신했다 합니다."

"그럴 수가……!"

악단명은 더 이상 말을 잇지 못했다.

본가를 버리고 피신할 정도라면 그 피해가 어느 정도인지 짐작하지 못할 정도였다.

"팔황 중 다른 곳의 움직임은?"

만해도(萬海島), 유령문(幽靈門), 마곡(魔谷).

팔황 중 무려 세 곳이 움직였다. 묘독문을 제외한 나머지 네 개의 문파가 움직이지 않으리란 법은 없었다.

"예측대로 빙궁과 대막혈랑대가 남하하였지만, 섬서에서 막고 있고 배교와 포달랍궁은 침묵하고 있습니다."

"그나마 다행이군."

"하북은 어떻다 하더냐?"

팽악이 조심스럽게 말을 꺼냈다.

"마곡과 유령문은 산동을 장악한 후, 곧장 강소로 향했습니다. 아마 강소를 함락시킨 후 만해도와 그 힘을 합칠 생각인 듯싶습니다."

"군사, 이제 어찌해야 하오?"

악단명이 힘없는 표정으로 제갈헌을 바라보았다.

이제야 이 자리에 있는 모든 사람이 이번 운남행이 잘못된 판단이었다는 것을 깨닫고 고개를 저었다. 차라리 지금 이 자리에 모여 있는 병력들이 각파에 그대로 있었다면 산동이 그리 쉽게 적의 수중에 떨어질 리 없었다.

산동이 떨어졌다는 것은 변변한 문파가 없는 강소 역시 곧 적의 수중에 넘어간다는 것을 의미했다. 강소가 떨어지면 장강이 적의 수중에 넘어간 이상 마땅히 공략할 방법이 없었다. 장기전이 될 수도 있다는 의미였다.

마곡의 무인들이 운남에 모습을 드러내었을 때 예측해야 했지만, 그러지 못한 것이 실수라면 실수였다. 묘독문은 애초부터 중원무림이 공격을 예측하고 있던 것이다. 어쩌면 운남행 자체가 함정이었을지도 몰랐다.

"작전은 그대로 진행됩니다. 내일 새벽 병력을 이동시켜 묘독문을 치겠습니다."

"군사?"

"어쩔 수 없습니다. 이대로 물러선다면 그동안 입은 피해는 어떻게 하시렵니까? 등 뒤에 적을 남겨두고 돌아간다면 그 후환은 누가 감당하겠습니까?"

신기제갈이라 불리는 제갈헌이 단호한 표정으로 모두를 둘러보았다.

기호지세(騎虎之勢)라!

지금 물러선다면 묘독문은 총력을 동원해서 후퇴하는 병력들을 공격할 터였다.

"산동에 묘독문도 나타났다 하지 않았소이까? 대체 그것은 어떻게 된 일이오?"

악단명이 이해할 수 없다는 표정으로 물었다.

"만해도가 있으니 일부 병력이 선단을 이용해 움직인 듯싶습니다. 그

수가 많지 않다 하였으니, 크게 걱정할 일은 아닐 것입니다. 거기에 대해서는 차후 도착하는 정보를 접해보아야 하겠지요."

"좋소. 한 번 해봅시다."

헌원산이 자리에서 일어났다.

"십팔도궁이 앞장을 서겠소. 저들이 우리의 침공을 예상했다면 그에 따른 준비가 있었을 터. 그것을 무너뜨리면 산동에 있는 병력도 크게 위축될 것이오."

"천원세가도 선봉에 서겠소."

"형산파도 마찬가지요."

여기저기서 무인들이 분분히 일어섰다.

비록 좋지 않은 소식을 들었다지만, 그들의 기세는 운남의 하늘을 뒤엎을 듯 강렬했다.

그렇게 운남에서의 싸움은 또 다른 전기를 맞이하고 있었다.

第21章

비무를 청하다

제21장

애뇌산(哀牢山).

대리 단씨 일족이 최후의 저항지로 선택해 무려 십여 년간 결사항전을 취한 곳.

험한 산맥과 여기저기 치솟아 있는 기암절벽(奇巖絶壁), 울창한 숲과 산중턱에 자리잡은 역늪 지대는 가히 천고(千古)의 요새(要塞)라 해도 과언이 아닐 정도이다.

"공격하라!"

헌원산의 명령이 떨어지자, 십팔도궁의 도객들과 단도객들이 일제히 능선을 올라갔다.

그러자 능선 위에서는 일단의 무리들이 암기와 경장비로 무장한 채 맞서 나왔다. 묘독문 삼 단 중 흑혈단이었다.

챙! 채채챙!

능선 양쪽이 역늪 지대라는 것을 감안했을 때, 올라설 수 있는 곳은 이

길이 유일했다.

묘독문 역시 그것을 알고 있었기에 삼 단 중 가장 강하다는 흑혈단을 내보내 싸움에 응한 것이다.

역늪 지대는 운남의 기후와 애뇌산의 험지로 만들어진 기형적인 지대였다. 일반적으로 산중턱에 늪지대가 생길 수는 없었다. 물론 장독이나 우연치 않게 습기가 밀집된 곳에 간혹 생길 수는 있겠지만, 그 범위가 좁을뿐더러 그 깊이 역시 얕았다. 하지만 애뇌산 곳곳에 있는 역늪 지대는 특이한 기후로 인해 그 범위는 물론이요, 수십의 사람이 빨려 들어갈 정도로 깊이를 알 수 없었다.

"과연. 팔황 중 일익이라는 것인가?"

헌원산은 적지 않게 흑혈단 무인들에게 감탄했다.

지금까지 상대했던 묘독문 무인들과는 그 격이 달랐다. 수적 우위를 보이고 있는 것은 십팔도궁의 무인들이었지만, 우위를 점하고 있는 것은 흑혈단이었다.

전체적인 지세를 이용하여 다수의 적을 압박하고 틈을 만들어 허를 찌른다.

일개 단주가 순식간에 병력을 지휘해 저런 진세를 구축한다는 것은 쉽지 않은 일이었다.

'오늘 이곳에서 제거해야 할 자다.'

헌원산은 마음을 먹고 도를 들었다.

애뇌산은 넓었고, 험난한 지세는 이곳만이 아니었다. 오늘 살려둔다면 앞으로 있을 수많은 전투에서 짐이 될 자였다.

파파팍!

헌원산의 신형이 흑혈단주 우야타루에게 짓쳐들었다.

쾅!

폭음성과 함께 우야타루의 신형이 두어 걸음 물러섰다. 흑혈단주라면 묘독문에서도 열 손가락 안에 드는 강자였지만 상대는 다름 아닌 십팔도궁의 부궁주 헌원산이었다.

도왕 혁련무극을 제외한다면 삼태상이라 하여도 헌원산에게 승리를 자신할 수 없었다.

"크!"

우야타루는 계속되는 헌원산의 공격에 맞서 단창을 휘둘렀다.

다섯 마디로 이루어진 두 개의 단창은 극을 치닫고 있는 강렬한 도기에도 굴하지 않고 꿋꿋하게 부딪쳤다. 하지만 몇 수 지나지 않아 이내 우야타루는 수세에 몰렸다.

황보세가에서 다섯 손가락 안에 드는 황보천군조차 죽인 우야타루였지만, 헌원산의 무공은 너무나 강했다.

"역시 십팔도궁인가?"

그 순간 누군가가 우야타루를 대신해 헌원산의 도기를 받았다.

쩡!

부딪침과 함께 누가 먼저랄 것도 없이 헌원산과 나타난 인물이 대여섯 걸음 뒤로 물러섰다.

"누구냐?"

헌원산의 안색이 딱딱하게 굳어졌다.

동시에 물러났다고는 하지만, 엄밀히 말하자면 공격을 한쪽은 헌원산이었고, 상대는 찰나의 틈을 이용하여 그런 공격을 막아낸 것이다.

"미르타하, 훗날 운남과 귀주, 광서를 다스릴 이름이다."

"하하! 하하하하!"

헌원산은 고개를 젖히고 대소를 터뜨렸다.

귀주라면 몰라도 광서는 십팔도궁의 총단이 있는 곳이었다. 미르타하라 자신을 밝힌 무인은 헌원산을 도발하고 있었다.

"그대의 신분은?"

"현재 묘독문을 이끌고 있다."

"문주란 소린가?"

헌원산이 이해할 수 없다는 표정으로 나타난 인물을 바라보았다. 이립은 넘어 보였지만 불혹은 되지 않아 보였다. 아무리 뛰어나다 한들 저만한 나이에 전통이 있는 문파의 문주 자리에 올라서기란 요원한 일이었다.

더구나 그 문파가 다름 아닌 묘독문이라는 것을 가정했을 때 그것은 불가능에 가까운 일이었다.

"현재라고 했지 항상이라고는 하지 않았다."

미르타하가 피부와는 어울리지 않는 흰 이를 드러내며 웃었다.

'무슨 소린가? 하면 묘독문 문주가 부재중이란 뜻인가?'

헌원산은 문뜩 머리가 아파오는 것을 느꼈다.

미르타하의 말대로라면 묘독문 문주는 부재중인 듯싶었다. 하지만 그것 역시 이해가 되지 않기는 마찬가지였다. 이런 중요한 싸움을 앞두고 문주가 부재중이라는 것은 말이 되지 않는 소리였고, 그렇다고 사실로 받아들이자니 그런 비밀을 어째서 공공연히 이야기해 주는 것인지 그 의중을 파악하기 어려웠다.

"겨뤄볼 텐가?"

미르타하는 묘독문 무인들이 주로 사용하는 기병기 단철도(鍛鐵刀)를 어깨에 걸친 채 웃었다.

자신이 있다는 태도였다. 그 태도에 헌원산은 호승심이 이는 것을 느낄 수 있었다.

"소문주, 이렇게 함부로 나서서는 곤란합니다."

어디선가 초로인 하나가 장내에 모습을 드러냈다. 바로 묘독문 삼대호법 중 일인인 탑칠라하였다.

"하하, 나는 강하오. 누구에게도 구속받고 싶지 않소."

'후우우…….'

그 모습에 탑칠라하는 내심 한숨을 내쉬었다.

미르타하가 강한 것은 사실이었지만, 그 강함이 절대는 아니었다. 더구나 이렇게 무분별하게 날뛰어서야 적들에게 좋지 않은 인상을 심어줄 수 있었다.

태산(泰山)이 무거운 것은 그 장중함 때문이지 그 높이 때문은 아니었다.

"일단은 돌아가시지요. 오늘 싸움은 여기까지인 듯싶습니다."

"알겠소."

미르타하가 어쩔 수 없다는 표정으로 한 걸음 뒤로 물러섰다.

분명 소문주의 위치에 있는 그였지만, 아직 문주가 되지 않은 한 삼대호법의 위치는 그보다 위였다.

물론 그렇다고 해서 명령을 받을 그런 상하 관계는 아니었지만, 이런 전장에서 삼대호법의 말은 그의 권위보다 우선이었다.

"십팔도궁의 부궁주라 했나? 헌원산, 혈채의 빚은 반드시 갚을 것이다."

탑칠라하는 시선을 돌려 헌원산을 바라보았다.

이제까지의 싸움에서 묘독문에게 가장 큰 피해를 입힌 문파라면 당문과 십팔도궁이었다. 당문은 그에 버금가는 피해를 입었다고 하지만 십팔도궁은 아니었다.

"가시지요."

탑칠라하는 못마땅해하고 있는 미르타하를 데리고 뒤로 물러섰다. 헌원산은 그 모습을 지켜보기만 할 뿐 손을 쓸 생각을 하지 않았다. 그 역시 어느덧 물러서고 있는 아군의 진형을 보았기 때문이었다.

창벽문과 형산파가 지원을 왔다고는 하지만, 그 수가 많지 않았다. 그에 비해 좁은 길목에서 묘독문은 독까지 사용하며 완강히 저항하고 있기에 피해가 너무 컸다. 그것을 보다 못한 대해도 궁천이 병력을 물린 것이다.

그렇게 육로(六路)로 나뉘어져 묘독문 총단으로 향하는 중원 무인들은 묘독문 무인들의 완강한 저항에 더딘 속도로 진군하고 있었다.

그것은 사풍도 막표와 천독객(千毒客) 단중명이 이끄는 별동대 역시 크게 다르지 않았다.

*　　　*　　　*

"흐흐……."

시마 소북살은 오랜만에 보는 여인네의 속살에 음침한 미소를 흘렸다.

이십여 일.

실로 지겹도록 계속되는 추격전이었다. 그동안 잠 한번 제대로 자보지 못했고, 제대로 된 음식은커녕 건량도 아껴 먹어야 할 정도였다. 차라리 한바탕 격전이라도 벌였다면 몰라도, 실로 답답하지 않을 수 없는 일이었다.

더구나 적의 추격을 늦추도록 하려다 보니 자연 인적이 드문 곳으로 향하게 되었고, 인가는커녕 쥐새끼 한 마리 제대로 찾아보기 힘들었다.

그렇게 도망치던 와중 우연히 약초를 채집하고 있는 일남일녀를 발견하였다. 어림잡아 삼십대 초반으로 보이는 장한과 아녀자였다. 피부가 가무잡잡한 것이 약초를 캐며 살아가는 운남인이 확실했다.

응당 얼마 전 합류한 광마 부평악에게 보고를 해야 하겠지만 소북살은 그렇게 하지 않았다.

그때부터 소북살은 기회를 노렸다. 신법에 있어서는 칠마 중 제일이라는 소북살이었다. 조금 처져 있다고 해서 뒤쫓는 이들에게 따라잡히거나 하는 경우는 일어날 리 없었다. 더구나 암왕 당문표만 아니라면 실제로 적을 맞닥뜨렸다 할지라도 무사히 몸을 뺄 수 있는 이가 바로 시마 소북살이었다.

결국 소북살은 중간에 독이 든 자기병을 흘렸다는 이유로 잠시 일행에서 떨어져 나와 일남일녀가 있는 곳으로 향했다.

"사, 살려주세요……."

"우, 우욱……."

아낙네는 발버둥을 치며 눈물을 흘렸다. 그녀의 위에서 소북살이 거칠게 옷을 벗기고 있었다.

조금 떨어진 곳에서는 그녀의 남편이 아혈과 마혈이 제압된 채 사지를 꿈틀거리고 있었다.

소북살이 무림 공적으로 몰리게 된 이유가 바로 이런 만행 때문이었다. 그에게 몸을 더럽힌 아녀자들만 해도 기십이 넘었고, 그들 대부분이 유부녀였다. 특이하게 소북살은 처녀는 건드리지 않았다. 오히려 그 점이 소북살을 무림 공적으로 낙인찍는 데 일조를 했지만, 소북살은 만행을 그치지 않았다.

"흐흐, 누가 죽인다 하더냐? 내가 극락 구경을 시켜줄 터이니 가만히 있거라."

소북살은 희열을 느끼기 위해 일부러 아낙네의 마혈을 짚지 않았다.

"끅… 끄윽……."

장한은 어떻게든 자신의 아내를 구하기 위해 몸부림을 쳐보았지만 쓸데없는 일이었다. 무공 초식 하나 익히지 않은 그가 시마 소북살의 점혈을 풀 리 만무했다.

장한은 그렇게 강간당하는 부인을 피눈물을 흘리며 지켜보는 것 외에는 아무런 일도 할 수 없었다.

"극락분이라는 것이다."

"싫, 싫어요."

아낙에는 소북살이 코밑으로 무엇인가를 가져다 대자 본능적으로 위기감을 느끼고 고개를 거칠게 흔들었다.

"싫기는. 본좌가 천국을 맛보게 해주마."

"아… 허윽……."

결국 극락분을 한 움큼이나 들이마신 아낙네의 초점이 점차 풀리기 시작했다.

"날, 어서 날……."

발끝에서부터 짜릿한 기분이 전신으로 퍼져 나갔다. 심장에서는 뜨거운 기운이 치솟아 그녀를 미치게 만들었다. 소북살이 손이 스칠 때마다 그녀는 간드러진 비음을 토했다.

이런 자신이 원망스러웠지만 그녀로서는 불가항력의 일이었다. 비구니조차 중독되면 견디지 못하는 것이 바로 극락분이었다.

"호호, 어쩐지 낌새가 수상하더라니."

그 순간 어디선가 교소가 터져 나왔다.

"누구냐!"

소북살은 대경실색하며 급히 아낙네의 몸에서 떨어져 나와 소리가 나온 곳으로 쌍장을 휘둘렀다.

휘릭.

하나 나타난 인영은 너무나 쉽게 그의 일장을 피하며 장내에 내려섰다.

"나예요."

"휴우… 너로구나."

소북살은 나타난 인영을 보고 안도의 한숨을 내쉬었다. 나타난 인영은 다름 아닌 요마 미염랑이었다.

"깜짝 놀랐다."

"호호, 그러기에 이런 일을 할 때에는 조심해야지요."

"어떠냐, 너도 생각이 있느냐?"

소북살은 음침한 미소를 지으며 한편에 있는 장한을 바라보았다.

"호호, 물론이지요. 생각이 없다면 제가 무엇 때문에 이곳에 왔겠어요?"

"좋다. 대신 이 일은……."

"소 오라버니는 쓸데없는 말을 하는군요."

미염랑은 슬며시 눈웃음을 쳤다.

그녀도 소북살이 말하고자 하는 바를 알고 있었다. 다른 사람 앞이라면 몰라도 창마 조풍령이 있는 곳에서 이런 일을 저질렀다는 사실을 밝히기라도 한다면 당장 그의 창이 두 사람의 목덜미를 노리고 날아들 것이리라.

그 이유 때문에 운남에 정착해서도 두 사람은 항상 조풍령의 이목을 피해 일을 저질러야 했다.

"나부터 시작하겠다."

소북살은 온몸을 비비 꼬고 있는 아낙네의 몸에 올라탔다.

"아흑, 흐흐흑……."

아낙네는 두 다리로 소북살의 허리를 감싸며 미친 듯이 몸을 흔들었다. 이미 그녀의 정신을 지배하고 있는 것은 그녀의 의지가 아니라 극락분이었다.

"호호, 질투가 나나요?"

미염랑은 헝클어진 머리카락을 한쪽으로 빗어 넘기며 장한에게 다가갔다.

교태로운 웃음소리에 장한은 그의 물건이 서는 것을 느끼고 당혹해하면서도 한편으론 그녀의 부인을 강간하고 있는 소북살에게 이를 갈았다.

미염랑은 슬쩍 옷고름을 풀렀다.

겉보기에 미염랑의 나이는 삼십대 초반의 미부로 보였다. 하지만 그녀의 실제 나이가 고희가 다 되었다는 사실을 알 만한 사람은 전부 알고 있었다.

미염랑은 천천히 장한에게 다가갔다. 언제부터인가 장한은 침을 삼키며 그녀가 다가오는 것을 멍하니 응시하고 있었다. 이미 장한의 머리 속에서 그의 부인 생각은 지워진 지 오래였다. 그것이 바로 요마 미염랑의 환희소(歡喜笑)가 지닌 마력이었다.

"날 가지고 싶나요?"

"물, 물론이오."

"호호, 이리 오세요."

미염랑은 슬며시 장한의 마혈을 풀었다. 장한은 성난 멧돼지처럼 그녀를 덮쳤다.

"호호, 천천히요."

"어헝."

장한은 거칠게 미염랑은 옷을 벗겼다.

이미 옷고름이 풀려 있는 상황이었기에 미염랑의 상의는 쉽게 벗겨져나갔다.

하얀 속살이 드러났다. 주안술로 유지되고 있는 미염랑의 가슴은 마치

십대 소녀의 그것처럼 눈부셨다.

"허윽, 허윽."

장한은 거친 숨을 내쉬며 미염랑의 몸을 탐했다.

그렇게 일각이나 되었을까?

장한의 피부가 어느 순간부터 마치 육십대 노인처럼 쭈글쭈글해지기 시작했다.

거칠게 날뛰던 장한의 몸이 부르르 떨리며 축 늘어졌다.

채음보양의 수법이었다. 미염랑이 소녀 같은 피부를 유지하는 데에는 그럴 만한 이유가 있었다.

"퉤, 산골에서 살아가는 놈이라 힘 좀 쓸 줄 알았더니, 겨우 이 정도라니."

미염랑은 이제 시체가 되어버린 장한의 얼굴에 침을 뱉었다.

"크흐흐……."

반 시진 정도 후에 소북살도 아낙네의 몸에서 떨어져 나왔다.

아낙네는 멍한 표정으로 허공을 응시하고 있었다. 그녀의 몸에서는 어떤 반응도 느껴지지 않았다.

죽지는 않았지만 죽은 것이나 다름없었다. 교접으로 극락분이 해소된 그녀는 자신의 행동을 기억하고 심연 깊숙한 곳으로 자신을 숨겼다. 백치가 된 것이다.

"대체 언제까지 이 지겨운 짓을 계속해야 되는지 모르겠다."

소북살이 바지춤을 추스르며 말했다.

"첫째 오라버니께서 생각이 있으시겠지요."

미염랑이 교소를 흘리며 말했다.

비록 쫓기고 있다지만 천하의 칠마였다. 광마 부평악이 합류하기 전이라면 몰라도 지금이라면 추격자들과 승패를 겨룬다 해도 승산이 있었다.

하지만 부평악은 급한 일이 있다며 잠시 자리를 비웠고, 그로 인해 소북살은 시간을 벌기 위해 쐐갈독 모두를 사용하여 추격자들의 발을 묶어 놓아야 했다. 그렇지 않았다면 그곳에서 생사결을 벌였을 것이리라.

"가요."

"그렇자꾸나."

소북살은 손을 들어 아낙네에게 일장을 날렸다. 백치가 되었다지만 뒤처리는 확실한 것이 좋았다.

*　　　*　　　*

주르륵…….

연운비는 눈물을 흘렸다. 진정으로 슬퍼하는 모습이었기에 주위에 있던 사람들은 아무런 말을 꺼내지 못했다.

연운비의 앞에는 두 구의 시체가 놓여져 있었다. 얼마 전 시마 소북살과 요마 미염랑에게 살해당한 약초꾼 부부였다.

"젠장……."

둥철악도 애꿎은 돌멩이만 걷어차며 고개를 숙였다.

유사하와 단옥령은 참혹한 시체를 보고 구역질을 토했다. 수많은 전쟁터에서 시체를 본 그녀들이었지만, 채음보양에서 의해 죽은 시체는 처음 보는 것이었다.

"어르신… 이들은 무인이 아니었습니다."

"칠마는 무림 공적이라네."

당문표는 아무런 말도 할 수 없었다.

칠마 중 창마 조풍령을 제외한다면 정신이 온전히 박힌 이는 아무도 없었다.

만약 그들이 이런 짓을 저지르지 않았다면 굳이 사, 마도에서까지 이들은 무림 공적으로 규탄할 일도 없었다.

"시간이 없다. 이 시간에도 그들은 도망치고 있을 것이다."

위지악이 냉정한 태도로 말했다.

감정에 치우쳐 이곳에서 시간을 지체하면 지체할수록 피해자는 오히려 늘어날 것이다.

조금 이해할 수 없는 것은 창마 조풍령이 있음에도 시마와 요마가 이런 짓을 저질렀다는 사실이었다. 위지악이 아는 조풍령이라면 결코 이런 짓을 용납할 사람이 아니었다.

"알고 있습니다. 먼저 가시지요. 곧 뒤따라가겠습니다."

"쯧쯧… 가자."

위지악이 혀를 차며 고개를 저었다.

어떤 말을 한다 하여도 지금 같은 상태에서 연운비의 마음을 돌릴 수는 없다는 것을 잘 알고 있었다.

염후아가 먼저 발걸음을 떼었다.

그렇게 일행은 연운비와 두 구의 시체를 남겨둔 채 칠마의 행적을 따라 움직였다.

퍽! 퍼퍽!

연운비는 땅을 팠다. 이렇게라도 해서 두 사람의 극락왕생을 빌어주고 싶었다.

조금만 빨랐다면… 아니, 자신으로 인해 일행이 합류하는 것이 늦어지지 않았다면 지금과 같은 일이 일어나지 않을 수 있었다. 무엇보다 그 점이 연운비의 가슴을 아프게 하고 있었다.

맨손으로 땅을 파는 일은 쉽지 않았다.

장력을 사용해 보았지만, 고르지 못한 땅의 깊이도 그렇거니와 덮어야 할 흙이 사방으로 튀었다.

손끝이 갈라지고 피가 흘러나왔다. 그럼에도 연운비는 땅 파는 일을 멈추지 않았다.

갈라진 손끝보다 더욱 아픈 것은 마음이었다.

결국 연운비는 검을 꺼낸 후 검집으로 땅을 팠다.

일이 한결 수월했다. 그렇게 땅을 판 연운비는 두 사람을 고이 묻어주었다.

두 개의 봉분(封墳)이 만들어졌다.

나란히 있는 모습이 보기가 좋았다.

"부디 편히 잠드시길……."

연운비는 두 번의 절을 했다. 마음속의 죄책감이 조금은 씻겨 나가는 느낌이었다.

"칠마……."

연운비는 두 주먹을 움켜쥐었다.

악인이라는 말을 들었어도, 이 정도라는 생각은 하지 않았다. 전부 그런 것은 아니었지만 그들은 인간이 아니었다. 인간이라면 결코 이런 짓을 저지를 수 없었다.

그렇게 천천히 자리에서 일어나던 연운비는 검집에 묻어 있는 흙을 털어내었다.

검집에는 균열이 가 있었다. 무리해서 땅을 판 대가였다.

아쉽지만 후회는 없었다. 검집을 사용하지 않았다면 땅을 파는 것은 불가능했을 것이다.

연운비는 천천히 걸음을 옮겼다. 그가 향하는 곳 어디엔가 칠마가 있으리라.

*　　　　*　　　　*

"한 시진 정도 차이가 나는 것 같습니다."

염후아가 진흙 바닥에 찍힌 발자국을 확인하며 말했다.

"한 시진이라… 이리로 가면 어디가 나오느냐?"

"애뇌산 북부 접경 지대입니다."

"거리는?"

"애뇌산에 도착하기 전에는 따라잡기 힘들 듯싶습니다. 하나 단혼애(斷魂崖)를 통과하면 가능할 수도 있습니다."

"단혼애?"

위지악이 살짝 눈썹을 찌푸렸다.

"그렇습니다. 애뇌산과 이어지는 합산(合山)의 계곡에 위치한 곳인데 기온이 낮고 사시사철 강풍이 불어 좀처럼 지나다니는 사람이 없습니다. 지름길이라 보시면 됩니다. 다리를 건너야 한다는 단점이 있지만, 시간은 단축시킬 수 있습니다."

"흠……."

"어떻게 할까요?"

"그리로 향한다."

잠시 고민하던 위지악이 결정을 내렸다.

애뇌산으로 들어간다면 적들의 안마당인 이상 추격하기가 쉽지 않았다. 더구나 지금 애뇌산은 한창 혈전 중일 터, 묘독문의 지원이 있기라도 한다면 여간 곤란한 일이 아닐 수 없었다.

팟! 파파팟!

염후아를 선두로 일행은 신법을 펼쳤다.

휘이이잉…….

강풍이 몰아쳤다.

운남의 기후와는 좀처럼 어울리지 않는 차가운 강풍이었다. 초여름인 것을 생각한다면 실로 이해가 가지 않는 일이었다. 운남에서는 한겨울에도 이런 한풍은 불지 않았다.

"후욱후욱……."

하얀 입김이 흘러나왔다.

"젠장……."

뼛속까지 파고드는 추위에 둥철악이 몸을 떨었다.

외문기공을 익혔다고는 하지만, 오히려 이런 추위에는 약했다. 더구나 내공도 일행 중 가장 처지는 둥철악이었기에 온몸이 부들부들 떨릴 정도였다.

"저, 저는 무리인 것 같습니다."

둥철악이 제자리에 멈춰 섰다.

전력을 다해 경공을 펼치고 있는지라 추위에서 몸을 보호할 수가 없었다.

운남인들이 이 길을 이용하지 않는 이유를 이제야 알 수 있을 것 같았다.

아무리 운공을 하지 않았다 한들 절정고수라 할 수 있는 둥철악이 버틸 수 없을 정도라면 일반인들은 감히 엄두도 내지 못할 추위였다. 그것도 강풍이 불기에 실제 느껴지는 추위는 그보다 더했다.

'전부 괴물이 따로 없군.'

둥철악은 내심 진저리를 치며 고개를 주억거렸다.

"뒤로 빠져라. 나머지는 이동한다."

위지악이 시선을 돌려 당문표를 바라보았다. 호법을 서주라는 의미였다. 당문표는 조용히 고개를 끄덕였다.

"운기조식을 취하도록 하게."

"알겠습니다."

등철악이 자리에 주저앉아 운기조식을 들어갔다.

"훅……."

"하악하악……."

얼마 가지 않아 유사하와 단옥령도 가쁜 숨을 내쉬었다.

"어떻게 할까요?"

염후아가 슬며시 위지악의 의견을 물었다.

이렇게 자꾸 일행이 떨어져 나간다면 좋지 않은 상황이 나올 수도 있었다.

"얼마나 남았나?"

"이각 정도면 다리에 도착할 수 있을 것 같습니다. 거기서부턴 한풍이 불지 않습니다."

"버틸 수 있겠느냐?"

위지악이 두 사람을 바라보았다.

"그, 그 정도라면 가능할 것 같습니다."

"저도……."

"좋다. 속도를 조금 늦추고 이대로 이동한다."

위지악은 하늘을 바라보았다.

짙은 먹구름이 끼어 있었다. 언제부터인가 하늘에서는 눈꽃송이가 하나둘씩 떨어져 내렸다. 초여름에 내리는 눈은 그렇게 단혼애를 뒤덮고 있었다.

"저곳입니다."

염후아는 멀리 보이는 다리를 가리켰다.

협곡 위로는 위태위태해 보이는 다리가 놓여져 있었다. 신기한 것은 다리 너머로는 한 송이의 눈꽃도 내리지 않는다는 사실이었다. 다리를 중심으로 협곡은 전혀 다른 세상을 보는 늣싶었다.

"모두 멈춰라!"

염후아가 다시 앞장서기 위해 발걸음을 떼자, 위지악이 안색을 굳히며 입을 열었다.

"어르신?"

"물러서 있거라."

위지악에 말에 일행 모두는 뒤로 움직였다.

휘이잉…….

한차례 돌개바람이 일었다.

위지악은 여전히 침묵하고 있었고, 그의 시선은 다리를 넘어 한 부분을 향하고 있었다.

"누가… 있습니다."

그 순간 연운비가 조심스럽게 입을 열었다.

"연 소협?"

"무슨 소린가요?"

유사하와 단옥령이 이해가 가지 않는다는 표정으로 물었다.

한 치 앞도 내다보기 힘들 정도로 눈보라가 심하게 치고 있는 상황이었다. 그런 상황에서 이십 장은 족히 되어 보이는 다리 건너편이 보일 리 없었다.

"강합니다. 그것도 아주……."

연운비는 숨이 막힐 것 같은 긴장감에 본능적으로 내공을 끌어올렸다.

연운비는 다리 너머를 주시했다.

눈보라로 인해 보이는 것은 아니었지만, 그곳에 누군가 존재한다는 것은 느낄 수 있었다. 그것은 무인으로서의 본능이었다.

"창마……."

염후아의 입에서 신음성이 흘러나왔다.

존재하는 것만으로도 이런 기도를 풍길 수 있는 사내, 창마 조풍평. 천하에 오직 한 명만이 이런 기도를 뿜어낼 수 있으리라. 그가 바로 다리 저편에 있었다.

"누군가… 앞서 간 흔적이 있었나?"

"없었습니다."

염후아가 확신하는 표정으로 답했다.

아무리 천하의 창마라 한들 전혀 흔적을 남기지 않고 이동하는 것은 불가능했다.

"그렇다면 애초부터 우리가 이곳으로 올 것이라 짐작했다는 것이군."

위지악은 인상을 찌푸렸다.

적군에 곤마 육단소가 있다면 아군에는 동철악이나 유사하, 단령옥이라는 짐이 있었다.

양측에 짐이 있다면 자유로운 것은 오히려 칠마였다. 그들은 언제든지 이동할 수 있지만, 아군은 떨어져서 움직이면 위험에 처할 수도 있었다. 그것이 창마가 긴 거리를 돌아 다리를 지킬 수 있는 이유였다.

저벅저벅.

위지악은 천천히 다리 앞으로 다가갔다. 창마 조풍령도 걸음을 옮겼다.

휘잉…….

눈보라가 조금씩 수그러들고 있었다.

조풍령이 한차례 고개를 저었다. 마치 아직은 때가 아니라고 말하는 듯싶었다.

서걱!

그가 휘두른 창이 다리 난간을 후려쳤다.

강풍에도 굴하지 않던 다리가 힘없이 무너져 내렸다.

쾅! 콰콰쾅!

끝도 보이지 않을 것만 같던 절벽 아래에서 잔해가 부딪치는 소리가 희미하게 들려왔다.

그렇게 창마 조풍령은 천천히 신형을 돌렸다.

터벅터벅…….

다리가 끊어진 것을 확인한 조풍령은 천천히 걸음을 옮겼다.

그의 한 손에는 여전히 창이 들려 있었다.

문득 위지악에게 했던 말이 떠올랐다. 묘독문과 손을 잡지 않았다고 했던 말이었다.

부르르…….

창을 쥔 손에 힘이 들어갔다.

변방을 떠돌다 운남에 정착한 지가 불과 오 년 전의 일이었다. 집도 없이 떠돌이처럼 살아야 했던 시간들. 하지만 결단코 단 한 번도 부평악을 도와준 일에 대해 후회해 본 적이 없었다.

목숨의 빚을 졌고, 그로 인해 의형제를 맺었다. 의형제를 맺은 것이 부평악이 무림 공적이 되기 이전의 일이라고는 하지만, 그 맹세에는 변함이 없었다.

삼 년간의 폐관수련.

지치고 고된 몸을 이끌고 동굴에 들어가 나오지 않았다. 그 폐관수련으로 인해 적지 않은 심득을 얻었고, 스승님이자 아버지가 전해준 창을 잡는 데 부끄러움이 없었다.

하나, 삼 년이라는 시간이 길긴 길었나 보다.

그저 충돌을 피하는 정도에 불과했던 묘독문과의 관계가 달라져 있었다.

삼마는 시도 때도 없이 그들과 접촉을 하였고, 심지어 폐관수련을 하는 동굴 주변에는 묘독문도들이 진을 치고 있었다.

걸음을 옮기는 조풍령의 얼굴에는 짙은 고뇌의 빛이 깔리기 시작했다.

* * *

육로(六路)로 나뉘어진 문파들 중에 가장 먼저 이차 집결지에 도착한 곳은 지다성 제갈헌이 이끄는 제갈세가와 청성파였다.

묘독문에서는 여전히 선별적인 공격을 감행하고 있었다.

산동에 그 적을 두고 있는 문파는 계속되는 습격에 그 피해가 막심하였고, 점차 강소의 문파들까지 그 대상이 되었다.

파파팍!

"기습이다!"

"진형을 사수하라!"

아무것도 보이지 않던 짙은 어둠 속에서 수십의 인영이 솟구쳤다. 철혼을 필두로 한 녹기단 무인들이었다.

챙! 채채챙!

강소 남경(南京)에 자리잡고 있는 천정문의 무인들이 급히 구절편을 들고 밀려들은 적들을 향해 절초를 뿌렸다.

"크악!"

"커어억……."

순식간에 대여섯 명이 쓰러졌다.

천정문의 무인들 역시 호락호락한 자들은 아니었지만, 야전에서 녹기단의 무위는 너무나 강력했다. 악가가 속절없이 무너진 데에는 그럴 만한 이유가 있었다.

"물러서지 마라! 동료의 곁을 지켜라! 도망친다면 칼날이 너희들의 등을 노릴 것이다!"

천정문의 부문주 황백이 대성을 터뜨렸다.

기습이라고는 하지만 진형이 구축되어 있는 상태에서 당한 기습이다. 기습의 이점을 살리기는 어렵다는 뜻이다. 만약 상대가 녹기단이 아니었다면 오히려 반격까지도 할 수 있는 상황이었다.

"당신이 지휘관인가 보군."

철혼은 느긋한 태도로 황백에게 다가갔다.

저편 어디엔가 무당과 아미파의 무인들이 있겠지만, 그들이 오기까지에는 충분한 시간이 있었다. 반으로 나뉘어진 나머지 서른 명이 녹기단이 그들을 교란하고 있을 터였다.

"네놈은 누구냐?"

상대에게서 만만치 않은 기도를 느낀 황백이 구절편을 쥐며 말했다.

"철혼. 녹기단을 이끌고 있다."

"오라! 내가 바로 황백이다!"

황백은 거침없이 구절편을 휘둘렀다.

비록 상대가 묘독문이 자랑하는 녹기단의 단주라고는 하지만, 황백 역시 일문의 부문주였다. 녹록치 않다는 뜻이다.

쐐애액!

구절편이 아홉 마디로 기괴하게 나눠지며 쇄도해 들었다. 철혼은 몇 발자국 뒤로 물러섰다. 상대가 사정거리가 긴 병기를 사용하는 이상 섣 불리 사정권 안에 들어서는 것은 좋지 않았다.
"묘독문은 도망치는 법만 가르치자 보구나!"
기세가 오른 황백이 공격에 박차를 가했다.
번쩍!
그 순간 철혼의 검이 뽑혀져 나왔다.
일수일검(一手一劍).
극쾌의 쾌검을 사용하는 자. 그가 바로 녹기단주 철혼이었다.
검광과 함께 하나의 수급이 바닥을 굴렀다. 찰나간의 방심이 화를 부른 것이다.
"적의 수뇌가 죽었다! 한 놈도 남겨두지 마라!"
철혼이 사자후를 터뜨렸다.
오십여 명에 달했던 천정문 무인들의 수가 빠르게 줄어갔다. 강소 삼대문파 중 하나라고 하지만, 수로연맹이 대부분의 지역을 다스리고 있는 강소의 특성상 그다지 강한 문파라고는 할 수 없었다.
녹기단 무인들은 천정문 무인들을 유린하며 계속 살수를 펼쳤다. 마치 몰살이라도 시킬 듯 녹기단 무인들의 손속은 잔인했다.
"원시천존!"
그 순간 멀리서부터 도호성이 울려 퍼졌다.
무당의 일송자였다.
"이렇게 빨리?"
철혼이 뜻밖이라는 표정으로 도호성이 들려온 곳을 바라보았다.
거리로 따진다면 삼십여 장도 되지 않을 거리였다. 물론 무당의 도인들은 그보다 더 멀리 있겠지만, 어쨌든 부담이 되지 않을 수 없는 상황이었다.
"무당… 역시 명불허전(名不虛傳)이라는 것인가?"

서른 명의 녹기단.

그 정도라면 하룻밤에 중소 문파 하나는 주춧돌 하나 남기지 않고 쓸어버릴 전력이다.

그들이 고작 일각이라는 시간밖에 끌지 못했다는 사실은 무당의 강함을 말해 준다.

"후퇴한다."

철혼은 지체없이 명령을 내렸다.

삼 단 중 가장 강하다는 흑혈단조차 무당 도인들의 상대가 되지 못했다.

팍! 파파팍!

마치 그 자리에 존재하지 않았던 것처럼 녹기단 무인들은 어둠과 동화가 되어 썰물처럼 빠져나갔다.

오직 수십여 구의 시체만이 그들이 이곳에 있었다는 사실을 증명해 줄 뿐이었다.

"원시천존… 이럴 수가!"

장내에 도착한 일송자는 비통함을 금치 못했다.

오십여 명에 달했던 천정문 무인들 중 살아남은 사람은 절반이 넘지 못했다. 그들마저도 부상자가 태반이었다. 그에 비해 녹기단의 사상자는 대여섯 명에 불과했다.

"황 대협마저……."

"녹기단이었습니다……."

살아남은 천정문 무인 하나가 떨리는 목소리로 간신히 말했다.

"너무… 너무 강했습니다, 그들은……."

"원시천존……."

일송자는 조용히 눈을 감았다. 그들의 명복을 빌어주는 것이다.

잠시 후 무당의 도인들이 하나둘 장내에 도착했다.

그들 역시 시산혈해나 다름없는 장내를 보고 할 말을 잃은 듯 고개를 돌렸다.

"시신을 수습하고 부상자들을 돌보도록 하여라."

"알겠습니다."

일송자가 말을 하고서야 무당의 도인들이 움직였다.

"지독하구나, 지독해……."

일송자는 탄식을 터뜨렸다.

연이어 계속된 습격에 팔십에 가까웠던 천정문의 전력은 이제 그 반의 반도 남지 않았다.

무당과 아미의 주력이 거의 피해가 없었다는 점을 감안한다면 지독히도 선별적인 공격이었다.

"혈풍이 불려 하는가……."

일송자는 서서히 밝아오는 동쪽 하늘녘을 바라보았다.

* * *

애뇌산 초입.

추격은 막바지에 치닫고 있었다.

협곡을 건너지 못해 벌어졌던 거리가 서서히 좁혀들었다. 그것이 쫓는 자와 쫓기는 자의 차이였다.

칠마도 그것을 느낀 듯 무리해서 속도를 높이지 않았다. 그들도 때가 되었다는 것을 직감한 것이다.

"일각입니다. 일각 안이면 따라잡을 수 있습니다."

염후아의 확신에 찬 어조에 일행은 속력을 높였다.

그토록 지루하던 추격전이 이제 그 막을 내리려 하고 있었다. 쫓는 자나 쫓기는 자, 모두가 지쳐 있는 상황이었다.

팍! 파파팍!

연운비는 힘들어하는 유사하의 손목을 잡아 운신하는 데 도움을 주었다.

"감사해요."

그렇지 않아도 힘들어하고 있던 유사하는 연운비의 도움을 거절하지 못했다. 비록 남녀가 유별하다 하나 지금은 상황이 급박한 전시였고, 그들은 모두 도가와 불문의 사람이었다. 크게 흠 잡힐 만한 일이 아니었다.

한편에서는 신법에 있어 천하에 그 적수가 없다는 암왕 당문표가 낭인삼살의 둘째인 철탑쌍부(鐵塔雙斧) 등철악과 단옥령에게 도움을 주며 길을 재촉하고 있었다.

두 사람이나 이끌고 있는 당문표였지만 전혀 힘들어하는 기색이 아니었다.

"앞에서 접전이 벌어지고 있습니다."

"접전?"

"그렇습니다."

"흠… 몇 명이나 되느냐?"

천하의 오왕. 그들 중 두 명이 이곳에 있었지만, 오히려 멀리 떨어져 있는 소리를 감지한 것은 염후아가 먼저였다. 그것은 염후아가 젊었을 때 익힌 무공과도 관련이 있었다. 그 사실을 알고 있는 위지악이었기에 당연하다는 듯한 태도로 물었다.

"상당한 숫자입니다. 칠마의 행적이 그리로 향하고 있습니다."

"아군인가?"

"아군과 적 모두입니다."

"속도를 올린다!"

위지악이 조금은 다급해진 표정으로 속도를 올렸다.

만약 칠마가 묘독문과 싸우고 있는 아군에게 공격을 가한다면 별다른 대응책이 없는 그들로서는 그곳이 사지가 될 터였다.

팍! 파파팍!

위지악이 먼저 달리고, 암왕 당문표가 신형을 날려 그 뒤를 따랐다.

연운비도 그에 비해 결코 처지지 않는 속도로 몸을 날렸다. 이 정도라면 뒤처져도 크게 문제가 되지 않을 거리였다. 지금 중요한 것은 전투를 벌이고 있는 아군의 생사였다.

"이런……."

장내에 도착한 당문표는 눈살을 찌푸렸다.

수십의 참혹한 주검이 사방에 널브러져 있었다. 이들은 바로 사풍도 막표와 천독객 단중명이 이끄는 별동대였다. 길을 우회해 전진하고 있던 이들이 묘독문 주력 부대 일부와 만나 접전을 벌이던 중 칠마의 기습을 받은 것이다.

챙! 채채챙!

삼십여 장 떨어진 곳에서 병장기 소리와 함께 비명 소리가 들려왔다. 아직 싸움이 끝나지 않은 것이다. 당문표는 이내 도착한 위지악과 시선을 마주한 후 곧장 소리가 들려온 곳으로 향했다.

"멈춰라!"

당문표의 손에서 수십 갈래의 빛줄기가 뿜어져 나갔다.

"크악!"

"커어억!"

마치 만천화우(滿天花雨)를 연상케 하는 그 신위에 십여 명에 달하는 묘독문 무인들이 일순간에 쓰러졌다.

"노가주님이시다!"

"와아! 암왕께서 우리를 도우러 오셨다!"

처참할 정도로 밀리고 있던 별동대 무인들은 눈시울을 붉히며 고함을 질렀다.

"권왕도 오셨다!"

"놈들에게 빚을 갚자!"

백여 명에 달했던 인원이 절반 가까이 줄어드는 데에 걸리는 시간은 그야말로 촌각이었다.

그것이 칠마란 무인들이었고, 그들의 능력이었다.

"고생했네."

당문표는 한편에서 곤마 육단소를 상대하고 있던 젊은 청년을 보고 고개를 끄덕였다.

온몸이 피투성이가 되어 있었지만, 이제 이립 정도라는 나이를 감안했을 때 정말 놀라운 일이었다. 염후아조차 곤마 육단소를 상대로 밀리는 기색이었다.

그 젊은이가 바로 천독문의 제일기재라 불리는 천독객(千毒客) 단중명였다.

"늦어서 미안하이."

"이제라도 오셨으니 다행입니다."

사풍도 막표는 한 팔이 잘린 상태였다. 시마(屍魔) 소북살과 요마(妖魔) 미염랑을 동시에 상대한 대가였다. 부시독에 중독이 되어 팔을 자르지 않았다면 목숨을 잃었을 터였다.

"이름이 무어라 했지?"

"막이랑. 대화산파의 제자이다."

한편에는 아직 싸움을 멈추지 못하고 있는 두 사람이 있었다.

천수신검(千手神劍) 막이랑과 두 개의 칼을 사용하는 흑의사내였다.

전장의 판도가 바뀐 것을 알았지만, 막이랑이나 흑의사내 그 누구도 몸을 빼지 못하고 있었다.

몸을 빼는 순간 상대의 공격이 날아온다면 적지 않은 부상을 당할 수 있다는 우려 때문이었다. 그것은 그만큼 그들의 싸움이 치열하다는 것을 의미하고 있었다.

"좋은 이름이다. 나는 갈중혁이라 한다. 마곡의 무혼대를 맡고 있지."

놀랍게도 흑의사내는 합천평야에서 진철도 팽악을 상대로 우위를 점했던 자였다. 부상은 입었다지만 막이랑은 그런 상대와 비등한 싸움을 벌인 것이다.

"마곡이라……."

"오늘은 이만 하는 것이 어떤가?"

"원한다면."

막이랑은 주저없이 검을 먼저 거두었다. 그 모습을 지켜보고 있던 갈중혁이 대소를 터뜨리며 두 칼을 회수했다.

"좋아, 아주 좋아! 오늘 내 안계를 넓혀주었군. 막이랑이라… 다음에 만나면 그때는 네 목숨을 취할 것이다!"

"내가 할 소리다!"

막이랑은 기죽지 않은 태도로 말을 받았다. 하지만 당당한 말투와는 달리 막이랑의 마음은 그렇게까지 편치 않았다. 분명히 갈중혁의 무공은 자신보다 한 수 앞서는 것이었다.

사십여 구의 시체는 오직 한 사람에 의해 일어난 일이었다.

일수에 대여섯 명이 죽어나갔다.

보고 있으면서도 막을 수 없었다. 그것이 바로 이패, 삼검, 오왕에 비해 떨어지지, 아니, 오히려 어떤 면에서는 능가한다는 무공을 지니고 있는 광마 부평악이었다.

"오랜만이군."

"오랜만이라? 하긴 그럴 수도 있을 테지. 크흐, 잘난 너희 놈들이 무엇 때문에 이 외진 곳에 왔느냐?"

광마(狂魔) 부평악.

칠마 중 가장 강한 무인.

한때 광왕(狂王)이라 불렸을 정도로 그의 패도적인 기세는 유명했다. 만약 그의 손속이 조금만 덜 잔인하고, 민간인에게만 손을 쓰지만 않았어도 지금쯤 강호오왕은 육왕이 되었을 것이리라.

부평악의 외모만 본다면 광마라는 것이 믿어지지 않을 정도로 고고한 서생의 모습이었다.

부평악이 광마라 불리게 된 것은 일단 손을 쓰기 시작하면서 본인도 주체할 수 없을 정도로 끓어오르는 살기 때문이었다. 그와 시비가 붙고 살아난 무인은 전무했다. 아니, 천하에 오직 한 명, 창마 조풍령이 유일했다.

"그 말투는 여전하군."

"신경 쓸 필요가 있느냐?"

천하에 권왕에게 이런 말투를 사용하는 사람은 오직 광마 부평악뿐이었다.

"이제 끝을 보아야 하지 않겠나?"

"크하하! 힘이 없어 이곳까지 왔다고 생각하느냐?"

"무슨 상관이 있을까, 중요한 것은 우리가 이렇게 만났다는 사실일 뿐."

위지악은 시선을 돌려 한편에 있는 창마 조풍령을 바라보았다. 조풍령은 위지악의 시선을 마주하지 못했다.

탁! 타탁!

뒤처져 있던 염후아를 비롯해 단령옥과 유사하, 둥철악이 장내에 도착했다.

휘이이잉…….

장내에 싸늘한 적막감이 감돌았다.

막표는 한편에 주저앉아 운기조식을 취하고 있었고, 단중명은 부상당한 몸을 이끌고 병력을 뒤로 물렸다. 그 수가 얼마 되지 않은 묘독문 무인들 역시 마찬가지였다.

'아쉽구나, 아쉬워. 적의 주력 병력 일부를 잡을 수 있었거늘, 오히려 피해만 입다니…….'

단중명은 주위를 둘러보며 여기저기 널려 있는 아군의 시체에 침통함을 감추지 못했다.

적의 주력 부대라고는 하지만, 기껏해야 칠십여 명이나 될까? 수적으로 반 배는 족히 차이나는 전력이었다. 포위, 섬멸하여 끝을 내기 직전 난입한 오마에 의해 무려 오십여 명에 달하는 사상자가 발생했다. 그 대부분의 천독문의 무인들이었다.

물론 흑의사내의 무공은 이 자리에 있는 그 누구보다 강했다. 하지만 자신과 예상 밖의 실력을 지니고 있던 막이랑의 합공이라면 충분히 제압할 수 있었다.

"시작할까?"

"크하하! 천하의 오왕이 오늘 내 발 아래 무릎을 꿇겠구나!"

광마 부평악이 광소를 터뜨렸다.

벌써부터 그의 눈은 혈안이 되어 있었다. 광마를 무림 공적으로 낙인

찍히게 만든 광혈지안(狂血之眼)이었다. 그의 눈에 핏빛이 감돌면 어김없이 수십의 인명이 죽어나갔다.

이미 사십여 명에 가까운 인원이 광마의 손 아래 죽었다. 광마의 살기는 최고조로 치솟아 있었다.

일각이 되지 않는 짧은 시간이라는 점을 감안한다면, 설령 이패라 할지라도 그것은 불가능한 일이었다.

그것이 바로 다수를 상대하는 데 있어 최적의 무공이라는 광혈마공이었다. 물론 그렇다고 해서 광마의 무공이 일 대 일에 있어 불리하다는 것은 아니었다.

쐐애애액!

부평악이 일수를 내뻗었다.

아무렇게나 휘두른 듯하지만 힘이 담겨 있는 일격이었다.

당문표는 그 공격을 감히 경시하지 못하고 몸을 좌측으로 틀었다. 거센 기운이 옷가지를 스치고 지나갔다.

"크하! 입은 나불거리더니 고작 그 정도였더냐?"

부평악은 연이어 거센 공격을 퍼부었다.

정면으로 부딪칠 수는 없었다. 그것이 암왕과 광마의 차이였다. 적어도 내공에 있어서는 오왕 중 낭인왕을 제외한다면 가장 처지는 것이 암왕이었다.

하지만 적어도 당문표에게는 그 단점을 무시해도 좋을 만한 신법이 있었다.

표홀히 신형을 날리며 암기를 쏘아 보내는 당문표의 공격에 부평악이 일순간 주춤거렸다. 아무리 광혈진기가 전신을 보호해 준다고는 하지만 부상이 중첩되다 보면 승패에 영향을 끼칠 수 있었다.

그렇게 천하를 위진시키는 두 거목의 싸움은 장기전 방향으로 흘러가고 있었다.

"우리도 슬슬 시작해야 하지 않겠나?"

"아마도……."

위지악은 조풍령을 보았고 조풍령은 위지악을 보았다.

부평악과 당문표의 싸움은 쉽게 끝이 날 것 같지 않았다. 한때는 등을 맡긴 전우와 생사를 결한다는 것이 두 사람 모두 내키지는 않았다.

하지만 그들은 이곳의 싸움의 그들의 승패에 의해 결정된다는 것을 알고 있었다.

광마와 암왕과는 달리 그들 모두는 패도를 추구하는 무인들이었다. 길어야 수십 초. 그 안에 승부가 결정날 터였다.

"일권진천(一拳震天). 굳건한 주먹은 하늘을 뒤흔들고."

"신창추풍(神槍秋風). 가을의 바람은 신창의 기운을 드높이니."

조풍령이 먼저 말하고 위지악이 그 말을 받았다.

암천회의 난이 일어났을 당시, 위지악과 조풍령은 서로에게 목숨을 맡기며 적을 주살했다.

후에 혁련무극과 벽리극이 그 싸움에 가담했고, 당문표와 악구패 역시 모여들었다.

그렇게 함께한 육 인 중 다섯 명이 오왕(五王)이 되었고, 한 사람은 무림 공적으로 낙인 찍힌 창마가 되었다. 하지만 그들 모두는 서로를 믿었고 서로를 존경했다.

스으윽…….

위지악은 주먹을 움켜쥐자 조풍령은 창을 들었다. 그렇게 또 하나의 경천동지할 승부가 벌어지고 있었다.

단옥령은 두 손을 움켜쥐고 광마가 싸우는 모습을 지켜보고 있었다.

이 자리에 누구보다 광마를 죽이고 싶은 사람이 있다면 그것이 바로 단옥령이었다. 그녀의 모친이 간살당하고 부친이 사지가 잘린 채 죽었다. 광혈진기가 폭주하여 발생한 일이었다.

일말의 죄책감 때문이었을까? 당시 광마는 어린 단옥령을 죽이지 않았다.

단옥령이 흉수가 광마라는 것을 파악하는 데에는 무려 칠 년이라는 시간이 걸렸다. 그 흉수를 지금 눈앞에 두고 있지만 단옥령이 할 수 있는 일이 아무것도 없었다.

아니, 있다면 지금 눈앞에 있는 요마 미염랑이라도 죽이는 일이었다. 당시 미염랑은 광마가 그녀의 모친 위에서 헐떡이는 것을 교소를 터뜨리며 즐기고 있었다.

"호호, 계집아이야? 감히 나를 상대하려느냐?"

미염랑이 손으로 입을 가린 채 사이한 미소를 머금었다.

"십 년 전 혈채를 받겠다."

"호호호, 그럴 능력이 있다면 얼마든지."

미염랑은 슬쩍 머리를 쓸어 넘겼다. 여유를 보이고 있는 것이다.

"누가 나를 상대하려느냐?"

곤마 육단소가 앞으로 나서자 염후아가 나섰다. 한편에서는 등철악이 고심하고 있었다.

분명 육단소에 비해 염후아의 무공은 다소 처졌다. 그 정도로 승패가 명확하게 갈리는 것은 아니지만 불리한 것 또한 사실이었다. 애매한 것은 단옥령 역시 상황이 좋은 것만은 아니라는 것이었다. 양쪽 모두를 도와야 하는 상황이었다.

"제가 단 소저를 돕겠어요."

"고맙소."

나선 것은 유사하였다. 그녀는 신형을 날려 단옥령 옆에 섰다. 단옥령이 고개를 끄덕이며 합공하자는 의사를 밝혔다. 원한을 생각한다면 그녀 혼자 해결해야 할 일이었지만, 요마 미염랑의 무공은 그녀에 비해 강했다.

"네놈이 내 차지이냐?"

시마 소북살을 가소롭다는 표정으로 남아 있는 연운비를 바라보았다.

이제 이립도 되어 보이지 않는 나이. 가소로워 보이는 것이 당연했다.

하나 만약 적천악이 연운비에게 패퇴하여 물러났다는 사실을 알고 있었다면 감히 시마 소북살이 이런 표정을 지을 수 있었을까?

적천악은 소북살로서도 자신하지 못하는 고수였다.

둥철악이 애초부터 연운비를 돕겠다고 나서지 않은 이유 또한 소북살은 간과하고 있었다.

"당신이 그랬소?"

연운비는 평소답지 않은 상기된 표정으로 물었다.

"무슨 소리냐?"

"그 시체… 당신이 한 짓이 아니오?"

"무슨 개소리냐!"

소북살은 마음 한편으로 뜨끔했지만 애써 태연한 척하며 버럭 소리를 내질렀다.

"어서 덤비기나 해라!"

소북살은 급한 마음에 진기를 끌어올렸다.

혹여 이 일이 조풍령의 귀에라도 들어가게 된다면 곤란한 상황을 맞을 수도 있었다.

"그자는 내가 상대하겠소."

소북살이 움직이려는 찰나, 누군가가 그의 앞을 가로막았다.

"어느 놈이……."

대노해 소리치려던 소북살은 나타난 인영의 신분을 확인한 후 입을 다물었다. 적어도 인영은 소북살의 앞을 가로막을 만한 능력이 있었다.

천멸장(天滅掌) 적천악.

마곡의 삼대봉공 중 일인이자 십 년 안에 장왕이라는 호칭을 받을 만한 무인.

그가 빚을 갚기 위해 모습을 드러냈다.

"적 봉공이시구려."

"이자는 나에게 양보해 주지 않겠소?"

"흠… 원하신다면 그렇게 하시오."

소북살로는 내키지 않은 일이었지만, 적천악의 체면을 생각해서라도 양보하지 않을 수 없었다.

"고맙소."

적천악은 포권을 취한 후 걸음을 옮겼다.

"구면이군."

"그렇군요."

한마디를 나눈 두 사람은 조용히 서로의 눈을 쳐다보았다.

"쉽지 않을 것일세."

"최선을 다하겠습니다."

연운비는 검을 들었다.

아직 약초꾼 부부의 처참한 모습이 잊혀지지가 않았지만, 지금은 그들을 신경 쓸 상황이 아니었다.

한 번 승리한 경험이 있다지만, 요행이라 해도 과언이 아니었다. 물론 그 싸움으로 인해 연운비는 강해졌고 패배를 생각하지 않았다. 하지만 그것은 적천악 역시 마찬가지였다.

마곡을 통틀어서 곡주를 제외한다면 적천악을 연이어 이긴 무인은 존재하지 않았다. 상대의 알아갈수록 더욱 강해지는 무인이 바로 천멸장 적천악이었다.

콰르르릉!

뇌성벽력과 함께 천멸장의 기운이 연운비를 압박해 들어갔다.

선수를 내준 이전의 싸움과는 다르게 적천악은 시작하자마자 공격을 퍼부었다.

이것은 비무이되 싸움이었으며, 싸움이되 목숨을 거는 생사결(生死決)이었다.

쾅!

한 번의 부딪침과 함께 연운비가 힘없이 밀려 나갔다.

내공에 있어서 태청진기가 팔성에 이르러 적천악에 비해 처지지 않았지만 힘의 밀집도가 떨어져 밀려난 것이다.

콰콰쾅!

그러나 연이어 부딪친 충돌에서 밀려난 것은 적천악이었다.

"과연!"

적천악은 크게 감탄했다.

대체 연운비를 길러낸 무인이 누구인지 존경심이 들었다. 저만한 나이에 저 정도의 무공이라면 천하를 통틀어도 몇이나 될지 의심이 들었다.

아니, 배분을 벗어나 당금 천하에서 연운비와 손속을 겨룰 만한 무인이 몇이나 될지 궁금했다.

팔황 중 그 세가 가장 강성한 곳은 마곡이었다.

포달랍궁을 제외한다면 팔황에 속한 문파 두세 곳은 합쳐야 마곡에 비견될까 하는 정도였다. 적천악은 그 마곡에서도 다섯 손가락 안에 꼽히는 무인이었다.

"다시!"

적천악은 전신의 공력을 끌어올렸다.

이제부터가 진정한 싸움이었다. 기세 싸움이나 눈에 보이지 않는 암투 같은 것은 일정 수준에 올라선 무인에겐 의미가 없었다. 오로지 본신 무공으로만 그 성취를 논할 수 있는 곳. 그곳이 바로 강호였고, 여기 있는 모든 사람들은 강호에서 살아가는 무인들이었다.

쩌엉!

검기가 난무하고 장력이 빗발쳤다.

'강하다. 이전과는 또 다른 이런 강함이라니…….'

연운비는 놀라움을 금치 못했다.

적천악의 일수 일수를 마주칠 때마다 전신의 내력이 진탕되는 느낌이었다.

마치 권왕을 상대하는 기분이었다.

실제로 적천악이 권왕 위지악에 비해 다소 손색이 있는 것은 사실이었지만 그 차이가 그렇게까지 크지는 않았다.

'하지만…….'

분명 상대는 강했지만 오히려 우세를 보이고 있는 것은 연운비였다.

충돌이 일어나지 않았음에도 그의 검이 휘날릴 때마다 적천악은 물러서고 있었다. 검로(劍路)가 장력 그 자체의 힘을 봉쇄하고 있었다.

염후아가 연운비를 보고 자신도 장담하지 못하는 고수라 칭했던 것은 이런 흐름을 보는 면에 있어 연운비의 능력이 이미 완숙의 경지에 이르렀기 때문이다.

실제로 연운비의 수준은 말년의 청명검 운산 도인에 비해 크게 처지지 않았다.

"울컥……."

적천악이 검붉은 울혈을 연이어 토해냈다. 태산 같던 그의 신형이 비틀거렸다.

우우우웅!

검기의 빛이 더욱 선명해졌다.

곤륜의 진산절학 상청무상검도는 그렇게 애뇌산의 험준함을 다스리고 있었다.

'과연!'

막이랑은 시선은 연운비에게 고정되어 있었다.

권왕과 창마, 암왕와 광마.

천하를 오시하는 무인들이 싸움이 벌어지고 있었지만 막이랑은 오직 연운비만을 주시했다.

마곡의 봉공이란 직책답게 적천악은 강했다.

막이랑으로서는 백 초를 감당하지 못할 듯싶었다. 연운비는 그런 상대를 맞이하여 호각지세(互角之勢), 아니, 점차 우위를 점하고 있었다.

'나는 정말 우물 안에 살고 있었구나.'

막이랑은 그동안 구룡이라는 이름에 만족했던 자신이 부끄러웠다.

한편에 있는 천독객 단중명도, 마곡의 무인이라 밝힌 갈중혁도 이 자리에 그보다 약한 무인은 없었다.

'하지만 지금뿐이다. 이제부터라도 나는 달라질 것이다.'

막이랑은 주먹을 움켜쥐었다.

분명 이 자리에 있는 사람들 중 그보다 약한 사람은 없었지만, 강해지고자 하는 열망은 그 누구에 못지않았다.

비틀.

적천악의 신형이 휘청였다. 내공의 소모는 크지 않았지만 조금씩 내상이 가중되고 있었다.

'변수라… 하하. 어쩌면 이곳에서의 일이 실패로 돌아갈 수도 있겠구나.'

다시 만난다면 승리할 것이라 다짐했다.

적천악에게는 그럴 능력이 있었고, 연운비의 무공이 강하다 하나 아직 다듬어지지 않은 강함이었다.

하지만 일 개월 만에 만난 연운비의 무공 수준은 또 다른 발전을 이루고 있었다.

심검(心劍)의 경지.

이제 막 올라섰다 생각했는데, 어느덧 초입을 지나고 있었다.

적천악은 본능적으로 이번 싸움이 힘들 거라 느꼈다.

편법을 사용한다면 혹시 모르겠지만, 그렇게까지 해서 이기고 싶은 생각은 없었다.

"일수로 모든 것을 멸하니, 천멸지혼(天滅之魂)!"

적천악은 천멸장의 최후 초식을 펼쳤다.

연운비가 그에 맞선 선택한 초식은 상청무상검도의 몇 안 되는 공격 초식이었다.

만월파(彎月波).

초승의 양날이 검이 장중한 기운을 뿜어내며 천멸의 기운을 흡수해 갔다.

쾅! 콰콰쾅!

두 번의 부딪침.

한 번은 이겨낼 수 있었지만, 연이어 몰아친 후폭풍에 적천악의 신형이 끊어진 연처럼 날아갔다.

"그… 초식의 이름은?"

적천악의 칠공에서는 검붉은 피가 끊임없이 흘러내리고 있었다. 하지만 그런 적천악의 얼굴에는 미소가 감돌고 있었다.

"만월파입니다."

"만월이라… 좋구나. 아주 좋아……."

적천악은 그렇게 미련이 없다는 표정으로 천천히 눈을 감았다.

후회는 없었다.

무인으로서 살았고, 천의(天意)를 따르고자 했다.

나이 이십. 마곡에 입문하여 역사상 최연소의 나이로 봉공에 자리에 오른 무인. 마곡의 곡주가 친히 십 년 안에 장왕(掌王)이 될 것이라 예견했던 그의 최후였다.

"하아……."

연운비는 안타까운 표정으로 쓰러진 적천악을 바라보았다.

무인으로서 적수를 만났다는 사실 그 하나만으로 가슴이 벅찼다. 그 적수가 이제 싸늘한 시신이 되어가고 있었다. 적이라기보다 함께 무의 길을 걸어가는 도우(道友)의 느낌을 주었던 사내, 그래서 마음이 이토록 허전한 듯싶었다.

"이놈!"

한편에서 싸움을 지켜보고 있던 시마 소북살이 쌍장을 휘두르며 쇄도했다.

설마 하니 적천악이 패할 것이라고 생각하지도 못하고 있던 소북살로서는 날벼락이 아닐 수 없었다.

"뒈져라!"

소북살의 무공이 적천악에 비해 처지는 것은 사실이지만, 연운비 역시 적지 않은 부상을 입은 듯싶었다. 지금이 절호의 기회라 생각한 소북살이 전력을 다해 그의 성명절학(成名絶學) 부시장을 펼쳤다.

"연 형!"

"위험하오!"

막이랑과 천독객 단중명이 놀라 외쳤다.

콰광!

그 순간 경천동지(驚天動地)할 일이 벌어졌다.

연운비에게 쇄도하던 소북살도 한편에서 치열할 싸움을 벌이고 있던 삼마와 연운비 일행도 모두의 시선이 한곳으로 향했다.

"맙소사……."

"이, 이런……."

"하하! 역시 대형이시구나!"

"호호, 이제 대형의 이름이 천하를 위진시키겠구나."

곤마와 요마가 고개를 젖히고 대소를 터뜨렸다. 그에 비해 연운비 일행은 침중한 표정으로 전장을 주시하고 있었다.

주르륵…….

피가 흘러내리고 있었다.

한 사람의 어깨에서 흐르는 피였다.

중요한 것은 흘러내리는 피의 주인이 암왕 당문표라는 사실이었다. 그의 한 팔이 어깻죽지부터 잘려져 있었다. 아니, 갈기갈기 찢어져 있다고 하는 편이 옳았다.

위지악과 창마 조풍령도 싸움을 멈춘 채 상황을 지켜보았다.

그들로서도 뜻밖의 일이 아닐 수 없었다. 응당 암왕과 광마의 싸움은 장기전으로 흐를 것이라 예상했다. 대세가 결정되는 것은 자신들의 싸움이었지, 다른 곳이 되어서는 아니 되었다. 하지만 지금 그 불가능한 일이 일어났다.

당문표는 어깨에서 흐르는 피를 지혈하며 다른 한 손에 암기를 움켜쥐었다.

"크하하! 천하의 오왕이 이제 내 손에 죽는구나!"

부평악은 광소를 터뜨리며 성큼성큼 다가갔다.

한 팔을 잃은 이상 암왕은 종이호랑이에 불과했다. 이제 부평악을 막을 수 있는 사람은 이 자리에 존재하지 않았다.

대세는 칠마의 것이었다.

'한순간의 방심이 천추의 한을 남기는구나……'

당문표는 다가오는 부평악을 보며 눈을 감았다.

어째서 빈틈이 있었는지를 생각해야 했음에도 그러지 않았다.

찢어진 부평악의 옷 사이로 호신갑이 비쳤다.

그 정도 되는 무인들에게 호신갑(護身甲)은 무용지물이나 다름없었지만, 어찌 되었거나 한 번의 공격 정도는 분명히 막아줄 수 있는 기보였다.

"죽어라!"

부평악은 손을 휘둘렀다.

광혈진기가 당문표의 목을 노리고 뻗어 나왔다. 차라리 잘려 나간 것이 팔이 아니라 두 다리였다면 동귀어진이라도 시도해 볼 수 있었겠지만, 지금 상태로는 최후의 초식인 만천화우(滿天花雨)조차 펼칠 수 없었다.

부평악 역시 그것을 노리고 당문표의 팔을 노린 것이리라.

물론 아무리 호신갑을 입었다고는 하지만, 부평악 역시 무사한 것만은 아니었다. 붉게 물들어 있는 가슴팍이 그것을 증명하고 있었다. 하지만 당문표가 입은 부상과 부평악이 입은 부상에는 분명 차이가 있었다.

펑!

그 순간이었다.

누군가가 부평악의 일장을 받아냈다. 그토록 거세게 날뛰던 광혈진기가 흔적도 없이 사라졌다.

폭음성이 사라지고 충돌로 인해 자욱했던 먼지가 사라지자, 당문표를 대신해서 일장을 받은 무인이 그곳에 있었다.

"네놈은 무어냐?"

부평악의 시선이 향한 곳, 그곳에 서 있는 무인은 바로 연운비였다.

第22章

거성은 떨어지고

제22장

후드드득…….

비가 내렸다.

소나기였다. 반 각에 걸쳐 애뇌산 전역에는 폭우가 쏟아졌다.

구름이 걷히고, 언제 그랬냐는 듯이 해가 떴다.

비가 내렸다는 증거는 그 어디에도 남아 있지 않았다. 오직 젖은 옷가지만이 그 사실을 증명하고 있었다.

"무어냐고 물었다."

부평악이 뜻밖이라는 표정으로 상대를 보았다. 아무리 끝내기 위한 일격이었다고는 하지만, 적지 않은 힘이 들어가 있었다. 상대는 그런 광혈진기를 받아낸 것이다.

"응?"

의아해하고 있던 부평악은 그제야 적천악이 죽은 것을 발견하고 눈살을 찌푸렸다. 워낙 암왕과의 싸움에 정신을 집중하고 있었기에 보지 못한 것이다.

"네가 저 아해를 이겼느냐?"

"적 대협을 말씀하시는 것이라면 그렇습니다."

연운비는 끓어오르는 울혈을 다스리며 대답했다.

단 일 장이었지만, 그 일 장을 막기 위해 연운비는 전신 내력을 모조리 끌어올려야 했다.

어째서 그가 무림 공적으로 몰렸음에도 죽지 않고 지금까지 살아 있는지 그 이유를 알 수 있는 순간이었다.

"제법이구나. 하지만 그 정도로는 부족하다."

부평악은 적천악의 무공 수위를 잘 알고 있었다.

자신과 창마보다는 한참 떨어졌지만, 나머지 삼마보다는 우위에 있었다. 아니, 굳이 따지자면 곤마와 비슷한 수준이야 해야 옳았다.

"네놈은 살려주겠다. 꺼지도록 해라."

"대형?"

"큰오라버니?"

시마와 요마가 경악성을 터뜨렸다.

광마와는 달리 그들은 적천악이 어떻게 죽었는지를 여실히 보았다. 이제 이립도 되어 보이지 않는 나이. 오늘 죽이지 않는다면 천추의 한이 될 놈이었다.

"왜, 내가 하는 일이 불만이 있느냐?"

"아, 아닙니다."

시마가 급히 고개를 숙였다.

비록 같은 칠마라고 불린다고 하지만, 광마와 그들은 그 격이 달랐다. 실제로 광마가 아니었다면 그들 중 누구도 지금껏 살아남지 못했을 터였다.

"봐주는 것은 이번 한 번뿐이다. 십 년 뒤에 보자. 그때까지 내 눈에 뜨이지 말거라."

천하에 다시없을 악인이었지만 그래도 광마는 무인이었다. 무인으로서의 호승심이 연운비와의 십 년 후의 대결을 기대하고 있었다. 그런 점이 아니었다면 목숨의 구명을 받았다 한들 창마 조풍령이 그를 의형으로 모실 리 없었다.

"암왕, 애송이의 뒤에 숨어 목숨을 구걸하고자 하느냐!"

부평악이 사자후를 터뜨렸다.

무공이 약한 몇몇 이들은 그대로 땅에 주저앉자 피를 토했다.

"허허……."

당문표는 한 손에 쥔 암기를 보며 씁쓸한 미소를 흘렸다.

"비켜서게."

"어르신……."

연운비는 떨리는 목소리로 그럴 수 없다는 강경한 태도를 보였다.

차라리 검이나 도를 사용했다면 모르되, 암기를 사용하는 무인에게 한 팔이 없다는 것은 검객에게 검이 없다는 것과 마찬가지였다.

"나를 욕되게 할 생각인가?"

당문의 노가주이기 이전에, 한 가문의 원로이기 이전에 그는 무인이었다.

분명 비무에서 패한 것은 그였고, 그 책임을 져야 하는 것도 본인이었다.

"아직 나는 죽지 않았네."

당문표는 잊고 있던 사실을 깨닫고 전의를 불태웠다. 그는 천하의 암왕이었다.

"크하하! 그래야지. 그래야 암왕이지."

부평악이 광소를 터뜨리며 걸음을 옮겼다.

이제 곧 오왕 중 한 명이 그의 손에 죽음을 맞이할 것이고, 홀로 남은 권왕 역시 별반 다르지 않을 터였다. 낭왕은 그 흔적이 묘연했고, 도왕과 창왕은 함부로 움직일 수 없었다. 그것은 실제 장강 이남에서 그를 막을 사람은 존재하지 않는다는 것을 의미했다.

"내 말을 잊지 말게."

"하지만……."

연운비는 합천평야에서 당문표가 한 말을 기억하고 몸을 떨었다.

그것은 자신이나 권왕에게 무슨 일이 생기면 지체없이 십팔도궁으로 향하라는 말이었다.

"십 년에 걸친 지겨운 싸움을 오늘에서야 끝내는구나."

부평악은 두 손에 광혈진기를 모았다.

십 년 전, 무림 공적으로 찍힌 칠마를 추적하는 데 앞장선 것이 바로 당문과 화산파였다.

만약 암왕과 천하삼검 중 일인인 화산검성이 나서지 않았다면 당시 칠마가 그렇게 순순히 변방으로 쫓겨나지도 않았을 터였다.

쐐애액!

두 손에 뭉친 광혈진기가 뻗어 나왔다. 당문표 역시 최후의 한 수를 준비하며 진기를 끌어올렸다.

그 순간이었다.

"곤륜의 연운비, 칠마 중 일인인 광마 부평악 노선배에게 정식으로 비무를 요청합니다."

콰광!

당문표에게 쇄도하던 광혈진기가 방향을 틀어 거목을 후려쳤다.

우지지직!

품이 두 아름은 될 것 같은 거목이 그대로 무너져 내렸다. 아니, 산산조각이 났다고 하는 편이 옳았다.

"크하! 크하하하하하!"

광마는 대소를 터뜨렸다. 홍에 겨운 대소는 아니었지만, 그렇다고 특유의 광소도 아니었다.

"감히!"

"찢어 죽일 놈!"

시마와 요마가 살기를 내뿜었다.

배분으로 따져도 연운비와 광마는 한 배분 반 이상 차이 났다. 광마는 암왕보다도 실질적으로는 높은 배분이었다.

"노선배라? 하긴 틀린 말은 아니지."

광마는 시선을 돌려 연운비를 바라보았다.

"지금껏 나에게 비무를 요청하고 살아남은 자는 단 두 명뿐이다. 너는 그들이 누구인지 아느냐?"

두근두근…….

가슴이 심하게 요동을 쳤다.

시선을 받는 것만으로도 두려움이 몸서리쳐지게 느껴졌다. 그제야 세인들이 왜 그렇게 광마를 두려워했는지 알 수 있었다.

"한 사람은 이 자리에 있고, 한 사람은 그렇지 않다."

점차 광마의 두 눈을 붉게 물들어가고 있었다.

광혈지안(狂血之眼). 그가 연운비를 죽이기로 마음먹었다는 뜻이다.

"내 의제인 창마 조풍령이 그중 한 사람이요, 다른 한 사람은 도왕 혁련무극이다."

광마는 붉게 물든 눈으로 주위를 둘러보았다.

"오너라. 나는 네가 그 세 번째 사람이 될 자격이 있는지 보겠다."

스르릉…….

연운비는 검을 들었다.

당문의 노가주는 그에게 도망치라 말했지만 그럴 수 없었다. 강호인의 길을 걷겠다고 선택한 사람은 자신이었다. 적을 두고, 동료를 두고 등을 보이는 이는 강호인이 아니었다.

막이랑과 천독객 단중명이 뒤로 물러서며 포권을 취했다. 심마와 대치 상태인 다른 사람들도 마음속으로 찬사를 보냈다. 천하에 그 누가 있어 광마 부평악 앞에서 이리도 당당할 수 있단 말인가!

심지어 적이라 할 수 있는 마곡의 무혼대주 갈중혁조차 손을 들어올려 포권을 취했다.

"양보는 없다."

광마는 연운비가 검을 들자마자 일장을 후려쳤다.

쾅!

한순간의 충돌로 연운비의 신형이 뒤로 밀려났다. 암왕 당문표조차 정면으로 상대하지 못한 무공이 바로 광혈진기였다.

"크윽……."

연운비는 연이어 밀려드는 권풍에 급히 몸을 틀었다.

광마는 특별한 초식을 사용하지 않았다.

손을 휘두르면 그것이 장법이었고, 주먹을 휘두르면 그것이 권법이었다. 하지만 그 한수 한수가 연운비에게는 그 어떤 절초보다 상대하기 까다로웠다.

천리무애(千里無碍)!

상청무상검법의 한 초식이 펼쳐졌다.

이미 심검의 경지에 이른 연운비였지만, 아직 초식의 틀을 벗어나지는 못한 상황이었다.

"놀랍구나."

광마는 대번에 연운비의 수준을 파악했다.

높은 곳에서 흐르는 물은 낮은 곳에서 흐르는 물의 지형을 파악하기 마련이다.

"십 년이라는 말은 취소하겠다."

광마는 늦어도 십 년 안에 연운비가 자신과 비슷한 수준에 올라설 것이라 생각했다.

물론 그 역시 그 시간 동안 발전할 것이기에 차이는 있었지만, 분명한 것은 그 차이가 점점 좁혀질 터였다. 하지만 중요한 것은 지금 연운비가 광마의 상대가 되기에는 요원한 일이라는 사실이었다.

쾅! 콰콰쾅!

연이은 충돌음과 함께 연운비의 입에서 피분수가 터져 나왔다.

상청무상검도가 무너졌다.

익히고 있는 초식 중 수비에 있어서는 검막을 능가한다는 천리무애의 초식을 펼쳤지만 결과는 처참했다.

'나는 패했지만, 곤륜이 패한 것은 아니다.'

연운비는 비틀거리며 검을 들었다.

단 두 번의 부딪침.

내공을 끌어올릴 수 없을 정도로 치명적인 부상을 입었지만, 검만은 손에서 놓지 않았다.

'한 번은 더…….'

연운비는 남아 있는 한 올의 내공까지 검에 모았다.

막지 못한다면 오히려 공격을 하겠다는 뜻이었다. 통할 리 없겠지만 불가능에 도전하는 것이 바로 무인의 삶이었고, 연운비가 가고자 했던 검선(劍仙)의 길이었다.

"오너라!"

광마는 연운비의 검에 서린 기세를 읽었다.

상대가 다소 수비에 치중한 소극적인 상황에서 기세가 바뀌었다. 그것은 연운비가 또 다른 발전을 이루었다는 것을 의미했다.

—이루고자 하느냐!

스승인 운산 도인의 환청이 들려왔다.

—무엇을 이루고자 함이냐!

연운비는 검을 휘둘렀다.

만물의 이치가 검에 담겼다.

상청의 기운이 무상의 기도를 담아 검을 이루었다.

극의(極意).

머나먼 길이라 생각했던 정점이 눈에 보이고 있었다.

정점을 지나면 또 어떤 험난한 길이 기다리고 있을지 몰랐다. 하지만 근접하지는 못했다 할지라도 그 길을 보았다는 것만으로도 연운비는 미련이 없었다.

단설참(斷雪斬).

연운비가 선택한 것은 만월파가 아닌 단설참이었다.

웅혼하면서도 신랄한 검의 기운이 폭발할 듯 상대를 향해 몰아쳐 갔다.

연운비는 적천악을 상대하며 권왕 위지악이 말했던 만월(滿月)을 뜻을 이해했다.

신검합일(身劍合一). 그것은 아직 연운비의 능력으로는 미치지 못하는 상승의 공부였다.

희미하게나마 그 실마리가 잡혔지만 완성되지 않은 초식으로 승부를 펼치기에는 광마는 너무 높은 벽이었다.

콰르릉!

뇌성벽력이 몰아쳤다.

연운비의 단설참은 얼마 전과는 또 다른 경지를 보이고 있었다. 부딪침이 있었고, 물러섬이 있었다.

"크, 크윽……."

놀랍게도 물러선 이는 광마 부평악이었다.

두 발자국.

겨우라는 말이 나올 수도 있었지만, 그 물러선 상대는 다름 아닌 그 광마 부평악이었다.

스르륵…….

연운비는 광마를 보았다.

희대의 마인답지 않게 혈안 너머로 보이는 그의 눈은 투명할 정도로 맑아 보였다.

그렇게 연운비의 신형은 천천히 무너지고 있었다.

부평악이 손을 들었다.

마무리를 짓기 위해서였다.

이미 살기가 터질 듯이 흐르고 있는 부평악이었다. 이 자리에 있는 그 누구도 살려둘 마음은 없었다. 살려둔다면 결국 적이 될 자들이었고, 방해물이 될 자들이었다.

"대형, 여기까지만 하시지요. 어차피 오래 버티지 못할 것입니다."

그 순간 움직인 것은 창마 조풍령이었다.

"흐흐……."

광마는 조용히 한 팔이 잘린 당문표와 쓰러져 있는 연운비를 바라보았다.

만약 막아선 것이 창마 조풍령이 아니었다면 일장에 쳐죽였을 일이리라.

"무슨 소리입니까?"

"이런 기회를 놓칠 수 없습니다!"

삼마가 강하게 반발했다.

지금 전력이라면 여기 있는 모두를 잡을 수 있었다. 암왕뿐만 아니라 권왕까지 말이다.

이런 기회가 다시 올 것이라고 누구도 장담할 수 없었다.

그들로서는 대체 조풍령이 왜 저런 소리를 하는 것인지 도통 이해가 가지 않을 따름이었다.

"셋이라… 쉽진 않겠군. 하긴 오늘만 날이 아니니, 기회는 다시 오겠지."

광마의 혈안이 원래대로 돌아왔다.

"대형?"

"그럴 수 없습니다!"

삼마는 여전히 강경한 태도를 보였다. 물론 한 팔이 잘린 암왕이고, 부상을 입은 연운비였다.

그 무공을 다시 회복하긴 힘들 터이지만, 그래도 이대로 놓아 보내기에는 마음이 편치 않았다.

"멍청한 것들. 귓구멍이 처막혔더냐?"

광마가 눈살을 찌푸리며 말했다.

"훅!"

"이런……."

그제야 그들은 무엇인가 이상한 낌새를 눈치채고 전신의 공력을 집중했다.

북동 방향에서 일단의 무리들이 빠르게 이동해 오고 있었다. 그중 세 명의 무공은 가히 그들에 버금가는 것이었다.

"크흐흐, 오늘은 물러가도록 하마. 권왕, 다음에는 네 차례가 될 것이다."

광마는 시선을 돌려 위지악을 바라보았다. 위지악은 그런 광마의 시선을 마주 보았다.

팟!

광마가 신형을 날리자, 창마와 나머지 삼마가 그 뒤를 따랐다. 적천악의 시체를 등에 업은 갈중혁을 위시한 묘독문의 무인들도 급히 신형을 날렸다.

휘이이잉…….

장내는 황량했다.

쓰러져 있는 사람들은 대다수가 아군이었고, 심지어 연운비는 의식조차 잃은 상황이었다.

무엇보다 중요한 것은 암왕 당문표의 부상이었다.

경지가 높아질수록 외상보다는 내상이 더 위험하다고 하지만, 그것도 정도 나름이지, 이렇게 손써볼 수도 없이 찢겨 나간 한 팔은 복구시킬 방법이 없었다.

"무엇들 하는가? 이들을 이대로 내버려 둘 생각인가?"

침묵 속에서 말을 꺼낸 것은 당문표였다. 한 팔을 잃었음에도 당문표는 아무렇지도 않은 듯 행동했다.

하지만 당문표의 말에도 장내의 그 누구도 움직일 생각을 하지 못했다.

팍! 파파팍!

그 순간 세 명의 인영이 우거진 수풀을 헤치고 달려왔다. 그 뒤로는 수십의 인영이 뒤따르고 있었다.

"원시천존… 괜찮으십니까?"

그들은 종남의 목허 진인을 비롯해서 천원세가의 무인들이었다. 지난 수백 년 역사를 통틀어 천원세가에서 가장 강하다는 흑표객 천명훈도 있었다.

"아니, 이게 대체……."

목허 진인은 당문표의 잘려진 한 팔을 보고 말문을 열지 못했다. 그것은 다른 사람들도 마찬가지였다.

"허허, 사람인 이상 누구나 패배는 있기 마련일세."

당문표는 아무렇지도 않다는 태도로 너털웃음을 흘렸다.

"이러고 있을 생각인가? 이곳은 위험하네. 본대로 회군하도록 하세나."

"원시천존… 알겠습니다."

목허 진인은 장내는 수습하고 부상자들을 돌봤다.

엄청난 폭팔음 소리에 무엇인가 이상한 낌새를 눈치채고 달려왔기에 망정이지 그렇지 않았다면 큰일이 날 수도 있었다.

"모두 이동하세나."

"이동하라!"

목허 진인과 흑표객 천명훈이 무리를 이끌고 급히 본대가 있는 곳으로 향했다.

이미 이 정도의 피해를 입은 이상 별동대로서의 의미는 사라졌다. 최대한 빨리 본대와 합류해 적의 총단을 함락시키는 것이 가장 중요한 일이었다.

사람들이 떠나고 장내에는 극소수의 사람만이 남았다. 권왕 위지악과 암왕 당문표가 그들이었다.

"괜찮은가?"

"견딜 만허이."

"후우……."

위지악은 긴 한숨을 내쉬었다.

이겨야 할 싸움에서 졌고, 중요하기는 하지만 져도 상관없는 싸움에서는 이겼다.

한 팔이 잘리는 부상.

분명 상당한 부상임엔 틀림없지만, 위지악의 마음을 무겁게 하는 것은 그 부상보다 당문표의 몸 안에 스며들었을 광혈진기였다.

광마를 상대하고 살아남은 사람이 극소수에 불과한 것은 그럴 만한 이유가 있기 때문이었다.

"그놈이 멍청한 짓을 했군."

"나름대로는 최선을 다한다고 했겠지."

"얼마나 버틸 수 있겠나?"

"이미 혈맥을 축소시키고 있네."

당문표가 힘들다는 표정으로 고개를 저었다.

당문표의 무공이라면 분명 광혈진기를 밀어낼 수 있겠지만, 이 정도의 부상을 입은 상황에서 그것은 쉽지 않았다.

그렇다고 누구의 도움을 받을 수도 없는 상황이었다.

만약 당문표에 비해 무공이 크게 떨어지지 않는 섬수환독(纖手幻毒)

당문추가 이 자리에 있었다면 동일한 무공을 익혔기에 도움을 줄 수 있겠지만, 위지악으로서는 진기의 성질이 다른지라 방법이 없었다.

종남의 목허 진인과 천원세가의 흑표객 천명훈의 무공이 강한 것은 사실이었지만, 광마를 상대할 정도는 아니었다.

그럼에도 광마가 순순히 물러간 것은 이미 광혈진기의 기운이 당문표의 목숨을 갉아먹을 것이라는 사실을 알고 있었기 때문이다. 그렇지 않았다면, 다소 위험이 있더라도 이들 모두를 상대했을 것이리라. 물론 당문표에게 부상을 입은 점도 어느 정도 작용했다.

"이렇게 된 이상 그 녀석이라도 살리는 수밖에."

"자네……."

"허허, 다른 방법이 없지 않은가?"

당문표는 그를 대신해 광마에게 비무를 신청하던 연운비를 떠올렸다.

중원을 통틀어 광마에게 단신으로 비무를 신청한 이는 몇 되지 않았다.

구파나 오대세가의 장로들조차 광마와 싸우는 것은 꺼렸다.

독보천하(獨步天下).

광마가 무림 공적으로 지목되기 전 강호에서 그의 앞길을 막는 이는 존재하지 않았다.

"가세. 시간이 없네."

당문표는 본대가 있는 곳으로 신형을 날렸다. 그 뒷모습을 지켜보고 있던 위지악 역시 굳은 표정으로 그 뒤를 따랐다.

*　　　*　　　*

운남행의 총군사 제갈헌은 마음이 급했다.

산동이 적의 수중에 떨어졌다면 강소 역시 얼마 버티지 못할 터, 그렇다면 안휘 일부와 호북에 자리잡고 있는 제갈세가 역시 안정권이 아니라는 사실이었다.

그런 상황에서 큰일이 터졌다.

암왕 당문표가 한 팔이 잘리는 부상을 입었다는 소식이었다.

누구도 믿지 못할 말이었다.

암왕. 그가 누구인가?

천하삼검(天下三劍)이 있다지만 강호오왕(江湖五王)은 그들과는 다른 의미였다. 소식은 사실이었고, 제갈헌은 고민에 빠졌다.

이제 모든 이들이 칠마에 존재에 대해 알고 있었고, 광마의 무공이 암왕을 패퇴시킬 정도로 강하다는 것을 알고 있었다. 지금 이 자리에 모인 운남행 수뇌부진들 중 암왕보다 강한 사람은 없었다. 권왕이라면 혹시 모르겠지만, 창마가 있는 한 권왕은 어차피 발이 묶인 상황이었다.

"총군사께서는 어떻게 하면 좋다고 생각하시오?"

"글쎄요……."

악단명의 질문에 제갈헌은 마땅한 대답을 할 수가 없었다.

"부끄럽지만 어쩔 수 없소. 지금 이곳에서 권왕 어르신을 제외한다면 홀로 광마나 창마를 상대할 사람은 없으니."

진철도 팽악이 차마 고개를 들지 못하고 말했다.

합공(合攻).

팽악의 말이 무엇을 의미하는지 모르는 사람은 이 자리에 없었다.

"내가 나서겠소."

십팔도궁의 부궁주 헌원산이 자리에서 일어났다.

이 자리에 모인 이들 중 다섯 손가락 안에 꼽히는 이가 바로 헌원산이었다.

"본인도."

진철도 팽악이 가세했다.

확실히 그 두 사람이라면 광마에 비해 못 미친다고는 할 수 있었지만, 시간을 끌 수는 있었다.

그사이에 묘독문 총단을 무너뜨린 후 나머지 고수들이 가세하면 승산은 충분했다.

"그럼 내일 새벽 총공격을 시작하겠습니다."

제갈헌이 좌중을 돌아보며 말했다.

아직 육로로 나뉘어진 문파들 중 무당과 아미가 주력이 된 사로(四路)의 문파들이 도착하지 않았지만, 무작정 그들을 기다리기에는 시간이 촉박했다.

그렇게 애뇌산에서의 싸움은 절정으로 치닫고 있었다.

*　　　　*　　　　*

"어르신……."

막사에서 정신을 차린 연운비는 자신을 내려다보고 있는 수많은 사람들을 볼 수 있었다.

"허허, 어리석은 짓을 했네."

"놈, 누가 네놈보고 나서라더냐."

위지악은 한심하다는 표정으로 연운비를 질책했다.

"연 형은 그래도……."

"네가 나설 자리가 아니다."

막이랑이 연운비를 변호하기 위해 나섰지만, 위지악의 말에 조용히 입을 다물었다.

"다른 사람들은 모두 나가 있게."

당문표가 말하자 사람들이 하나둘 막사를 빠져나갔다.

"이보게……."

"알고 있네."

위지악은 안타까운 표정으로 당문표를 바라보았고, 당문표는 허허로운 미소를 머금었다.

"당문에 전해주게, 당문 무인답게 싸웠다고."

"그렇게 하겠네."

마치 곧 죽을 사람인 것마냥 말하는 두 사람을 연운비는 영문을 모르겠다는 표정으로 바라보았다.

분명 당문표의 부상이 심각한 것은 사실이었지만, 그것이 목숨을 잃을 정도는 아니었다. 후유증은 남겠지만, 그것 역시도 충분히 이겨낼 무인이 바로 암왕이었다.

"공력을 끌어올리지 말게."

당문표는 조용한 가운데서 말을 이었다.

"광혈진기는 혈맥을 파고들어 상대의 심장으로 흘러들어 가지. 공적으로 지목되었음에도 천하를 유람한 이가 광마일세. 그가 당시 몰려온 사람들이 두려워 물러갔다고 생각하는가?"

"하면……."

연운비는 그제야 이상한 감을 느끼고, 창마 조풍령이 했던 말을 떠올렸다.

"오래 버티지 못할 것입니다."

그 말이 머리 속에서 맴돌았다.

"어차피 내가 죽으리란 것을 알았기 때문에 물러간 것일세. 부상을 입은 그로서는 굳이 거기 있던 사람들과 일전을 겨루기보다는 물러가는 편이 나았으니까."

"어르신……."

"시간이 없으니 내 말을 잘 듣게. 지금의 나로서는 내 몸에 스며든 광혈진기를 밀어낼 수 없네. 그것은 자네 역시 마찬가지일 것이네."

당문표의 말이 계속되었다.

"당문에서는 광마의 무공을 이전부터 연구했지. 마치 독처럼 운용되는 광혈진기의 성질을 말이야. 하지만 마땅한 방법을 찾아낼 수 없었네. 광혈진기를 체내에서 몰아낼 수 있는 방법은 두 가지. 하나는 본신의 내공으로 광혈진기를 몰아내는 것이요, 두 번째는 누군가가 광혈진기를 흡수해 가는 것이네. 알다시피 나는 한 팔이 잘렸네. 이 몸으로 무공을 펼치기에는 무리가 있지."

"그럴 수는 없습니다."

연운비가 떨리는 목소리로 고개를 저었다.

연운비는 당문표가 무슨 생각으로 이런 말을 하는지 그 의도를 알 수 있었다.

"시간이 없네. 이미 광혈진기가 내 골수에까지 침투했네. 조금 있으면 나는 광인이 될 것이네. 자네 역시 마찬가지겠지만."

"차라리 제가 하겠습니다."

"자네의 능력으로는 불가하네."

당문표가 힘들다는 표정으로 고개를 주억거리자, 연운비의 두 눈에서 눈물이 흘러내렸다.

일대 거인(一代巨人).

이미 그는 생사를 초월해 있었다.

"광혈진기를 밀어내는 방법은 그리 어렵지 않네. 명문혈로 체내의 진기를 모두 모은 후 용천혈로 보내게. 자네의 내공으로 완전히 밀어낼 수 없겠지만, 내가 그것을 흡수한다면 될 것이네. 시작하겠네."

당문표는 연운비의 대답도 듣지 않은 채 한 손을 연운비의 장심에 가져다 대었다.

우우웅…….

연운비는 당문표의 막대한 진기가 체내로 흘러들어 오는 것을 느끼고 다급히 단전을 열어 그 기운을 받아들였다.

원하지 않는 일이었지만, 이제는 손을 써볼 수도 없었다. 이제 와서 운기를 중단한다면 두 사람 모두 살아날 수 없었다.

퍽! 퍼퍽!

내상으로 인해 막혔던 혈도들이 순식간에 뚫렸다.

몇 개월을 요양해야 할 체내에 잠재된 있던 진기들이 하나로 뭉치며 태청신공의 기운이 전신을 감쌌다.

'이 정도였다니……!'

당문표는 내심 크게 놀라며 연운비를 바라보았다.

내공이 정순하다는 것을 알았지만, 이 정도 성취라면 얼마 지나지 않아 임독양맥(任督兩脈)을 뚫을 수도 있었다. 물론 내공이 높다고 해서 무공이 강한 것은 아니었지만, 분명 그 차이는 존재했다.

'도움을 줄 수 없는 것이 아쉽구나…….'

내상이 조금만 덜했더라도, 한 팔이 잘리는 부상만 아니었더라도 진기를 끌어올려 임독양맥을 뚫는 것을 도와줄 수도 있었겠지만, 지금 상황에서는 광혈진기를 몰아내는 것만도 힘에 겨웠다.

광혈진기는 당문표의 말처럼 지독했다.

태청진기와 당문표의 내공이 밀어내고 있음에도 좀처럼 한곳으로 몰아낼 수 없었다. 하지만 차차 광혈진기는 용천혈로 밀려나기 시작했다.

"소주천을 하여 장심으로 광혈진기를 이동시키게."

당문표의 전음에 연운비는 진기의 흐름을 바꿔 모여 있는 광혈진기를 장심으로 흘려보냈다.

그렇게 장심으로 흘러간 광혈진기는 손을 타고 당문표에게 전해졌다.

"내가 손을 떼면 곧장 운기를 시작하게. 도움이 될 것일세."

어느 순간, 광혈진기의 기운이 모두 빠져나간 것을 느낀 당문표가 손을 떼고 운기에 들어갔다. 전음을 들은 연운비 역시 모여 있던 태청진기의 기운과 아직 체내에 남아 있는 당문표가 전해준 진기들을 하나로 모아 대주천에 들어갔다.

우우우우웅.

태청진기가 이전과는 다른 경로를 타고 움직이고 있었다.

연운비는 한편으로는 의아했지만, 그렇다고 이제 와서 운공을 중단할 수도 없었다.

그렇게 끊임없이 체내를 돌던 태청진기는 어느 순간 거세게 날뛰기 시작했다.

기이한 것은 진기의 폭주라 보기에도 애매한 상황이라는 것이었다.

마치 제자리를 찾아가기라도 하듯 태청진기는 새로운 경로를 통해 끊임없이 움직였다.

그렇게 전신을 돌던 진기는 어느 순간 뇌호혈(腦戶穴)을 기점으로 급격히 가라앉기 시작했다.

천지(天池)의 조화(造化)가 새롭게 이루어졌다.

연운비는 그제야 이것이 태청신공이 구성의 성취에 이르면 일어나는 현상이라는 것을 깨달았다.

"아……."

운기를 마치고 연운비는 자리에서 일어났다.

언제 내상을 입었냐는 듯 몸이 날아갈 것같이 가벼웠다.

"축하하네."

한편에서는 당문표가 수십 년은 늙어 보이는 모습으로 연운비를 바라보고 있었다.

"어르신……."

"자네와의 인연이 이것으로 끝난다는 것이 아쉽군. 당문에도 자네 같은 인재가 한 명이라도 있었다면……."

당문표는 조금은 아쉬워하는 표정으로 중얼거렸다.

먼저 떠난 청명검 운산 도인이 이렇게 부럽기는 처음이었다.

구룡 중 일인이라는 당표가 있었지만, 당문표의 진산절학을 물려받기에는 한참은 부족한 것이 현실이었다.

그러면서도 한편으로 마음이 놓이는 것은 유이명이 당문에 머무르고 있다는 사실 때문이었다. 이제 유이명은 곤륜의 사람이 아니라 당문의 사람이었다.

"이 일을 빚이라 생각한다면 후일 당문을 한 번만 도와주게."

"알겠습니다."

연운비는 깊숙이 허리를 숙였다.

"만물은 세상의 중심에 있어 순리와 역행의 근본을 이루니 생사일여(生死一如)라, 이제야 그 뜻을 알겠구나……."

당문표는 마지막 말을 끝으로 조용히 눈을 감았다.

그의 나이 일흔둘.

약관의 나이에 강호에 나와 강호오왕이라는 호칭을 받은 거인의 최후였다.

그의 죽음을 알리듯, 하늘에서는 한줄기 유성우가 떨어져 내렸다.

거성(巨星)은 그렇게 애뇌산에 험준함에 몸을 담았다.

第23章

그의 무공은 천하를 오시했다

제23장

애뇌산에서의 싸움은 막바지로 치닫고 있었다.

지키려는 자와 무너뜨리려 하는 자와의 싸움은 하루가 다르게 치열해지고, 피는 강산을 흘러내렸다.

천혜의 험지와 수많은 협곡들을 기점으로 저항하던 묘독문은 모든 무인들을 총단으로 후퇴시켰다.

그런 거점들을 차지하기 위해 중원무림인들이 흘린 피는 적지 않았다. 더구나 칠마의 합류는 그들에게 청천벽력(青天霹靂)이나 다름없는 일이었다.

애뇌산을 오르면서 칠마에 의해 부상당하거나 죽은 무인들의 숫자만 해도 물경 이백을 넘어섰다.

그럼에도 결국 승리한 것은 중원 무인들이었다.

절정고수의 숫자의 차이가 승패를 가른 것이다. 아무리 칠마라 한들 수많은 적들의 합공 앞에서는 몸을 사릴 수밖에 없었다.

더구나 광마와 창마를 제외한다면 나머지 삼마를 상대하기는 그리 어렵지 않았다. 그 정도 수준의 무인은 운남행에 참여한 무인들 중에서도 적지 않았다.

하나 그래도 팔황의 일익답게 묘독문은 그 저력을 보여주었다.

이차 집결지까지 무사히 도착한 중원 무인들이었지만, 묘독문에서는 그 이상의 진출을 허락하지 않았다.

"어헝!"

곤마 육단소가 지나간 자리에는 시체들만이 나뒹굴었다.

비록 광마나 창마에 비한다며 그 무위가 떨어지는 것이 사실이었지만, 일반 무인들에게 있어 상대하기 벅찬 것이 현실이었다.

콰직!

그가 휘두른 곤에 호남 회화(懷化)에 자리잡고 있는 대웅보 무인 두 명이 피떡이 되어 날아갔다.

"호호! 호호호호!"

요마 미염랑의 교소가 터져 나오자, 내공이 약한 무인들은 귀를 부여잡고 쓰러졌다.

이차 집결지에서 묘독문 총단까지의 거리는 고작 십 리.

그 거리를 좁히기 위해 치열할 싸움은 벌이고 있지만 이틀째 도무지 진척이 없었다.

칠마와 묘독문이 자랑하는 삼 단 때문이었다.

그들은 지형을 이용해 수시로 교란 작전을 펼쳤다. 우거진 밀림과 늪지대 주위를 병풍처럼 에워싸고 있는 기암절벽들은 천혜의 요새라는 말이 어째서 나왔는지를 느끼게 해주는 것들이었다.

"갈!"

청성의 장로 현천 진인이 도호성을 터뜨렸다.

"실로 사이하도다."

현천 진인은 요마의 앞을 막아섰다.

"호호. 도장, 뭐가 사이하다는 것이죠?"

미염랑은 눈웃음을 치며 현천 진인을 바라보았다.

"원시천존……."

현천 진인은 마음이 울렁이는 것을 느끼고 급히 내공을 끌어올렸다.

"오호? 제법이군요."

겉보기에는 삼십대 중반으로 보인다고 하지만, 실제 배분은 오히려 현천 진인보다 반 배분 높은 것이 바로 요마 미염랑이었다. 미염랑은 환희소를 듣고도 아무런 흔들림이 없는 현천 진인을 보며 내심 감탄을 흘렸다.

더구나 현천 진인이라면 이름조차 들어보지 못한 자였다. 다시 한 번 구파일방의 저력을 느낄 수 있는 상황이었다.

"그럼 이것도 받아내나 볼까요!"

미염랑이 일장을 후려쳤다. 현천 진인은 그 공격을 감히 경시하지 못하고 내력을 끌어올려 대항했다.

구하천풍장(九河天風掌)!

청성의 이름 높은 절기 중 하나인 구하천풍장이 펼쳐졌다.

펑! 퍼퍼펑!

연이언 부딪친 격돌에서 승기를 잡은 것은 요마 미염랑이었다. 강호의 금기 무공 중 하나인 흡정대법을 익힌 대가로 그녀가 얻은 것은 이 갑자에 달하는 공력이었다.

물론 정심하지가 않아 실제 운용할 수 있는 내공은 그보다 적었지만, 그래도 당금 천하에서 요마의 일장을 받아칠 수 있는 사람은 흔치 않았다.

"호호! 그토록 자신있어 하더니 겨우 이 정도였나요?"

미염랑은 쉴 새 없이 현천 진인을 몰아쳤다.

"손속에 사정을 두시기를!"

그 순간 도복을 입은 노도인 하나가 장내에 내려섰다.

"당신은……."

노도인의 얼굴을 본 미염랑의 표정이 창백하게 변했다.

"미 시주, 오랜만이구려."

"흥! 아직까지 살아 있었구나!"

미염랑은 이를 갈며 매서운 눈길로 노도인을 바라보았다.

노도인의 신분은 다름 아닌 청성의 현풍 진인. 청성에서 세 손가락 안에 드는 고수가 바로 그였다.

더불어 미염랑이 무림 공적으로 몰려 쫓길 당시 그녀에게 치명적인 부상을 안겨준 무인이기도 하였다. 만약 역용술이 아니었다면 그녀는 그곳에서 살아 나오지 못했을 터이다.

"내가 맡지."

곤마 육단소가 상대하던 대웅보 무인들을 뒤로한 채 신형을 날렸다. 현풍 진인이라면 미염랑으로서는 무리였다.

"클클, 여기도 있네."

"곤마!"

그 순간 다시 두 명의 인영이 장내에 내려섰다. 다름 아닌 개방의 풍두개와 흑표 당철운이었다.

육단소는 힐끗 미염랑을 바라보았다. 미염랑은 아무도 눈치채지 못하게 슬며시 고개를 저었다.

풍두개만이라면 몰라도 흑표 당철운이라면 상대하기가 까다롭기 그지없는 자였다. 빠른 신법도 그렇거니와 자칫 잘못하면 퇴로가 막힐 수도 있었다.

팟!

육단소와 미염랑은 지체없이 신형을 날렸다.

"어딜!"

이상한 낌새를 눈치챈 풍두개가 급히 일장을 날렸지만, 육단소가 휘두른 곤에 장풍은 너무나 쉽게 흩어졌다. 오히려 그 반동을 이용한 육단소가 멀리 신형을 날렸을 뿐이었다.

"허허……."

천하의 칠마가 이렇듯 쉽게 꽁무니를 뺄 것이라고는 짐작하지 못한 현천 진인이 너털웃음만을 흘렸다.

"약삭빠른 놈들이군요."

당철운이 아쉽다는 표정으로 품 안의 암기를 만지작거렸다.

"가세. 다른 이들을 도와야 하지 않겠나?"

현풍 진인이 아직 싸움이 벌어지고 있는 곳으로 몸을 날렸다. 나머지 삼 인 역시 사방으로 흩어져 아군을 돕기 위해 신형을 날렸다.

콰르르르릉!

뇌성벽력이 몰아쳤다.

하늘에서 떨어지는 것이 아닌 한 사람의 손에서 펼쳐지는 벽력(霹靂)이었다.

그 중심에는 한 사내가 있었다.

일곱 살의 나이에 창을 잡고, 그 이후 단 한시도 손에서 창을 놓은 적이 없었다.

그의 이름은 조풍령이었고, 이제 마지막 남은 상산조가의 후예였다.

쾅! 콰콰쾅!

십팔도궁의 도객들이 진을 유지하며 달려들었지만, 그가 휘두른 일격에 중심을 잡지 못하고 튕겨져 나갔다.

조풍령은 마치 주위에서 벌어지는 싸움과는 아무 관련도 없다는 듯 홀로 걸을 뿐이었다.

그의 주위에는 아무도 없었다.

평생을 홀로 살아온 사내, 무인의 자존심을 지키고자 하는 자, 그가 바로 창마 조풍령이었다.

"누가 나를 상대하려는가!"

조풍령을 울분에 찬 대성을 터뜨렸다.

권왕이 나올 것이라 생각했지만, 광마를 의식해서인지 아직 모습을 보이지 않고 있었다. 적이 없다는 것. 무인에게 그것만큼 슬픈 일은 없었다.

"십팔도궁의 헌원산이오."

헌원산이 나서자 도객들이 일제히 뒤로 물러섰다.

"진철도 팽악이오."

팽악이 조용히 헌원산의 옆에 섰다. 부족한 것을, 아니, 합공을 취하겠다는 뜻이다.

"오라."

조풍령은 묵묵히 고개를 끄덕였다.

슉! 슈슈슈슉!

천하를 떨쳐 울리는 두 명의 도객이 몸을 움직였다. 빗살과도 같은 도의 움직임이 현란하게 피어올랐다.

아무런 말이 없었음에도 두 사람의 도는 절묘하게 좌우로 날아들었다. 한 치의 오차도 없는 절묘한 공격이었다.

쩡!

조풍령은 한차례 창을 휘둘렀다.

그가 휘두른 창에 두 자루의 도가 막혔다. 초식은 하나였지만 부딪침은 둘이었다.

"과연……."

"역시 창마……."

팽악과 헌원산을 감탄을 금치 못했다.

한 번의 부딪침으로도 느낄 수 있었다. 상대는 합공을 한다 해서 어찌할 수 있는 자가 아니었다.

어째서 그의 이름이 오왕보다 떨어지지 않는가를 여실히 알 수 있는 상황이었다.

"다시 가겠소."

"파하!"

두 사람은 도를 움켜쥔 손에 힘을 가했다.

어찌 되었거나 호락호락 물러설 수는 없는 일. 천하오대도객으로 꼽히는 두 사람이었다. 그만한 자존심이 있다는 뜻이다.

쿠우우우!

굉음성과 함께 날아든 도가 창과 부딪쳤다.

언제부터인가 세 사람의 무기에는 푸르스름한 빛이 서려 있었다. 기의 응집이었다.

도기와 창기는 그렇게 허공을 격하고 부딪쳤다.

주위의 모든 싸움이 멈추고, 장내의 모든 시선이 세 사람에게 집중되었다.

그들은 살아 있는 전설을 보고 있었다.

신창추풍(神槍秋風)!

세상을 얻고자 하는 군웅들의 집단, 암천회의 난이 일어났을 당시 거대 세가들조차 그들과 부딪치는 것을 꺼렸다.

이백. 한 지역의 패주가 되기에도 부족한 인원으로 그들은 천하를 노렸다.

암천회주, 후일 암천무제(暗天武帝)라 불리게 되는 적인후와 십장생(十長生)을 지칭하는 열 명의 무인, 팔대기주를 중심으로 한 암천회의 무인들은 지독할 정도로 강했다.

대체 그런 강자들이 어디에 숨어 있었는지 이해가 가지 않을 정도로 그들은 강했다.

소림을 제외한 모든 문파들이 그들의 발호 아래 숨을 죽였다. 무당은 해검지까지 침범당하는 치욕을 당했고, 사, 마도의 문파들은 감히 암천회가 가는 곳에는 눈길조차 돌리지 못했다.

형산파가 위치한 곳의 지척인 남악(南岳)에서의 일이었다.

암천회 무인들은 결사항전을 부르짖던 대웅보와 접전을 벌이고 있었고, 싸움은 암천회의 승리로 끝나가고 있었다. 당시 형산파 무인들은 그 근처를 지나가고 있음에도 모른 척 나서지 않았다. 암천회의 위세를 여실히 보여주는 일이었다.

당시 대웅보 무인들을 구한 이가 바로 조풍령이었다.

무려 세 명의 암천회 무인을 마주하여 조풍령은 호각지세로 싸웠다.

비록 그 싸움에서 조풍령은 패퇴하였지만, 그의 의기를 보여준 사건이었다. 조풍령은 그런 무인이었다.

"어헝헝!"

조풍령의 기세는 하늘을 찌를 듯했다.

천하오대도객 중 두 명의 합공에도 오히려 조풍령은 우세를 점하고 있었다.

쾅! 콰콰쾅!

충격파와 함께 팽악의 신형이 뒤로 튕겨져 나갔다. 그의 입에서는 끊임없이 시뻘건 선혈이 흘러나왔다.

"크윽……."

팽악이 한쪽 무릎을 꿇었다.

챙! 채채채채챙!

혼자 남은 헌원산이 사력을 다해보지만 역부족이었다.

'창마… 어째서 창왕 벽리극을 그의 이름 앞에 두지 않는지 이제야 알겠구나!'

헌원산은 죽음을 예감했다.

무당이 아직 도착하지 않은 것이 안타까웠다. 일송자가 이 자리에 있었다면 혹여 죽음을 피할 수 있었을지 모르겠다.

팽악이 안타까운 눈으로 헌원산을 바라보았다.

몸을 움직일 수 없다는 것이 이리도 안타까울 줄이야. 비록 속한 곳은 달랐지만, 그들은 도객의 길을 걷는 무인들이었다. 적이라기보단 경쟁자였기에 그 마음이 더했다.

"여기도 있소이다!"

그 순간 어디선가 하나의 인영이 장내에 뛰어들었다.

인영은 다름 아닌 십팔도궁의 소궁주인 광천도 혁련후였다. 십팔도궁이 준비한 하나의 패이기도 했다.

쾅!

한차례 굉음성과 함께 혁련후의 신형이 대여섯 발자국 뒤로 밀려났다. 조풍령 역시 신형을 비틀거리더니 한 발자국 뒤로 물러섰다.

"와아아!"

사방에서 함성이 일었다.

지금껏 단 한 번도 물러나지 않은 조풍령이 뒷걸음질을 친 것이다. 그것 하나로도 장내의 분위기는 뜨겁게 달아오르고 있었다.

"너는 누구냐?"

조풍령은 이해할 수 없다는 표정으로 혁련후를 바라보았다.

아무리 보아도 이십대 중반의 나이. 어미 뱃속부터 무공을 익혔다고 해도 이만한 내공을 보유하기란 불가능했다.

"혁련후라 하외다."

혁련후는 천천히 얼굴에 쓰고 있던 인피면구를 벗었다. 다소 유약해 보였던 이십대 중반 사내의 모습이 사라지고 구릿빛 피부의 사내다운 기상을 물씬 풍기는 얼굴이 보였다.

"혁련무극과는 무슨 관계냐?"

"내 아버님이 되시오."

"그렇구나."

조풍령이 이해가 간다는 태도로 고개를 끄덕였다.

인피면구를 벗은 혁련후의 얼굴은 이립은 족히 넘어 보이는 얼굴이었다.

"우리가 처리하겠소."

곤명 분타주 야이록타가 총단 소속 무인들을 데리고 조풍령의 옆에 섰다.

장내에 제법 많은 사람들이 있다고 하지만, 이미 그 수뇌들은 조풍령에 의해 큰 부상을 입은 뒤였고, 지금이라면 일시에 몰아붙여 큰 피해를 줄 수도 있었다.

"꺼져라."

조풍령은 나직하면서도 차가운 말투로 말했다.

"무, 무슨……."

"언제부터 너희 따위가 감히 내 앞을 가로막았느냐?"

"하지만 지금이……."

"꺼지라 말했다."

조풍령의 몸에서 살기가 뿜어져 나왔다. 팽악과 헌원산을 상대할 때도 보이지 않았던 지독한 살기였다.

"이익… 오늘 일은 결코 그냥 넘어가지 않을 것이오."

야이록타가 뒷걸음질을 하며 세차게 신형을 돌렸다. 야이록타는 조풍령이 어떻게 되든 전혀 상관이 없다는 태도로 수하들을 이끌고 그대로 몸을 날렸다.

"너 혼자로는 부족하다."

조풍령이 혁련후를 가리키며 말했다.

광오하다 싶을 정도의 말이었지만, 그 말을 한 당사자가 조풍령이었기에 오히려 부족하다 싶을 정도였다.

헌원산이 있었지만, 심각한 내상으로 인해 가세하기가 어려운 형편이었다.

모든 이들이 눈치만 보며 조풍령을 바라보고 있었다.

대다수의 병력이 협곡 반대로 돌아간 상황인지라 장내에 절정고수라 할 수 있는 이는 몇 되지 않았다.

"제가 돕겠습니다."

그 순간 누군가가 혁련후의 옆에 섰다.

모두가 그를 향해 손을 치켜들었다. 마곡의 봉공인 적천악을 꺾으면서 그 무위를 천하에 떨치고 곤륜의 신검(神劍)이라 불리고 있는 무인, 바로 연운비였다.

의기천추(義氣千秋)라!

언제부터인가 연운비는 천하검수들의 우상이 되었다.

기련산을 내려온 지 불과 육 개월 만의 일이었다. 부드럽지만 한없이 강한 사내였고, 마음을 움직이게 하는 무인이었다.

스물이라는 나이에 비무대회에 출전하여 전패를 하면서도 검에 대한 열정을 버리지 않았던 무인. 의를 아는 사내였고, 사제를 위해 수백의 적군 앞에 뛰어들었다. 당금 천하에서 누가 그의 앞에서 의와 협을 논할 것인가!

"좋군."

조풍령이 흰 이를 드러내며 웃었다.

실로 간만에 지어보는 미소였다.

조풍령으로서는 이런 일 자체가 마음에 들지 않았다. 그의 입장에서 묘독문은 모두 죽여야 할 자들이었다. 한데 그들과 손을 잡고 오히려 중원 무인들을 공격하고 있었다. 실로 울분이 터지는 일이었다.

"하하! 하하하하하!"

조풍령은 한차례 대소를 터뜨렸다.

그 웃음을 보고 있던 연운비는 문득 조풍령의 눈이 무척이나 슬퍼 보인다는 생각이 들었다.

"오거라."

조풍령이 손짓을 했다.

연운비와 혁련후는 서로를 바라보았다. 이심전심(以心傳心)이라, 두 사람은 서로의 뜻을 확인했다.

팍! 파파팍!

두 사람의 신형이 조풍령을 향해 날아들었다.

쩌엉!

조풍령의 창이 바람을 가르고 날아들었다.

세 사람 모두 검기상인(劍氣傷人)에 이른 고수들. 일합 일합에 전신의 내력이 깃들었고 기교와 힘이 충돌했다.

"사자의 새끼라 생각했더니 이미 제 영역을 구축한 놈이었구나."

조풍령은 감탄을 토했다.

혁련후의 무위는 헌원산의 아래가 아니었다. 십팔도궁의 삼태상보다도 오히려 우위에 있는 것 같았다.

하나 무엇보다 조풍령이 감탄한 것은 연운비의 무공이었다.

이제 이립도 되어 보이지 않는 나이.

어째서 광마 부평악이 당시 연운비를 죽이지 않고 놓아주려 했던 것인지 이제야 이해가 갔다.

쩌쩌쩡!

세 사람의 만들어내는 기파가 애뇌산을 떨쳐 울렸다.

수십 합의 교전이 오고 갔다.

이전에 있었던 싸움에서 내공의 소모가 심했던 것일까?

조풍령이 조금은 지친 모습을 보였다. 하지만 여전히 주도권은 조풍령에게 있었고, 연운비와 혁련후는 상대의 공격을 막아내는 것만으로 만족해야 했다.

끼이이이잉!

창이 호곡선을 그리며 날아들었다.

초식은 하나였지만, 그 안에 담긴 변화는 무수히 많았다. 조풍령의 시선을 특별히 누구 한 사람에게 향하지 않았다. 하지만 연운비나 혁련후 두 사람 모두 언제나 조풍령의 시선을 받는 느낌이었다.

쿵!

진각과 함께 날아든 창의 기세가 심상치 않다.

창월도법(暢月刀法).

도왕 혁련무극을 강호오왕 중 일인으로 만들어준 무공.

세상을 오시했던 도왕의 도법이 펼쳐졌다. 계승자이었으되 이제 진실로 그 주인이 되려 한 혁련후의 기세가 담겨 있었다.
하나 상대는 다름 아닌 창마 조풍령.
월광(月光)의 숨결이 미치기에는 그 빛이 약했고, 대해(大海)는 너무 넓었다.
'아쉽구나…….'
연운비는 한편에서 합공을 취하고 있는 혁련후를 보며 안타까움을 금치 못했다.
한 번도 손발을 맞춰보지 않았기에 합공의 묘를 제대로 살리지 못하고 있었다. 그렇지 않았다면 이렇듯 일방적인 수세에 처하지는 않았을 터이다.
쏴아아아악!
하늘에서는 언제부터인가 굵은 빗줄기가 내리고 있었다.
우기에 접어든 운남의 날씨는 도무지 종잡을 수가 없었다. 구름 한 점 없는 하늘에서 소나기가 쏟아져 내렸고, 그러다가도 언제 그랬냐는 듯이 환하게 갰다.
굵은 빗줄기는 운신의 폭을 좁혔다. 그것은 연운비와 혁련후에게는 더할 나위 없는 불행이었다.
치릭.
파상적인 공격에 물러서고 있던 혁련후의 발이 미끄러졌다.
조풍령은 그 기회를 놓치지 않았다. 그의 창이 혁련후의 심장을 노리고 날아들었다.
혁련후는 질끈 눈을 감았다. 피할 방법이 없었다.
쾅!
폭음성이 일었다.
이제는 죽는구나라는 생각이 들었다. 억울하지는 않았지만 아쉬움은 있었다.

곤륜신검(崑崙神劍). 그동안 숱하게 들었던 말이다.

한 번쯤 검을 섞어보고 싶었다. 내심 비슷한 배분에선 적수가 없다고 생각하고 있던 혁련후로서는 연운비의 명성이 올라갈 때마다 자존심이 상하는 일이기도 했다.

그와 함께하고 있었지만 연운비의 검이 향하는 곳은 자신이 아닌 창마 조풍령이었다.

그 순간 신랄하면서도 웅장한 검의 기운이 조풍령의 창을 막아섰다.

단설참(斷雪斬).

이제 극의를 바라보고 있는 연운비의 검이었다.

"제법이구나!"

조풍령은 감탄을 토했다.

받아내지 못할 것이라 여겼지만 받아내었다. 목숨까지도 위험할 수 있는 상황이었다.

소속이 다른 두 사람이 친분을 쌓았을 리는 없을 일. 무엇보다 그 점이 조풍령을 감탄케 하고 있었다.

언제부터인가 연운비의 두 다리가 조금씩 떨리고 있었다.

고막이 먹먹했다. 목구멍까지 선혈이 치밀어 올랐다. 심각한 내상의 징후들이었다. 무리를 해서 혁련추 대신 조풍령의 창을 받아낸 대가였다.

연운비는 조풍령을 바라보았다.

마치 조풍령은 연운비의 상세는 전혀 관심이 없다는 태도로 허공을 응시하고 있었다.

"암왕은 죽었느냐?"

겨우 한 호흡을 쉴 정도의 짧은 시간이었지만 연운비에게 그 시간은

억겁처럼 길게 느껴졌다.

"그, 그렇습니다."

연운비는 끓어오르는 진기를 다스리며 간신히 대답했다.

"그렇구나. 그가 그렇게 죽었구나……."

조풍령은 한탄을 토했다.

광혈마공에 당하고서도 살아 있는 연운비의 모습을 보고 어느 정도는 짐작하고 있던 일이지만, 막상 그 사실이 현실로 다가오자 그것은 또 다른 느낌이었다.

"오늘은 여기까지만 하도록 하겠다."

조풍령은 창을 거두었다.

멀리서부터 사로(四路)로 향했던 무당과 아미파의 무인들이 오는 것이 보였다.

조풍령은 등을 돌렸다.

수많은 무인들이 있음에도 아무도 조풍령의 발걸음을 막지 못했다. 그렇게 하루의 싸움이 끝나고 있었다.

싸움이 끝나자 중원 무인들은 십 리 밖에 쳐져 있는 막사로 되돌아왔다. 돌아오는 이들의 발걸음은 무거웠다. 창마 조풍령의 무위는 그들이 생각한 것 이상이었다.

수뇌부들은 급히 회의를 가졌다.

십여 년 전.

칠마가 무림 공적으로 몰릴 당시만 해도 창마 조풍령의 무공이 이 정도는 아니었다. 분명 광마보다 처지는 것이었고, 모든 이가 그 사실을 알고 있었다. 하지만 오늘 마주한 창마의 무공은 오히려 광마를 능가하는 듯싶었다.

"어떻게 하실 셈이오?"

가슴팍에 붕대를 두른 채로 회의에 참석한 팽악이 말했다.

"흠……."

총군사인 제갈헌이 가볍게 한숨을 내쉬었다.

"무당에서는 칠성검진을 펼칠 수 있습니까?"

"원시천존… 일대제자만으로 진을 구성한다면 힘들 것이오."

일송자가 고개를 저었다.

펼칠 수는 있으되, 창마 조풍령을 상대하기가 버겁다는 뜻이었다. 일송자가 가세한다고 해서 그것은 크게 다르지 않았다. 오히려 일송자 혼자 나서는 것이 나을 수도 있었다.

"당문은 어떻습니까?"

"전위대라면 가능할지 몰라도 암혼대로는 어렵소."

흑표 당철운도 힘들다는 표정으로 고개를 주억거렸다.

"형산파에서 한번 나서보겠소."

형산파의 장로 취영보 소미득이 조심스럽게 입을 열었다.

장내의 눈에 불신감이 어렸다.

형산파라면 구파에 속한다고는 하지만 그 위치는 말석이었다. 만약 점창파가 지금까지 존재했다면 구파에 속하지도 못했을 일이었다. 그런 형산파에서 상대하겠다고 나서고 있으니 어떻게 보면 믿지 못하는 것도 당연했다.

"여기 계신 팽 대협이나 헌원 대협을 폄하하는 것은 아니지만, 창마의 무공이 그 정도는 아니라고 생각하오. 합공을 해본 적이 없는 분들이니 오히려 그것이 짐이 되었을 수도 있소. 일송자 어르신과 함께 본인이 나서보겠소."

천원세가의 흑표객 천명훈이 말했다.

장내에 모은 이들이 고개가 끄덕여졌다. 확실히 천명훈과 일송자의 합격이라면 가능성이 있었다.

"모두들 놓치고 있는 사실이 있습니다."

그 순간 침묵하고 있던 제갈헌이 조심스레 말문을 열었다.

"군사, 그게 무슨 말이오?"

"놓치고 있는 것이라니요?"

"지금 중요한 것은 창마나 광마 개인이 아닙니다. 중요한 것은 묘독문 총단을 무너뜨리는 것입니다. 그곳만 무너진다면 구심점을 잃은 저들은 버틸 여력이 없습니다."

좌중은 침묵으로 빠져들었다.

이 자리에 모인 대다수는 제갈헌이 하고자 하는 말의 요지를 알고 있었다.

인해전술(人海戰術).

창마나 광마가 아무리 강하다지만 근거지를 무너뜨려 버린다면 버티는 데에 한계가 있었다.

"좋소. 천원세가가 앞장서겠소."

조용하던 가운데 천명훈이 자리에서 일어났다.

뒤늦게 합류한 이유로 사실 적지 않은 부분에서 다른 문파의 무인들에게 양보를 해야 했던 천원세가였다. 이 기회에 확실히 기억을 시키고 싶은 것이다.

"군사의 말처럼 그동안 우리가 입을 피해가 두려워 너무 쉬쉬했던 것이 사실이오. 고작 십 리요. 아무리 묘독문이라 한들 다수로 밀어붙이면 견딜 수 없을 것이오."

"옳소. 대웅보도 한팔을 거들겠소!"

"묵수방도 마찬가지요!"

여기저기서 외침이 터져 나왔다.

"내일을 기점으로 묘독문은 떠오르는 태양을 보지 못할 것이오!"

천명훈이 좌중을 둘러보며 힘찬 외침을 토했다.

*　　　　*　　　　*

"어떻게 되었나?"

묘독문 태상호법인 호미야루가 찻잔에 손을 가져가며 입을 열었다.

"지금쯤이면 통로로 이동하고 있을 것입니다."

"그렇구먼."

"어떻게 하시겠습니까?"

탑칠라하가 조심스러운 태도로 물었다.

"누군가는 남아야겠지."

호미야루는 느긋한 표정으로 차를 마셨다.

향기는 그다지 좋지 않았지만, 운남에서는 좀처럼 접해보기 힘든 차이기에 아끼던 것이다.

"그들은?"

"워낙에 저희의 저항이 완강했던 터인지라 전혀 의심하지 못하고 있습니다."

"칠마는 무얼 하고 있나?"

"아직 떠나지 않고 있습니다. 그들끼리 문제가 조금 있는 듯합니다."

"알아서 할 터이지."

호미야루는 그들에 대한 생각을 접었다.

비록 일시적으로 손을 잡고는 있다고 하지만 그것은 어디까지나 일시적인 것일 뿐, 시간이 흐르면 적이 될지도 모르는 자들이었다. 더구나 창마 조풍령은 마치 그들을 원수를 보는 듯 대했다.

한 번은 그 일로 인해 소문주인 미르타하가 도를 뽑아 든 적도 있었다. 만약 그 자리에 호이야루나 광마가 없었다면 한바탕 소란이 일어났을 것이리라.

"자네도 이만 출발하게."

"운남의 구름이 중원을 감싸는 그날 찾아뵙겠습니다."

탑칠라하는 깊숙이 고개를 숙였다. 그것은 죽음을 각오한 무인에 대한 예우였다.

"배웅하지 않겠네."

호미야루는 그렇게 떠나는 탑칠라하의 뒷모습을 바라보았다.

第24章

시대를 풍미했던 거인들은
하나둘 쓰러져 가니

제24장

막사로 돌아온 연운비는 그대로 자리에 앉아 가부좌를 틀었다.

창마 조풍령과의 일전에서 입었던 내상은 상당히 심각했다. 적천악과의 비무에서 입었던 내상과는 비교가 되지 않았지만, 그렇다고 무시할 수 있을 정도도 아니었다.

우우우웅…….

단전에서부터 시작된 뜨거운 기운이 전신을 감쌌다.

구성에 이른 태청신공의 효능은 실로 놀라웠다. 내상을 입은 자들에게 지급되는 단약과 함께 어우러져 빠른 속도로 막혀 있던 혈맥을 뚫어나갔다.

운기조식을 취하며 연운비는 창마 조풍령과 있었던 비무를 떠올렸다.

태산 같던 무인.

존재감만으로도 상대에게 위협을 줄 수 있는 자. 그것이 바로 창마 조풍령이었다.

일수 일수가 위력적이었다. 이긴다는 생각을 하지 못할 정도로 그는 강했다. 만약 혁련추와 조금만 더 손발이 잘 맞았더라면 모르겠지만, 난생처음 보는 무인과 합공을 하는 것은 쉽지 않았다. 더구나 연운비로서는 남을 합공하는 것은 이번이 처음이었다.

초식 하나하나를 되짚어갔다.

이때 이렇게 했더라면 하는 생각이 떠올랐다. 잘못은 두 사람 모두에게 있었다.

서로의 호흡을 신경 쓰지 않았고 호승심에 치우친 나머지 물러서야 함에도 그러지 않았다.

"아……."

운기조식을 마친 연운비의 입에서 탄성이 흘러나왔다.

단설참(斷雪斬).

극의를 바라보고 있다고 생각했다. 하지만 창마 조풍령 앞에서는 너무나도 무력했다.

그것은 상청무상검도가 조풍령의 무공에 미치지 못함이 아니라 연운비의 경지가 조풍령보다 떨어지는 것을 뜻했다.

극의라 생각했던 곳에 또 다른 벽이 존재했다. 그것이 지금 창마 조풍령과 연운비의 차이였다.

신창합일(身槍合一)!

창과 몸이 하나가 되었다. 창이 움직이는 것이 아니라 조풍령이 움직이는 것이었고, 그의 공격 하나하나는 창과 하나가 된 그의 움직임이었다.

연운비는 눈을 감았다. 그리고 마음을 열었다. 아직 올라서기엔 부족한 길이라 하나, 그 기운이라도 음미해 보고 싶은 것이다.

"부르셨다고 들었습니다."

내상을 치유한 연운비는 위지악이 머물고 있는 막사로 향했다. 그곳에는 권왕 위지악이 자리에 앉아 연운비를 기다리고 있었다.

어제 있었던 싸움에서 위지악은 나서지 않았다.

연운비는 그 이유를 알고 있었다. 창마 조풍령을 상대하고 싶지 않은 것이 하나의 이유였고, 두 번째는 친우인 암왕 당문표의 복수를 하기 위해서였다.

"앉거라."

"예."

"그래, 창마가 모습을 드러내었다고?"

위지악이 특유의 퉁명스런 말투로 말문을 열었다.

위지악의 말투를 들은 연운비의 입가에 미소가 감돌았다. 그가 아는 권왕 위지악이란 무인은 이런 사람이었다. 지난 며칠간 침체되어 있던 위지악의 모습은 전혀 어울리지 않았다.

"어떻더냐?"

"강했습니다."

"그렇다. 그는 강한 무인이지."

위지악은 고개를 끄덕였다.

일각의 접전에 불과했지만, 그것만으로도 조풍령이 어느 정도 강하다는 것은 충분히 느낄 수 있었다.

아마도 승부를 내기 위해서는 수백 초는 족히 겨루어야 할 것이리라.

"내상은 어찌 되었느냐?"

"단약의 도움으로 나을 수 있었습니다."

"심하진 않았던 모양이구나."

"그렇습니다."

연운비가 공손히 대답했다.

실제로 이전이었다면 족히 열흘은 요양해야 할 부상을 단 몇 시진의 운기행공만으로도 치료할 수 있었다. 단약의 도움이 있었다고는 하지만 태청신공이 구성에 이르지 못했다면 불가능한 일이었다.

"네놈을 부른 건 다른 이유에서가 아니니다. 듣자 하니 검에 마음을 담았다고 하더구나?"

"운이 좋았던 것 같습니다."

"운이라……? 하! 네놈은 나를 뭘로 보는 것이냐?"

돌연 위지악이 기세를 일으켰다.

숨이 막힐 정도로 패도적인 기세였다. 연운비는 어쩔 수 없이 태청신공을 운기해 기세에 대항했다. 부드러우면서도 장중한 기운이 위지악의 기세를 무력화시켰다.

"허, 이놈 봐라?"

위지악은 뜻밖이라는 표정으로 연운비를 바라보았다.

내공에 있어서는 이전과 큰 차이가 없었지만 흐름은 아니었다. 단시간에 해소시킬 수 있는 기세가 아니었음에도 마치 물이 흐르듯 자연스럽게 기세를 흘려보냈다.

물론 부딪치기에는 모자람이 있기에 그리한 것이었지만, 그것만 하더라도 실로 대단한 일이었다.

"적천악이라 하였더냐?"

"그리 말하였습니다."

"그 정도의 무공을 지니고 있다면 마곡에서도 상당히 높은 지위일 것이다. 백여 년 전 마곡은 곡주 휘하 봉공과 이전 오대로 구성되었지. 물론 시간이 흐른 만큼 달라졌을 수도 있겠지만, 큰 틀은 변하지 않았을 것이다."

"대주는 아닌 듯싶었습니다."

연운비가 자신의 생각을 밝혔다.

"무슨 이유라도 있느냐?"

"그저… 제 느낌일 뿐입니다."

"대주가 아니라? 하면 전주도 아니란 뜻이고, 봉공일 가능성이 높겠구나."

한 번 정도 의심을 해볼 만도 하건만 위지악은 마치 당연하다는 표정으로 연운비의 말을 믿었다.

그것이 위지악이 판단한 연운비라는 무인이었다. 상대의 수준 정도도 가늠하지 못한대서야 검에 마음을 담을 자격조차 없었다.

"잘 보거라."

돌연 위지악이 허공에 대고 주먹을 휘둘렀다.

쩡!

고요한 바다에 일순간 파문이 일었다.

"무엇을 보았느냐?"

"……."

연운비는 대답을 하지 못했다.

위지악이 무엇인가 보여주기 위해 그런 행동을 한 것 같았지만, 아직 연운비의 능력으로는 그것을 알아볼 수 없었다.

"이번에는 조금 천천히 보여주겠다."

위지악은 다시 주먹을 휘둘렀다.

파문은 점에서 시작되어 그 범위를 넓혀갔다. 기이한 것은 그 속도가 무척이나 일정하다는 것이었다. 마치 주변의 공간이 위지악에 의해 지배받고 있는 것 같았다.

"무엇을 보았느냐?"

"……."

연운비는 이번에도 대답을 하지 못했다.

"네가 해보거라. 검으로 하면 되겠지."

연운비는 검을 들었다. 그리고 위지악이 했던 것처럼 검끝에 정신을 집중했다.

위지악이 아무렇게나 펼쳐 내었다고 해서 연운비까지 그럴 수 있는 것은 아니었다.

파문이 일었다.

파문은 검끝에서 시작해 점차 주위로 번져 나갔다. 하지만 위지악이 보여주었던 범위에 비한다면 초라할 정도로 적었다.

"만물을 이치를 검에 담고자 한다면 그 이치를 논하기 전에 그릇부터 넓혀라."

"어, 어르신……."

연운비는 당혹스런 음성으로 말을 더듬었다.

비록 가는 길은 다를지라도 이미 입신의 경지에 이른 위지악이었다. 연운비의 현재 상태를 짐작하지 못할 리 없었다.

"부담을 가질 필요는 없다, 나 역시 전부 가르쳐 줄 생각은 없으니. 검에 마음을 담는다고 해서 다 같은 심검(心劍)의 경지는 아니니다. 어린 소동이 목검을 휘두를 때에도 마음은 담을 수 있다. 할 말은 이것으로 끝이다. 그만 나가 보거라."

위지악은 귀찮다는 표정으로 손을 내저었다.

"하아……."

천막을 나온 연운비는 깊은 탄식을 흘렸다.

아무리 생각해도 너무 많은 것을 받은 듯하다. 위지악에게나 지금 이 세상에 없는 당문표에게나.

두 어깨가 무거웠다.

문뜩 목에 걸려 있는 반쪽의 부적이 생각났다. 여전히 부적은 원래의 색을 띠고 있었다.

"무악……."

부적을 움켜쥐며 사제의 이름을 불렀다.

"후우우……."

연운비는 깊은 한숨을 내쉬었다.

당시에는 느끼지 못했던 것이지만 무공의 경지가 높아져 감에 따라 자연스럽게 알게 되었다.

아마도 무악의 일도(一刀)를 받아낼 수 있는 사람은 강호에 그리 흔하지 않을 것이리라.

굳이 따진다면 무악이 산을 내려갔을 때의 무공이 지금의 연운비보다도 오히려 높은 수준이었다. 그것이 벌써 육 년 전의 일이었으니 실로 엄청난 일이었다.

연운비는 귀곡자의 예언이 틀렸기를 바라면서 부적이 적색으로 물들지 않기를 기원했다.

무악 정도 되는 고수가 위험에 처한다면 과연 자신이 구할 수 있을지 의심이 들었다.

"연 소협."

그렇게 고민에 빠져 있던 연운비는 문뜩 등 뒤에서 들려오는 목소리로 고개를 돌렸다.

"유 소저, 이곳에는 어쩐 일이십니까?"

"연 소협을 찾아왔어요. 이곳으로 오면 만날 수 있을 것이라 하여……."

"무슨 하신 말씀이라도 있으신지요?"

"다름 아니라……."

유사하는 한참 동안 머뭇거리는 모습을 보이더니, 결심을 한 듯 말문을 열었다.

"오늘 창마와 싸우는 모습을 보았어요. 연 소협이 너무 위험한 일에 자꾸 나서시는 것 같아서……."

"유 소저?"

"그냥 그렇다는 거예요… 저도 알아요. 연 소협이 나서지 않았다면 적지 않은 사람들이 죽었다는 사실을요. 그래도… 아녜요. 제가 쓸데없는 말을 한 것 같네요."

"……."

유사하는 아련한 눈빛으로 연운비를 바라보았다.

연운비가 그 눈빛에 담긴 뜻을 알아차리는 데에는 그리 오랜 시간이 걸리지 않았다.

두 사람은 한동안 아무 말 없이 서로를 바라보았다.

두근두근…….

연운비는 마음이 떨리는 것을 느꼈다.

단 한 번도 유사하가 자신에게 이런 마음을 가지고 있을 것이라고는 생각하지 못했다.

그저… 안타까운 마음에 몇 번 위로를 해준 것뿐이었고, 그것이 전부였다.

지금 같은 상황이 아니라면… 그랬다면 저 눈빛을 대하는 데 조금은 부담이 없었을지도 모르겠다.

"모두 준비하시랍니다."

그 순간 어디선가 출정을 알리는 목소리가 들려왔다.

"가시지요."

"예……."

연운비가 먼저 말을 꺼냈다.

'바보 같은 놈, 무슨 생각을 하는 것이냐.'

그렇게 걸음을 옮기던 연운비는 세차게 고개를 저었다.

도인이 될 자신이 이런 생각을 한다는 것 자체가 문제가 있었다. 아무리 그간 많은 일이 있었고, 아직은 속가제자의 신분이라고는 하지만 마찬가지였다.

'스승님…….'

연운비는 운산 도인을 떠올렸다.

'인연이 닿지 않으니, 때가 아니니다.'

그 말 한마디가 한때는 비수가 되어 연운비의 마음을 파고든 적이 있었다.

웅당 도인의 길을, 그리고 검선의 길을 걷고자 했던 연운비였기에 더욱 그러했다.

'어찌해야 한단 말인가…….'

연운비의 얼굴에 서린 수심은 짙어져만 갔다.

*　　　　*　　　　*

"대형, 물어보고 싶은 것이 있습니다."

창마 조풍령이 혈의로 변한 옷을 입은 채 방 안으로 들어섰다.

그의 창에는 검붉은 피가 굳은 채 그대로 묻어 있었다. 다시 적을 상대하기 위해서는 손질을 봐야 하지만 조풍령은 그렇게 하지 않았다.

지난 며칠 사이 적지 않은 묘독문 주력 병력이 비밀 통로를 통해 은밀히 산을 내려갔고, 그로 인해 묘독문은 더욱 힘겨운 싸움을 벌이고 있었다.

무려 십 년에 걸쳐 만들어놓은 비밀 통로였다.

그 공사를 하기 위해 수십 년 동안 묘독문이 비축해 두었던 재물 대부분이 소진되었다.

"말씀하시게, 아우님."

"무례한 질문이 될 수도 있습니다."

"언제부터 우리 사이에 그런 걸 따졌나."

"그럼 묻겠습니다. 묘독문과는 어떤 관계이십니까?"

창마 조풍령이 형형한 눈빛으로 광마 부평악을 바라보았다.

"그것이 중요하나?"

"저에게는 중요합니다."

조풍령이 고개를 끄덕였다.

진작에 물어봤어야 하는 것인데 그러지 못했다. 한 번의 대답은 들었다지만 그 이상은 두려워 물어보지 못했다. 지난 삼십 년간 희대의 마인이라고는 하지만 자신에게만큼은 누구보다 잘 대해주었던 의형이다. 그 연을 차마 끊고 싶지 않았다.

조풍령의 뒤에는 나머지 삼마가 시립해 있었다.

다 같이 칠마라 불린다 하지만, 두 사람과 나머지 삼마와는 큰 격차가 있었다. 실제로 무공 역시 나머지 삼마가 합공한다 하여도 광마나 창마를 상대할 수 없었다.

"그 대답은 이미 한 것으로 아네. 다른 사람은 몰라도 내가 아우님에게 거짓을 말한 적이 있나?"

"없습니다."

"그럼 끝났군."

"한 가지만 더 물어보겠습니다."
"오늘따라 무거운 자네 입이 자주 열리는구먼."
"마곡과는 어떤 관계이십니까?"
지금까지와는 다르게 부평악의 표정이 살짝 변했다.
"무엇을 알고 싶은가?"
"전 중원 무인입니다. 그들이 저를 공적으로 내몰고 추살령을 내릴지라도 그것은 변하지 않는 사실입니다."
"나 역시 중원무림인이네."
"그럼 대답해 주십시오."
"흠……."
부평악이 잠시 머뭇거렸다.
"나는 그들에게 무력을 빌려주었고, 그들은 나에게 몇 가지 약속을 하였지."
"대형……."
조풍령은 이해할 수 없다는 표정으로 부평악을 바라보았다.
무엇이 아쉬워 마곡과 손을 잡았단 말인가?
그들이 묘독문보다 나은 것은 사실이었지만, 그렇다고 해도 엄연히 변황의 세력이었다.
그제야 조풍령은 폐관수련하며 받았던 무수한 영약들이 마곡과의 거래를 통해 전해진 것이라는 사실을 알아차렸다.
"공적이라… 세상의 옳고 나쁨을 가르는 것은 무엇인가? 개인의 주관인가, 아니면 다수의 관점인가?"
"대형께서는 자신이 한 일에 대해 후회하십니까?"
"그렇지 않네."
부평악이 단호히 고개를 저었다. 그제야 조풍령의 얼굴에 웃음이 감돌왔다.

그가 아는 부평악은 이런 사람이었다.

공적으로 몰렸음에도 단 한 번도 적 앞에서 물러선 적이 없었다. 만약 나머지 오마만 아니었다 한들 부평악이 이런 변황의 오지까지 도망쳤을 리도 없었다.

"대형을 만나서 즐거웠습니다."

"떠나려 하는가?"

"끝까지 함께하지 못해 죄송합니다."

"아닐세. 내가 자네를 너무 오래 잡아두었던 것 같군. 어디로 갈 생각인가?"

"상산으로 갈 생각입니다."

"먼 길이 되겠군."

부평악이 음울한 눈빛으로 조풍령을 바라보았다.

조풍령이 말하는 상산은 그의 본가가 있는 곳이 아닌 하북의 상산(常山)을 말하는 것이다. 만 리 길도 더 되는 거리였다.

'상산이라…….'

부평악은 조풍령의 죽음을 예감했다.

아무리 창마 조풍령이라 하더라도 무림 공적으로 몰린 이상 하북까지 간다는 것은 무리였다.

아니, 당장에라도 조풍령이 혼자 움직인다면 애뇌산을 둘러싸고 있는 수많은 적들에게 죽임을 당할 수도 있었다.

"다시 볼 수 있겠나?"

"나루터에서 먼저 기다리겠습니다."

그 말을 끝으로 조풍령을 자리에서 일어나 창을 들고 발걸음을 돌렸다.

"제거해야 합니다."

조풍령이 시야에서 완전히 사라지자 시마 소북살이 살기를 내뿜으며 말했다.

"말도 안 돼요. 우리가 함께 해온 시간이 몇 년인지 아시나요? 둘째 오라버니를 제거하겠다니요."

"같이 죽자는 이야기냐?"

곤마 육단소도 소북살과 같은 의견이었다.

조풍령은 너무 많은 것을 알고 있었다. 그의 성격을 생각한다면 발설하지는 않겠지만, 그래도 만에 하나 모르는 것이었다.

"되었다. 둘째 아우에 대해서는 신경 쓸 필요 없으니 모두 그렇게들 알거라."

부평악이 한심하다는 표정으로 삼마를 바라보았다.

이들은 조풍령이 어떤 각오로 떠나가는지도 느끼지 못하고 있었다. 그렇게 되자 떠나간 조풍령이 너무나 아쉬웠다.

"가자, 이제는 우리도 떠나야 할 시간이다."

"알겠습니다."

누가 먼저랄 것도 없이 삼마가 일제히 대답했다.

* * *

팍! 파파팍!

천원세가의 무인들을 필두로 한 각파의 무인들이 험난한 지형을 통과하며 묘독문 총단이 있는 곳으로 질주했다.

기이한 것은 이전과는 달리 묘독문에서 적극적으로 압박을 가해오지 않는다는 사실이었다.

십 리라 함은 실제로 무인들에게 있어 반 시진이면 족히 주파할 수 있는 거리다. 물론 지형의 험난함과 신법을 펼치기 난해한 곳이 있다 하더라도 큰 차이가 나지 않았다.

문제는 총단 공략에 있었다.

완강한 저항에 부딪쳐 느린 속도로 진군하다 보면 날은 어두워지고, 그렇게 되면 또다시 십 리 밖으로 물러나야 했다. 천막을 칠 곳도 없을뿐더러 그 정도 거리는 두어야 습격에 대비할 수 있었다.

"이상하군."

팽악이 눈살을 찌푸렸다.

며칠 전부터 느꼈던 것이지만, 적들의 수가 상당히 줄어 있었다. 첫 공략을 시작했던 삼 일 전보다는 이틀 전이, 그리고 어제보다는 오늘 마주하는 적들의 수가 더 적었다.

"무슨 꿍꿍이속이지?"

팽악은 잠시 걸음을 멈추었다. 팽가의 무사들 역시 진군을 멈춘 채 명령을 기다렸다.

"무슨 일입니까?"

대웅보 무인 석태명이 다가왔다. 대문파라 하기에도 애매하고 중소 문파라 하기에도 애매한 것이 바로 대웅보였다. 그런 대웅보에도 고수는 있었는데, 석태명이 그중 한 명이었다.

"이상하지 않은가?"

"무엇이 이상하단 말씀입니까?"

"적의 수가 너무 적네."

"하하, 별 걱정을 다하시는군요. 그간 우리 손에 죽어간 적들이 몇 명입니까? 묘독문도 더 이상 버틸 여력이 남아 있지 않은 거겠지요."

석태명이 무엇이 걱정이냐는 듯 호쾌한 대소를 터뜨리며 말했다.

"그렇긴 하지만……."

팽악은 저 어디엔가 앞서 가고 있을 천원세가를 떠올리고 어쩔 수 없이 진격 명령을 내렸다.

묘독문(妙毒門).

커다란 현판이 보였다.

삼면은 높이를 알 수조차 없는 절벽으로, 후방에는 폭이 수십여 장은 될 것 같은 벼랑 아래 세찬 급류가 흐르고 있는 묘독문 총단은 마치 천혜의 요새 그 자체를 보는 듯하였다. 더구나 삼 장에 달하는 성벽의 높이는 일류고수라 하여도 한 번에 올라가기 힘들 정도였다.

가장 먼저 총단 앞에 도착한 천원세가의 무인들은 사기가 올라 있었다.

동이 트는 것과 함께 그동안 몇 차례 공격을 해왔지만, 이토록 빨리 성벽 앞까지 도착한 적은 없었다. 이제 해가 중천에도 올라와 있지 않다는 것을 생각하면 실로 놀라운 일이었다.

천원세가를 필두로 당문과 십팔도궁, 하북팽가 등 속속들이 문파들이 도착했다.

"묘독문이라……."

성벽 앞에서 팽악은 생각에 잠겼다.

예상보다 빠른 진군에 총군사인 제갈헌은 아직 도착하지 못했다. 이 자리에서 결정을 내려야 하는 것은 팽악과 십팔도궁의 대해도 궁천이었다.

"어떻게 하면 좋겠습니까?"

"글쎄… 일단은 시도해 봐야 하지 않겠나?"

궁천이 긴 수염을 쓰다듬으며 대답했다.

십팔도궁을 통틀어 궁천보다 강한 무인은 오직 도왕 혁련무극이 유일했다. 혁련무극에게 패해 십팔도궁에 들어가기 전까지 궁천은 패배를 모르던 무인이었다.

"자네는 어떻게 생각하나?"

팽악이 절친한 친우인 흑표 당철운에게 물었다.

"내 생각은 일단 총군사를 기다리자는 것일세."

"기다리자?"

"그렇다네. 적의 의도를 모른 채 무작정 공격하는 것은 좋지 않네."

"흠……."

팽악은 고민에 빠졌다.

한 사람은 총단 공략을 주장하고 있었고 다른 한 사람은 기다리자는 의견을 택했다.

"우선 성벽까지만 가보도록 합시다."

팽악은 애매한 결정을 내렸다.

기회가 왔을 때 잡아야 한다는 사실을 알고 있었지만, 그렇게 하기에는 합천평야에서 있었던 실수가 너무 컸다. 이런 상황에서 또다시 잘못된 판단을 내린다면 하북팽가라는 이름이 무너질 수도 있었다.

"흐흐, 그럽시다."

"알겠네."

지금까지 앞장섰던 천원세가가 물러나고, 그 자리를 천독문과 당가의 무인들이 채웠다.

가장 주의해야 할 것이 독이다. 그 이후에 공성전에 능한 십팔도궁의 무인들이 나서는 것이 순서였다.

쉭! 쉬쉬쉭!

당철운을 필두로 한 암혼대 무인들이 신형을 날렸다. 우측으로는 천독문 무인들이 이에 질세라 성벽으로 쇄도하고 있었다.
"죽여라!"
"일제히 사격하라!"
성벽을 삼십여 장 정도 남겨놓았을까?
일단의 궁수들이 모습을 드러내며 속사로 활을 난사했다. 활 끝에는 작은 주머니 같은 것이 달려 있었다.
"받아치지 마라!"
당철운은 급히 명령을 내렸다.
천독문에서도 역시 이상한 감을 느꼈는지 서로 간에 일정 거리를 벌리며 화살을 피했다.
하지만 피하기만 하는 데에는 한계가 있었다. 더욱이 속사에 힘이 실려 있지 않은 화살인지라 그 수가 너무 많았다. 피하다 못해 위기에 처한 천독문도 하나가 화살을 받아쳤다.
퍽!
가죽 공 터지는 소리와 함께 분말이 자욱이 퍼져 나갔다.
"크악!"
분말에 덮인 천독문도의 전신에 울룩불룩한 기포가 무수히 생겨났다. 기포에서는 곧 누런 고름이 흘러나왔다.
"모두 물러나라!"
비독 이길편이 급히 명령을 내렸다.
독에 대해 대비는 하고 있었다지만 이런 독은 실로 속수무책이었다. 피부를 통해 중독되는 것이기에, 피부 전체에 걸쳐 미리 해독약을 바를 수도 없었고, 치료하면 금세 낫는다지만 부작용이 심했고 징그러운 흉터가 남았다.
아무리 강호인들이라지만 껄끄럽지 않을 수 없었다. 더욱이 당문과는 다르게 천독문은 여자 문도들도 상당히 많았다.

"쉽게는 허락할 수 없다는 건가?"

당철운이 높은 성벽을 바라보았다.

내심 그동안 묘독문 무인들이 사용했던 강노를 사용할 것이라 생각하고 있었기에 당황스럽기도 했다. 이런 식이라면 아무리 무림인들이라 하더라도 성벽까지의 접근이 쉽지 않았다.

"흐흐, 어쩔 셈이오?"

"피풍의를 두른다면 되지 않겠소?"

"흐흐, 그것만으로는 곤란하오. 그다지 바람이 불지 않는다고는 하지만 역풍이오."

이길편이 고개를 저었다.

비록 그 심성이 잔인하다고 하지만 부하들에게까지 그런 것은 아니었다. 그랬다면 한 지역의 패주로 있는 천독문에서 실로 막강한 전력이라 할 수 있는 일 개 단을 이길편에게 맡길 리 없었다. 부하를 아끼는 마음은 어느 문파의 수장들이나 마찬가지였다.

"우선 그렇게라도 해봅시다. 아니 되면 비창이라도 풀어 치료를 돕겠소."

"흐흐, 비창을 지원해 준다면 한 번 해보겠소."

이길편이 고개를 끄덕였다.

비창이라면 화상이나 등창에 의한 흔적을 없애는 당문의 비약으로 그 효과가 놀라워 황궁에서도 사용되고 있었다. 이런 피부독이라면 확실히 비창으로 그 흔적을 지울 가능성이 높았다.

결국 적지 않은 희생을 치르고서야 당문과 천독문에서는 성벽 근처까지 도착했다.

"단단하군."

성벽을 만져 본 당철운이 눈살을 찌푸렸다.

그 정도 되는 무인이라면 몰라도 웬만한 일류고수라면 삼 장이라는 높이를 건너뛰는 것은 쉽지 않은 일이었다. 물론 단순히 올라서기만 한다면 그리 힘든 일도 아니었지만, 올라서기까지의 과정과 그 이후의 일이 부담이 되었다.

그렇다고 성벽 중간중간에 흠집을 내 도약할 곳을 만드는 일도 쉽지 않을 듯싶었다.

"대주님, 어떻게 할까요."

"받은 만큼은 돌려줘야겠지. 성벽 위로 반미독을 던져라."

"알겠습니다."

암혼대 무인들이 일제히 암기를 사용하여 성벽 위로 무엇인가를 투척했다.

튕겨 나오는 것도 있었지만, 시야가 닿지 않은 곳에 떨어진 암기도 있었기에 성벽 위에서는 일순간 혼란이 일었다.

"크아아악!"

순간 여기저기서 고통에 찬 비명 소리가 터져 나왔다.

반미독은 아주 작은 벌레를 이용한 독으로 몸 전체를 간질거렸다. 그 정도가 너무 심해 사람이 미치기까지 하는 독이었다. 물로 씻어내는 것으로도 해독할 수 있는 독이었지만, 이런 오지에서 물을 구하기란 쉽지 않다. 물론 후방에 강이 흐른다지만 그곳에서 물을 퍼 올리기란 불가능에 가까운 일이었다.

"물러선다."

당철운은 굳이 무리해서 성벽 위를 도모하지 않았다.

공을 세우는 것도 좋지만, 어디까지나 세가 무인들의 안전이 우선이었다.

이미 천독문에서는 몸을 빼고 있었다. 성벽까지 특별한 함정이 없다는 사실이나 접근하기가 용이하다는 것을 알아낸 것만으로도 소기의 목적은 달성했다고 할 수 있었다.

"어떻소?"

돌아온 두 사람을 보며 팽악이 물었다.

"흐흐, 그리 어렵지는 않소."

"내 생각도 그렇네. 마음만 먹는다면 성벽까지는 큰 희생 없이 진격할 수 있네. 그 이후가 문제이겠지."

당철운이 그다지 편해 보이지 않는 태도로 말했다.

그도 그럴 것이 암왕 당문표의 죽음은 당문 무인들의 사기를 바닥 끝까지 떨어뜨렸다. 더욱이 전위대인 유이명이 심각한 부상을 입고 돌아간 연후였고, 전위대원들 역시 상당한 사상자가 난 입장이었다.

전체적인 사기를 고려하여 수뇌부들을 제외한 이들에게는 아직 당문표의 죽음을 알리지 않았지만 당문 문도들에게까지 그 사실을 숨길 수는 없는 노릇이었다.

"성벽이 문제로군."

팽악은 생각에 잠겼다.

경공에 능한 몇 문파라면 저 정도의 높이가 부담이 되지 않겠지만, 어지간한 문파는 쉽지 않은 일이었다.

당장 팽가만 하더라도 경공에 능하지 않아 무리가 있었다. 오대세가 중 한 곳인 팽가가 그럴 정도이니 다른 문파들은 보지 않아도 뻔한 상황이었다.

"후미에 있던 제갈세가와 흑수방이 도착했습니다."

그 순간 개방 방도 하나가 급히 전언을 가져왔다.

"잘되었군."

"흐흐, 때맞춰 그들이 잘 와주었군."

흑수방은 복건성 복주(福州)에 자리잡고 있는 문파로서 군부와 밀접한 관계를 맺고 있었다.

호시탐탐 해안가를 노리는 왜구의 출몰로 인해 관부나 수군과 연계를 하며 그들을 물리쳤다. 그로 인해 마도의 문파라고는 하지만 정도의 문파들과도 어느 정도 친분이 있는 것이 바로 흑수방이었다.

이번 운남행에 대비하여 흑수방에서는 공성병기를 준비하였다. 우군에 속해 있던 흑수방에서는 이미 한차례 그 공성병기를 사용하였고, 그로 인해 십팔도궁에서는 별다른 희생 없이 묘독문 원양(元陽) 분타를 무너뜨릴 수 있었다.

"늦었습니다."

제갈헌이 복건성에 위치한 문파 중에서는 유일하게 참여한 흑수방 부방주 단도위가 같이 모습을 드러냈다.

"아니외다. 마침 잘 오셨소."

팽악이 반갑게 제갈헌을 맞이했다.

"소식은 들었습니다만, 어떻게 된 일입니까?"

"나도 잘은 모르겠소. 저항이 미비했다고 해야 하나? 아니면 더 이상 희생이 싫어 성벽을 의지해 싸우려는 것일 수도 있지 않겠소?"

"그럴 리 없습니다. 십 리라고는 하지만 실로 곳곳에 요새라 할 수 있는 곳이 많습니다. 아시다시피 그런 요새들을 무력화시키기 위해 이틀이라는 시간을 들였고, 아직까지도 특별한 약점을 찾지 못해 매번 피해를 입어가며 이곳까지 오는 중입니다."

제갈헌이 단호하게 말했다.

"흐흐, 그럼 군사는 무슨 고견이라도 있으시오?"

비독 이길편이 음침한 웃음을 흘리며 말했다.

"특별히 다른 의견이 있다는 것이 아닙니다. 조심해야 한다는 것이지요."

제갈헌이 쓴웃음을 지으며 말했다.

시간이 충분하다면 몰라도 지금 같은 상황에선 아무리 신기제갈이라 불리는 그라 하더라도 마땅한 방책이 있을 리 없었다.

"우선은 적들이 성벽을 의존하고 있는 것 같으니, 공성병기로 저 성벽을 무너뜨리는 것이 어떻겠소?"

대해도 궁천이 묵직한 저음으로 말했다.

헌원산은 이 자리에 없었다. 창마 조풍령과의 싸움은 그에게 적지 않은 부상을 안겨주었다. 외적으로도 그렇고 심적으로도 그것은 마찬가지였다.

"가능하겠습니까?"

제갈헌이 단도위를 보며 물었다.

"우선 성벽의 강도를 알아야 하오. 벽이 약하다면 지금 있는 공성병기로는 문제가 있소."

"강한 게 아니라 약한 게 문제가 된다는 뜻이오?"

팽악이 좀처럼 이해가 가지 않는다는 태도로 물었다.

"그렇소. 묘독문 원양 분타를 공략할 때 이미 가진 공성병기 중 단철추(斷鐵錘)를 사용하였소. 단철추만 있다면 성벽을 위에서부터 무너뜨려 그 높이를 낮출 수 있겠지만, 가진 게 석뇌창(石雷槍)뿐이라 성벽이 단단하지 않으면 불가하오."

"석뇌창이 무엇이오?"

"바로 이것이오."

단도위는 멀리 있던 수하를 시켜 기이한 물건을 가져왔다. 크기는 일반 창보다 조금 길었지만, 특이하게 대가 세 개였다.

"어떻게 사용하오?"

"저기 있는 공성추를 이용하여 발사하면 이것이 성벽으로 파고들게 되오. 그럼 이 대들이 받침대 역할을 하며 쉽게 도약을 할 수 있게 해주오. 관병들에게는 큰 의미가 없지만 우리 같은 무림인들에게는 실로 유용하외다."

단도위가 자신있는 말투로 말했다.

"군사, 어찌하시겠소?"

팽악이 일단 제갈헌의 의중을 물었다.

제갈헌의 묘독문의 병력 상태와 아군의 병력 상태를 비교했다. 일반적으로 수성에 비해 공성 시 필요한 인원이 세 배라고는 하지만, 그것은 어디까지나 군부의 이야기일 뿐, 강호의 무림인들과는 무관한 이야기였다.

만약 저런 성벽을 기점으로 적이 격렬히 저항한다면 막상 싸우는 인원이 얼마 되지 않기 때문에 그보다 몇 배의 인원이 있더라도 성벽을 넘어서기가 쉽지 않았다.

'아쉽구나. 시간이 조금만 더 있다면…….'

제갈헌은 마음속으로 한탄을 금치 못했다.

암왕 당문표의 죽음이 너무 큰 짐이 되었다. 차라리 그것이 다른 곳에서의 일이었다면 몰라도, 서서히 그 소문이 퍼지기 시작하는 지금 시간을 끌면 끌수록 불리한 것은 아군이었다.

·더욱이 중군에 막대한 피해를 입힌 철갑대가 그 어느 곳에서도 모습을 보이지 않고 있었다. 물론 평야 지역이 아니라면 그 힘을 발휘할 수 없는 단점이 있다고는 하지만 그런 전력을 방치한 채 싸우고 있는 묘독문이 이해가 가지 않을 정도였다.

"석뇌창을 사용하여 공격을 시작하겠습니다. 오늘 묘독문 총단은 무너질 것입니다."

제갈헌이 확신하는 태도로 말했다.

일말의 불안감이 있는 것도 사실이었지만, 그것을 굳이 드러낼 필요도 없었다.

"하면 바로 일정 거리가 확보되는 대로 석뇌창을 발사하겠소."

"그렇게 해주십시오."

제갈헌이 고개를 끄덕이자, 각 문파의 수장들이 결연한 의지를 보이며 등을 돌렸다.

그렇게 혈풍의 서막은 불어오고 있었다.

당문과 천독문이 앞장을 서고 십팔도궁과 청성, 팽가의 무인들이 그 뒤를 바짝 좇았다.

한편에서는 흑수방에서 석뇌창을 준비할 만반의 준비를 갖추고 있었다.

"발사하라!"

단도위가 손을 내리자 공성추가 휘둘러지며 상당한 수의 석뇌창이 성벽에 틀어박혔다. 오늘 끝장을 내려는지 단도위는 보유하고 있는 석뇌창 중 절반을 사용했다. 이로서 석뇌창을 사용할 기회는 한 번밖에 남아 있지 않았다.

"중원의 개들을 죽여라!"

"한 놈도 성벽 위로 올려보내지 마라!"

녹기단 무인들과 묘독문 총단 무인들이 성벽으로 올라오는 중원 무인들을 막아섰다.

챙! 채채챙!

격렬한 싸움이 벌어졌다.

올라서려 하는 자, 그것을 막으려고 하는 자 모두 생사를 걸고 싸움에 임하고 있었다.

생각 외로 성벽 위를 점령하는 것은 쉽지 않았다. 묘독문에서도 성벽이 무너진다면 실제로 병력의 수가 크게 적은 이상 버티기가 어려웠다. 내성이 있다지만 실제로 외벽보다 못한 게 사실이었고, 최후의 보루나 마찬가지인 것이 외벽이었다.

곤명 분타주 야이록타를 비롯해 대리 분타주 토리하마가 격전에서 살아남은 수하들을 이끌고 결사항전으로 맞섰다. 총단에 소속되어 있는 고수들도 그 수가 많지는 않았지만 하나둘 모습을 드러내며 성벽에서 올라오는 중원 무인들을 상대했다.

전세는 비등비등했다.

수적으로는 크게 차이가 났지만, 실질적으로 부딪치는 병력에서는 그다지 차이가 없어 성벽을 방패 삼아 싸우고 있는 묘독문이 오히려 조금은 유리한 상황이었다.

하지만 그것도 잠시뿐이었다. 대규모 인원 공세에 어느덧 중원 무인들은 조금씩 성벽 위로 올라서고 있었다.

각종 독을 비롯한 수많은 암기들이 쏟아져 내렸다. 하지만 석뇌창을 밟고 올라서는 중원 무인들에게 그렇게까지 큰 짐이 되지는 않았다. 더욱이 묘독문도들은 근접전에 그렇게까지 강하지 못했다. 소수의 인원이라면 몰라도 다수라면 넓은 곳에서 싸우는 편이 그들에게는 유리했다. 다만 성벽이라는 이점을 포기할 수 없기에 맞서 싸우는 것뿐이었다.

"감히 누가 성전을 더럽히려느냐!"

그 순간 장내를 떠나갈 듯한 사자후가 터져 나왔다.

묘독문 태상호법 호미야루가 그 신위를 드러낸 것이다.

그의 독장이 사방으로 뻗어나갈 때마다 여지없이 서너 명의 무인이 칠공에서 피를 토하며 죽어나갔다.

"내가 이곳에 있거늘 누가 나서려느냐!"

호미야루는 성벽에서 신형을 날려 땅으로 내려섰다.

그의 신형이 수백, 아니, 그 이상 모여 있는 중원무림인들 한복판을 휘젓고 다녔다.

"으허허허!"

그의 사자후에서는 울분에 찬 감정이 가득 담겨 있었다.

단신으로 뛰어들어 긴 수염을 휘날리며 장내를 휘젓고 다니는 그의 모습은 마치 전장의 노영웅 황충을 연상시켰다.

"모두 태상호법님을 도와라!"

호미야루를 필두로 녹기단주 철혼을 비롯하며 녹기단 무인들이 일제히 성벽에서 뛰어내렸다. 정문을 열리지 않게 해놨다는 것을 감안했을 때 옥쇄나 다름없는 행동이었다.

파죽지세(破竹之勢).

그들의 기세는 실로 무서웠다. 죽음을 불사하는 그들의 모습은 마치 전신과도 같았다.

"단도객들은 저들을 상대하라!"

나선 것은 십팔도궁의 소궁주 혁련추였다.

왼쪽 어깨를 붕대로 감싸고 있는 혁련추는 직접 단도객들을 이끌고 녹기단 무인들에 맞서갔다.

그토록 거세게 날뛰던 녹기단 무인들도 단도객들한테만은 힘을 쓰지 못했다.

십팔도궁이 집단 전투에 있어서 어느 문파와 상대해도 이길 자신이 있다고 말했던 단도객들의 위력이 여실히 드러나는 순간이었다.

문제는 호미야루였다.

대체 어디에 그 많은 독이 숨겨져 있던 것인지 독장과 함께 뿌려지는 수많은 독은 중원 무인들의 간담을 서늘하게 만들었다. 대량 살상을 할 수 있는 무기가 바로 독이니만큼 호미야루의 반경 십 장 안에는 그 누구도 들어서려 하지 않았다.

성벽 위로 올라서려 했던 무인들이 주춤거리며 뒤로 물러났다. 올라가 있던 자들 역시도 위기감을 느끼고 몸을 뺐다.

"내가 상대하겠소!"

호미야루의 앞을 막은 것은 진철도 팽악이었다.

상대의 신분이 상당하다는 것을 느낀 팽악이 직접 나선 것이었다. 팽악이라면 중군에서는 실제로 암왕과 권왕을 제외하면 가장 강한 고수였고, 이곳에 온 사람 전부를 합쳐도 다섯 손가락 안에는 들어가는 고수였다.

"팽가의 놈이냐!"

"그렇소!"

팽악이 올 테면 와보라는 듯 도를 세웠다.

"부상을 입었군."

잠시 팽악을 바라보던 호미야루가 눈썹을 찌푸렸다.

분명 묘독문의 무공이 강한 것은 아니었다. 팔황 중에서는 가장 처지는 편이었고, 중원의 유수한 문파들에 비해서도 다소 손색이 있었다. 하지만 독이라는 강력한 무기가 있었기에 묘독문은 팔황 중 한 곳으로 올라설 수 있었고, 운남을 제패하며 지금과 같은 성세를 유지할 수 있었다.

"적 봉공을 죽인 자… 이제 이립도 되지 않는 나이라 했더냐?"

"그건 왜 물으시오?"

"그자는 어디 있느냐?"

호미야루는 기세를 내뿜었다.

마곡(魔谷).

팔황 중 가장 강하다는 문파. 적천악은 그곳에서도 다섯 손가락 안에 드는 무인이었다.

내심 겨뤄보고 싶다는 생각을 했었다. 꺾어 묘독문의 무공이 약하지 않다는 사실을 입증하고 싶었다. 물론 대외적으로 적천악이 마곡에서 다섯 손가락 안에 든다는 것이었지, 실제로 따지자면 그보다는 조금 못한 수준이었다. 그래도 마곡의 봉공이었다. 이긴다면 묘독문의 체면을 세울 수 있었다.

대세를 주관하는 것도, 모든 계획을 세우는 것도 마곡이었다. 한 번 정도는 그들의 코를 납작하게 해주고 싶었다.

"당신의 상대는 나요."

자존심이 상한 팽악의 목소리가 차가워졌다.

"감히!"

호미야루가 일장을 뻗어냈다. 시퍼런 장력이 팽악을 향해 날아들었다.

퍼펑!

팽악은 도기를 내뿜어 장력을 해소시켰다.

하나 단순한 장력이 아니었다. 내심 구역질이 치미는 것을 느끼고 팽악은 급히 진기를 끌어올렸다.

"나는 부상당한 자와 싸우고 싶지 않다."

호미야루는 팽악을 바라보았다. 팽악 역시 조금도 물러서지 않은 채 호미야루를 바라보았다.

"어디 있는가!"

호미야루는 진기를 끌어올려 사자후를 터뜨렸다. 그의 사자후가 천지를 떨쳐 울렸다.

연운비는 본영에서 긴 수염을 너풀거리며 장내를 휘젓고 다니는 노무인을 보고 있었다.

그의 신위는 가공했다. 마치 창마 조풍령의 무위를 다시 보는 것 같았다.

연운비는 호미야루의 목소리를 들었다. 본능적으로 그가 자신을 부르고 있다는 사실을 깨달을 수 있었다.

저벅.

연운비는 한 걸음을 옮겼다. 그것은 무인으로서 당연한 행동이었다.

"네가 나설 필요는 없다."

근처에 있던 위지악이 냉정한 말투로 말했다.

비록 상대의 무공이 가공하다고는 하지만 실제로 창마나 광마에 비한다면 그보다 한참은 미치지 못했다. 굳이 따지자면 적천악과 비슷하거나 조금 나은 수준이었다. 그 정도 무인이라면 아군에도 있었고, 내상에서 회복된 지 얼마 안 된 연운비가 나설 필요는 없었다. 더구나 창마나 광마가 언제 모습을 드러낼지 몰랐다.

"저를 부르고 있습니다."

연운비는 고개를 저었다.

상대는 죽음을 각오하고 싸우고 있었다. 적이지만 실로 본받고 싶은 무인이다. 그런 상대가 부르는데 나가지 않는 것은 상대를 모욕하는 것과 다름이 없었다.

'놈…….'

위지악은 그런 연운비를 한숨을 내쉬며 바라보았다.

연운비가 강호인이 되기를 바란 것은 자신이었지만, 마음 한편이 착잡했다.

누구보다 검에 대한 열정을 가지고 있었고, 강호인답지도 않았다. 그것이 답답한 적도 있었지만, 가슴 깊숙이 흡족했던 적도 있었다.

차라리 자신과 만나지 않았으면 어땠을까 하는 생각이 들었다.

그랬다면… 그래서 몇 년이 지나고 십 년 후에는 과연 어떤 무인이 되어 있을지 궁금했다.

"제가 연운비입니다."

연운비는 호미야루의 앞에 가서 섰다.

"네가 적 봉공을 죽였느냐?"

"그렇습니다."

"대단하구나."

호미야루는 감탄을 금치 못했다.

말로는 들었지만 그래도 설마설마 하는 생각이 있었다. 눈으로 본 연운비의 나이는 많아야 이립, 그 이상은 되지 않을 듯싶었다. 소문주인 미르타하보다도 적은 나이였다. 그런 그가 적천악을 꺾었다고 한다. 목격자가 칠마가 아니었다면 코웃음을 치며 믿지 않았을 일이었다.

"오라. 내 이름은 호미야루, 묘독문의 태상호법이다."

"곤륜의 연운비, 가르침을 받겠습니다."

상대가 누구이든 비무에 응하는 연운비의 태도는 정중하기 그지없었다.

스르르릉.

검이 뽑혀져 나온다.

사방 이십여 장에는 아무도 그들 근처로 다가서지 않았다. 모두가 침을 삼키며 연운비와 호미야루를 주시하고 있었다.

쩌정!

기파와 함께 연운비의 검이 뻗어나갔다.

상대에 대한 예의로 선공을 취했다. 적어도 한 문파의 태상호법이라면 그럴 만한 자격이 있는 무인이었다.

부딪침과 함께 충돌이 있었다.

상청의 기운은 애뇌산을 감쌀 듯 장중하기 이를 데 없었다. 시간이 흐를수록 연운비의 검에서 뻗어 나오는 기운이 커져 갔다.

거미줄 같은 검세의 압박에 호미야루가 몸을 뺐다.

"어흥!"

물러났다는 것에 자존심이 상한 것일까?

부심장(腐沁掌)!

묘독문의 삼대절학 중 한 가지가 그의 손에서 펼쳐졌다.

검은 독기가 자욱이 풍겨 나왔다.

삼백 년 역사의 묘독문의 절기들은 하나같이 무섭기 이를 데 없었다. 잘못해서 스치기라도 한다면 한 줌의 핏물로 녹아버리는 것이 바로 부심장이었다.

연운비는 내공을 끌어올려 주위를 차단하며 검세를 이어갔다.

태청신공의 기운이 전신을 보호했다. 호흡의 다스림이 천지의 조화를 이뤄 하나의 깨달음을 이루었다.

구성에 이른 태청신공의 효능은 실로 놀라웠다. 지독한 독기도 연운비의 몸을 어쩌지 못했다. 물론 몸을 보호하기 위해 검세의 정밀함이 조금은 떨어졌다지만 그것만으로도 상대를 압박하기에는 부족함이 없었다.

"대단하다!"

호미야루는 진정 상대에게 감탄했다.

문주 미르혼사를 제외하고 묘독문에서는 적수가 없다는 그였다. 무공의 수준에 대해 논할 수 있는 무인이었고, 그럴 만한 자격이 있었다.

심검(心劍)의 경지.

병장기를 사용하는 무인과 권장을 사용하는 무인은 어디까지나 다르다.

무인으로서 보고 싶었다.

간혹 창마 조풍령과 마찰이 있어 기세를 드러내는 것을 보았다지만, 어디까지나 기세였지 실제 무공에 대한 어떤 경지는 아니었다.

"적 봉공이 패할 만하다. 하지만 나는 적 봉공이 아니다!"

호미야루의 눈에 검푸른빛이 감돌았다.

그가 전신 내력을 극도로 끌어올렸을 때 일어나는 일이었다.

쿠르르릉…….

그의 주위로 땅이 들썩였다.

지축이 흔들릴 정도의 무력. 어째서 그가 묘독문의 태상호법으로 있는지 그 이유를 알 수 있는 상황이었다.

전세가 뒤바뀌었다.

묘독문이 팔황에 들 수 있었던 것은 그들의 독이었지 무력이 아니었다.

펑! 퍼퍼펑!

호미야루가 일수를 휘두를 때마다 연운비는 뒤로 밀려났다.

"저런!"

"아아아……."

사방에서 안타까운 탄식이 터져 나왔다. 그에 비해 묘독문 측에서는 함성이 일었다.

그동안 묘독문 입장에서는 연운비로 인해 사기가 떨어진 적이 한두 번이 아니었다.

마곡에서 지원 온 고수 타하무르가 죽었고, 합천평야에서 사백이 넘는 인원이 치욕을 당했다. 천멸장 적천악까지 그의 손에 생을 마감했다.

비록 광마 부평악에 의해 치명적인 부상을 입었다지만, 부평악의 배분을 생각한다면 오히려 모자란 감이 있었다.

독기가 난무하자 태청신공도 서서히 그 빛을 잃어가기 시작했다.

부심장이 무서운 점이 바로 이것이었다.

장력을 상대하면서도 한편으로 독기에도 저항을 해야 했다. 내공의 소모가 점차 극심해지자, 연운비의 이마에서 땀방울이 하나둘 떨어져 내렸다.

비틀.

연운비의 신형이 한차례 크게 휘청였다.

적어도 내공 수준에 있어서 연운비는 호미야루의 상대가 아니었다. 태청신공의 구성에 이르렀다고는 하지만 실제로 연운비의 내공이 비약적으로 증가한 것은 아니었다.

워낙 기초가 튼튼하고, 수련 시간이 남들보다 월등히 많아 지금 그 성취가 나타나는 것이었지 태어날 때부터 벌모세수(伐毛洗髓)를 받았다거나 하는 것이 아니었다.

그 한계가 바로 지금 드러나고 있었다.

퍽! 퍼퍼퍽!

장력에 격중당한 연운비의 신형이 주체할 수 없이 뒤로 밀려났다.

연운비의 얼굴에 푸스르름한 빛이 감돌았다.

독기에 중독된 것이었다.

호흡과 모공을 통해 중독되는 부심장은 단시간에 상대의 생명을 빼앗는 극독은 아니었지만, 서서히 힘을 빠지게 하고 내공을 갉아먹었다. 그로 인해 비슷한 수준의 무인과의 싸움에서 부심장을 익혔다면 웬만해서는 패하지 않는다.

팔황의 난 당시 부심장을 팔성 이상 익힌 무인의 수가 십여 명에 가까웠다. 지금 호미야루의 수준이 구성이라는 점을 감안하면 실로 어마어마한 일이었다.

물론 당금에 와서 부심장보다는 익히기가 쉬운 백충기공(百蟲氣功)을 익히는 사람이 많았지만, 어찌 되었거나 부심장은 일대의 절학으로서 전혀 손색이 없었다.

울컥!

연운비는 한 움큼의 검은 피를 뱉어냈다. 독기가 혈맥을 따라 심장까지 스며들고 있는 것이다.

'어쩔 수 없다.'

한편에서 팽악이 도를 쥔 손에 힘을 가했다.

이대로 이곳에서 연운비가 목숨을 잃게 할 수는 없었다. 한때는 믿지 않았지만, 창마 조풍령을 상대하는 연운비를 본 후 연운비의 무위가 자신보다 아래가 아니라는 사실을 알 수 있었다.

평화로운 시기였다면 이렇게까지 하지는 않겠지만 지금은 전란. 한 사람의 힘이라도 절박할 때다. 연운비의 자존심에 흠집이 가겠지만 그렇다 하더라도 그의 목숨과 바꿀 수는 없는 노릇이었다.

'미안하네.'

팽악은 진기를 끌어올렸다.

무인으로서 실로 치욕적인 일임을 알고 있음에도 어쩔 수 없는 선택이었다. 이렇게 해서라도 연운비를 살리고 싶었다.

그 순간이었다.

쩌엉!

그것은 검끝에서부터 시작되었다.

빛이 검을 감쌌다. 그리고 연운비를 감쌌다. 그렇게 하나가 된 검은 검명을 부르짖으며 사방으로 뻗어나갔다.

검파(劍波).

느리면서도 느리지 않았고, 빠르면서도 힘이 담겨 있었다. 그것은 위지악이 보여주었던 일권, 무학의 원론이었다. 배움이 그 빛을 발하는 것은 그것을 흡수하는 사람이 있을 때의 이야기이다.

검붉었던 연운비의 얼굴이 본래의 색을 찾았다. 독기조차 검을 통해 배출되었다.

검은 연운비의 의지이자 그의 삶이었다.

검이 존재하기에 연운비가 있을 수 있었고, 연운비가 있기에 검이 존재할 수 있었다.

천리무애(千里無碍)!

상청무상검도의 한 초식이 펼쳐졌다.

그것은 수비의 초식이었으나 또한 검의 기세를 드러내는 초식이기도 하였다.

이어짐이 있으니 존재함이 필요치 않다.

세상 만물에 정해진 것은 없다. 그것을 만들어가는 것이 사람이었고, 초식 역시 정해져 있지 않았다.

콰콰쾅!

격렬한 부딪침과 함께 하나의 인영이 튕겨져 나갔다. 튕겨져 나가는 인영의 입에서는 검붉은 피가 끊임없이 흘러내렸다.

"커훅!"

간신히 자리에서 일어난 호미야루가 떨리는 목소리로 물었다.

"그, 그것이 시, 심검인가?"

"그렇습니다."

연운비는 조용히 고개를 끄덕였다.

이긴 것은 그였지만, 마음 한구석에는 아련한 마음이 들었다. 마치 적천악을 상대하는 느낌. 대체 무슨 이유로 이러한 무인들과 생사를 걸고 싸워야 하는지 그 이유를 모르겠다.

모두가 웃으며 검을 논하는 세상. 그것이 연운비가 꿈꿔온 강호라는 곳이었다.

"그랬군. 심검이라… 신검합일을 보지 못한 것이 아쉽지만, 무인으로서 강한 상대에게 패했으니 부끄러움은 없다."

호미야루의 고개가 힘없이 꺾였다.

"와아아아아!"

"연 소협이 이겼다!"

사방에서 열화가 같은 함성이 울려 퍼졌다.

"놈들을 죽여라!"

"묘독문 총단을 무너뜨려라!"

사기가 오른 중원 무인들이 일제히 성벽으로 달려들었다.

설마 하는 마음은 있었다.

마곡의 사람이라 자신을 밝힌 적천악을 꺾었고, 그가 마곡에서 봉공에 위치에 있다는 것까지 알 수 있었다. 하지만 묘독문 태상호법과 마곡 봉공과는 그 위치가 달랐다.

그것은 또 하나의 신화였다. 곤륜의 신검(神劍)은 그렇게 애뇌산에서 더욱 빛을 발하고 있었다.

"잘했네."

팽악이 다가와 연운비의 어깨를 두드렸다.

패할 것이라 생각했던 연운비가 이김으로 인해 이 싸움에서 기세를 잡았다. 만약 팽악이 가세해 연운비의 목숨을 구명했다면 사기가 꺾인 아군은 물러나야 했을 수도 있었다.

"우욱……."

연운비는 목구멍까지 솟아올라 오는 울혈을 삼켰다.
여기서 약한 모습을 보인다면 아군에게 좋지 않은 영향을 끼친다는 사실을 알고 있었다. 그래서 무리하면서까지 울혈을 참았다.
"쉬게. 뒤는 우리가 맡겠네."
"아닙니다. 아직은 견딜 수 있습니다."
연운비는 고개를 저었다.
부상이 심한 것은 사실이었지만, 그것이 견딜 수 없을 정도는 아니었다.
"우선은 본영에 있게. 군사가 자네가 할 일을 찾아줄 것일세."
"알겠습니다."
연운비가 더는 거절하지 못하고 발걸음을 돌렸다.
어디까지나 나와 있는 병력을 지휘하는 것은 팽악과 혁련추였고, 명령을 한다면 따를 수밖에 없었다.

둥! 두둥! 두두두둥!
북소리가 울려 퍼지는 것과 동시에 팽악을 위시하여 십팔도궁의 혁련추, 개방의 풍두개, 천독문의 이길편 등 수많은 문파의 수뇌들이 자파 무인들을 독려하며 총단 공략에 나섰다.
다른 문파에 처질 수 없다는 듯 그들은 치열하게 움직였다. 어느 정도 거리를 두고 대기하고 있던 다른 문파에서도 속속들이 합류하기 시작했다.
이런 싸움에서 뒤처진다는 것은 자파의 명예를 손상시킬뿐더러 그들 자신에게도 좋지 않은 영향을 미칠 수 있었다.
"하하! 하하하하!"
녹기단주 철혼은 이제 스무 명밖에 남지 않은 단원들을 돌아다보며 대소를 터뜨렸다.

"두렵느냐!"

"아닙니다!"

"저희는 단주님과 함께해서 기쁩니다!"

동료들이 죽어감에 따라 두려움에 움츠려 있던 녹기단 무인들의 얼굴에 하나둘 미소가 떠올랐다.

"어느 누가 삼 단 중에 흑혈단이 최고라고 하더냐? 우리가 바로 묘독문 삼 단 중 최고인 녹기단이다!"

철혼이 검을 치켜들었다.

아직 성벽 위에서는 치열한 접전이 벌어지고 있었지만, 전세가 기울었다는 사실 정도는 철혼도 알고 있었다.

조금 뜻밖인 것은 태상호법인 호미야루가 그렇게 쉽게 패할 줄 몰랐다는 사실이었다.

그로 인해 약간의 계획의 차질이 생겼고, 생각했던 만큼 적들에게 피해를 입히지 못할 수도 있었다.

하지만 철혼 역시 호미야루가 한 행동에 대해 불만을 가지고 있지 않았다. 그것은 무인으로서 당연히 해야 할 행동이었고, 호미야루의 장렬한 죽음은 오히려 그들의 가슴에 불을 지폈다.

"커억……."

"죽어라."

불과 스무 명. 아무리 그들의 무공이 강하고 사기가 드높다 한들 한계가 있었다. 더구나 상대는 오히려 그들에 비해 무공이 뛰어난 자들도 있었다.

'중원은 넓구나!'

철혼은 계속 쓰러져 가는 자신의 수하들을 보며 탄식을 흘렸다.

대체 어디서 저런 고수들이 숨어 있었던 것인지, 그보다 강한 무인들도 적지 않았다.

'하지만 저들 역시 무사하지는 못하리라.'

모든 수하들이 쓰러지고 성벽 아래 내려왔던 무인들 중에는 철혼만이 남았다.

"와라! 내가 녹기단주 철혼이다!"

그것이 철혼이 남긴 마지막 말이었다.

"좋지 않군요……."

"군사, 무엇이 좋지 않단 것이오?"

아직 전투에 참가하지 않고 있는 악단명이 의아하단 표정으로 물었다.

전세는 차음 아군에게 유리해지고 있었다.

더욱이 연운비에 의해 묘독문 태상호법이 쓰러지면서 추는 더욱 기울었다.

"원시천존. 군사께서 생각이 있으시겠지요."

종남의 목허 진인이 조용히 말했다.

"병력의 수가 너무 적습니다."

"피해가 컸기에 그런 것이 아니겠소?"

"그 도가 지나칩니다. 내성이 있다고는 하지만 좁은 그곳에서 버티기에는 한계가 있습니다. 백충단과 흑혈단도 보이지가 않는군요. 묘독문 문주도 아직 모습을 드러내지 않고 있는 것도 그렇고……."

"흠……."

그제야 악단명도 무엇인가 이상한 감을 눈치채고 안색을 굳혔다.

그 순간이었다.

쾅!

한줄기 폭음성과 함께 성벽의 한 부분이 무너져 내렸다.

쾅! 콰콰콰쾅!

그와 동시에 경쟁이라도 하듯 무수히 많은 폭발음과 함께 묘독문 총단을 둘러싸고 있는 성벽이 전부 무너져 내렸다.

"이, 이럴 수가……!"

그 모습을 지켜보고 있던 제갈헌은 망연자실하며 두 다리를 부르르 떨었다.

사지에 몰린 먹잇감이 발버둥을 칠 것이라고는 생각했지만, 이것은 아니었다.

내벽이 존재하지 않은 이상 성벽을 저런 식으로 파괴한다는 것은 있을 수 없는 일이었다. 수에서 열세를 면치 못하고 있는 그들의 최후의 보루가 바로 성벽이었다.

"으……."

"크윽!"

사방에서 신음성이 난무했다.

무려 이백여 명에 달하는 인원이 폭발로 인해 심각한 부상을 입었다. 그중 반수 이상은 그 자리에서 즉사를 면치 못했다. 성벽이 무너진 것보다 그 파편에 의한 피해가 더욱 컸다. 성벽과 어느 정도 거리를 두고 있던 무인들조차 급작스럽게 날아온 파편에 심각한 부상을 면치 못했다.

그 순간 들려온 개방 방도의 목소리는 모두의 마음을 무겁게 짓눌렀다.

"큰일났습니다. 망운봉 방향으로 수백의 적들이 이동 중이라는 전서가 왔습니다. 비밀 통로가 있었던 듯합니다. 지금쯤이면 이미 애뇌산을 빠져나갔을 터입니다."

"이, 이놈들이……!"

"당장 추격해야 하오!"

강호명숙들이 대노하며 급히 추격대를 결성하자 외쳤다.

"지금은 그럴 때가 아닙니다."

어느새 냉정히 상황을 판단한 제갈헌이 침착한 표정으로 좌중을 진정시켰다.

이런 상황일수록 흥분은 금물이었다.

제갈헌의 머리가 빠르게 돌아갔다. 비록 불의의 일격을 당했다고는 하지만 여전히 주도권은 아군에게 있었다.

추격(追擊).

응당 해야 할 일이었지만 시기가 좋지 않았다.

지금 병력을 분산시키는 것은 오히려 적의 의도대로 움직여 주는 것일 수도 있었다.

또한 부담이 되는 것은 합천평야에서 중군과 부딪쳤던 철갑대의 행보였다. 빠져나간 묘독문 병력들은 그들과 합류했을 것이고, 이런 산악 지대가 아닌 평야에서 기마대는 상대하기가 껄끄럽기 그지없었다.

"비밀 통로가 있었다고는 하지만, 그리로 전부 이동했을 리는 없습니다. 지금은 병력을 분산시킬 때가 아닙니다. 아직 적의 총단은 무너지지 않았습니다. 우선 총단이라도 무너뜨려야 합니다."

제갈헌의 말에 명숙들이 고개를 끄덕였다.

분명 적지 않은 병력이 빠져나갔다고는 하지만, 그렇다고 해서 쉽사리 무너뜨릴 수 있을 만큼 묘독문 총단은 만만하지 않았다.

"부상자를 구분하고, 빠르게 총단을 무너뜨려야 합니다. 추격은 그 뒤에 해도 늦지 않습니다. 형산파가 선봉을 맡아주시지요."

"그리하겠소."

형산의 장로 취영보 소미득이 우렁찬 목소리로 대답했다.

두둥! 둥! 둥!

후퇴하라는 북소리가 울려 퍼지는 것과 동시에 모든 문파의 무인들이 부상자들을 부축하며 물러섰다.

묘독문에서는 물러서는 중원 무인들을 쫓지 않았다. 그럴 여력도 없을 뿐더러 성벽에서 싸우고 있던 묘독문 무인들 역시 마찬가지로 죽거나 큰 부상을 입은 상황이었다.

"이익……!"

막표가 울화통을 참지 못하고 애꿎은 돌멩이만 걷어찼다.

"죄송합니다. 제 실수입니다. 알아차렸어야 하는 일인데……."

제갈현이 고개를 숙였다.

"아니외다. 군사가 무슨 잘못이 있겠소, 나조차도 전혀 생각하지 못했던 일인데."

팽악이 침중한 표정으로 고개를 저었다.

그의 옆구리에서는 피가 흘러내리고 있었다. 그조차도 폭발에 의한 파편을 피하지 못한 것이다.

실로 어마어마한 폭발이었다.

운남 같은 오지에서 저 정도의 화약을 구하기 위해서는 실로 어마어마한 비용과 상당한 시간을 들였을 터, 이미 묘독문에서는 오래전부터 이러한 계획을 세워두었던 것이 틀림없었다. 비밀 통로 역시 그것은 마찬가지였다.

"각 문파의 피해는 어떻게 됩니까?"

제갈현이 침통한 표정을 감추지 못하고 물었다.

냉정한 말이었지만, 남은 전력을 파악해야 했다. 그래야 총단을 빠르게 무너뜨리고 추격대를 구성할 수 있었다.

"다들 비슷한 수준인 듯싶소."
"굳이 따지자면 성벽에 가까이 있었던 십팔도궁이……."
개방이 한편에서 몸을 추스르고 있는 혁련추의 눈치를 보며 말했다.
"피해가 없는 형산파를 선봉으로 하여 전투에 참여하지 않았던 문파들을 우선으로 총단을 함락시키겠습니다. 추격대는 이후의 일입니다."
제갈헌이 좌중을 돌아보았다.
그렇게 애뇌산에서의 싸움을 끝을 향해 치닫고 있었다.

캉! 카카캉!
성난 호랑이의 발톱이 궁지에 몰린 먹잇감을 노리고 쇄도했다.
중원 무인들의 기세는 성난 파도와도 같았다. 성벽이 무너져 내린 이상 묘독문 무인들은 기댈 곳이 없었다. 분명 이백여 명을 일시에 죽이거나 부상시킨 것은 엄청난 성과였지만 묘독문으로서도 성벽을 잃는 것은 뼈아픈 일이었다.
더구나 적지 않은 인원이 비밀 통로를 통해 빠져나갔기 때문에 총단에 남아 있는 인원은 실제로 얼마 되지 않았다.
"영광을 위해!"
"성전을 더럽힌 적들에게 죽음을!"
묘독문 무인들은 이곳에 남는 순간 죽음을 예감했다.
하나, 떠나고 싶어하는 사람보다 그렇지 않은 사람이 더 많았다. 이들에게 애뇌산 총단은 성전이나 다름없었다. 비록 명에 의해 총단을 폭파시킨다고는 하지만 마치 태어난 고향을 불태우는 것처럼 가슴이 찢어졌다.
"호법, 문주, 모두가 없다니……."
제갈헌은 안타까워하며 말문을 열지 못했다.

적지 않은 인원이 도주를 택했다 하지만, 적어도 수뇌부들 중 어느 정도는 남았을 것이라 생각했다. 하지만 장내에 남아 있는 자들이라고는 절정에도 못 미치는 자들과 죽은 태상호법 호미야루가 전부였다. 심지어 삼 단 중 녹기단을 제외한 나머지 이 단조차 모습을 보이지 않았다.

"애초에 없었다는 것인가……."

적어도 묘독문주만큼은 이 자리에 있어야만 했다.

그것이 문주라는 자리였고, 그만한 책임을 져야 하는 위치였다. 만약 묘독문주가 이곳에 있었음에도 도주를 했다면, 이미 그는 문주로서의 자격이 없었다.

"무엇인가 내가 놓친 것이 있다."

제갈헌은 그동안 받아왔던 보고들을 머리 속에 나열했다.

그 어디에도 빠져나갈 구멍은 없었다.

마곡이 나타나면서 쉽지 않은 일이라 생각은 했었지만, 이처럼 계획된 함정일 것이라고는 생각하지 못했다.

"어쩔 수 없다. 이곳에 있는 이들이라도 모두 제거해야 한다. 후환을 남겨둔다면 그것은 곧 내 목줄기를 노리는 칼날이 될지어니… 아쉽구나, 아쉬워. 만약 형님께서 이 자리에 계셨다면 이런 상황을 만들지 않았을 수도 있는 것을……."

제갈헌으로서는 십 년 전부터 종적이 묘연한 그의 쌍둥이 형인 제갈명의 부재가 아쉽기 그지없었다.

신기제갈(神技諸葛)이라는 호칭, 제갈헌이 그렇게 불리게 된 데에는 제갈명의 존재가 있었기에 가능한 일이었다.

第25章

바람이 그의 죽음을 애도했다

제25장

"독을 살포하라!"

곤명 분타주 야이록타가 수하들을 독려하며 싸웠다. 하지만 적이 너무나 많았다.

둥! 두두두둥!

치가 떨리게 듣기 싫을 정도의 커다란 북소리와 함께 중원 무인들은 물밀듯이 달려들었다.

묘독문에서는 마지막 선택으로 독을 택했다.

해독약도 없는 독이었다.

이곳에 남는 순간 죽음을 각오한 그들이기에 가릴 것이 없었다.

하나, 당가와 천독문에서는 이미 철저한 대비를 하고 있었다.

화아아악!

사방에서 불이 일었다.

단순한 불길이 아니라 독을 전문적으로 태운다는 청염화(靑鹽火)였다.

시퍼런 불길은 그렇게 묘독문 총단을 감쌌다.

전각들이 불길에 휩싸여 무너져 내렸다. 간혹 숨어 있던 묘독문도 한 두 명이 전각 안에서 뛰쳐나왔다. 그렇게 나오던 묘독문도는 이내 중원 무인들에 의해 사로잡히거나 죽임을 당했다.

묘독문에서는 무작정 독을 살포하였지만, 예상 외로 사상자가 적었다.

이미 남아 있는 자들이 동귀어진을 할 것이란 예상을 하고 있었기에 가능한 일이었다.

"이놈들!"

야이록타는 달려드는 적들을 향해 독암기와 분갈독을 뿌리며 끝까지 저항했다.

이미 그의 주위에 있던 묘독문도들은 모두 시체로 변한 뒤였다.

"흐흐… 지옥에서 먼저 기다리마."

곤명 분타주 야이록타의 고개가 꺾였다.

야이록타를 필두로 저항하던 수뇌부들도 하나둘 차가운 시체가 되어 땅바닥에 몸을 기댔다. 그렇게 이백 년의 역사를 지니고 있는 묘독문 총단은 재가 되어 바람에 흩날리고 있었다.

*　　　*　　　*

연운비는 한 사내를 보고 있었다.

시리도록 맑은 얼굴을 가지고 있는 사내였다.

운명은 그에게 창마라는 호칭을 주었고, 또한 상산조가의 혈통을 잇게 했다.

저벅저벅…….

벼랑 끝에서 세간 급류를 보고 있던 그는 신형을 돌려 걸음을 옮겼다.

주위에는 시체뿐이었다.

이미 묘독문 예하 전 문도는 호미야루와 총단을 중심으로 산화한 뒤였다. 마치 그는 이런 참혹한 싸움과는 아무런 관계가 없다는 듯 걸음을 옮기고 있었다.

간혹 저항하는 묘독문 무인 몇이 보이기도 했지만, 그들 역시 곧 죽거나 사로잡히는 신세가 될 터였다.

"멈추시오!"

형산파 무인 하나가 그의 길을 막았다.

퍼퍽!

한 번의 휘두름.

형산파 무인은 그 충격을 견디지 못하고 수 장 밖으로 나가떨어졌다.

"누구냐!"

"어디서 감히 이런 짓을!"

상산조가의 무인들은 특이한 내공심법의 영향으로 인해 죽을 때까지도 중년의 모습을 유지했다.

그 사실을 알 리 없는 몇몇 무인들이 상대가 설마 창마 조풍령이라는 사실을 알아차리지 못하고 검을 휘둘렀다.

"누가 내 앞길을 막고자 하는가!"

조풍령은 창을 땅에 박았다.

그의 기세는 하늘을 찌르고 있었다.

"마, 맙소사!"

"창마다! 창마 조풍령이다!"

그제야 상대가 창마 조풍령인 것을 알아본 무인들이 급격히 그의 주위에서 물러났다.

"삼가 조 선배를 뵈오이다."

형산파 장로 취영보 소미득이 정중히 포권을 취했다.

"막고자 함인가?"

"이미 피를 보신 것은 조 선배가 아닙니까?"

소미득이 한편에 쓰러져 있는 형산파 무인을 가리키며 말했다. 죽을 정도로 심한 부상은 아니었지만, 혼자 운신하기에는 분명 적지 않은 부상이었다.

"오도록."

"능력이 미치는 것을 인정하니, 연수를 하겠습니다."

소미득은 형산파 무인 몇에게 눈짓을 주었다.

스윽…….

십여 명에 가까운 형산파 무인들이 조풍령을 둘러쌌다.

촤르르르륵!

열 개의 각기 다른 병기가 조풍령을 압박해 들어갔다.

십방풍우진(十方風雨陣).

형산파는 백 년 전 팔황의 난 이후로 이렇다 할 고수를 배출하지 못했다.

결국 형산파가 택한 것은 그 자리를 메울 수 있는 연합진이었다.

유성추와 구절편이 절묘한 조화를 이루며 날아들었다.

쾅!

일순간의 충돌과 함께 조풍령이 물러섰다.

단 두 개의 기병이라면 모르겠지만, 유성추와 구절편의 뒤에는 여덟 개의 기병이 호시탐탐 기회를 엿보고 있었다. 그런 상황에서 무리해서 충돌하기보다는 일단 물러선 후 진력을 모아 한 번의 기회를 노리는 편이 나았다.

'쓸데없는 생각이 많아졌군.'

그렇게 연이어 물러선 조풍령은 쓴웃음을 머금었다.

이전이라면 결코 하지 않았을 행동, 십 년간의 도피 생활이 길긴 길었나 보다.

"어헝!"

조풍령은 사자후를 터뜨렸다.

더 이상의 물러섬은 없다. 그는 천하의 창마 조풍령이었다.

콰쾅!

한차례 충돌음과 함께 조풍령의 입에서 한줄기 선혈이 흘러내렸다. 십방풍우진을 이루고 있는 형산파 무인들의 얼굴에 일순간 화색이 깃들었다.

하나 그것이 화근이었다.

그들은 상대가 창마 조풍령이라는 것을 잊고 있었다.

와직.

천지를 부술 듯 날아든 조풍령의 창이 낭아곤을 들고 있는 자의 가슴을 꿰뚫었다.

즉사였다.

한 축이 무너지자 나머지 구 인은 위축감에 몸을 사렸다.

"비켜라!"

조풍령은 더 이상의 피는 보기 싫다는 듯 손을 내저었다. 이미 그들은 전의를 잃은 자들이었다.

"천원세가의 천명훈입니다. 한 수 가르침을 바랍니다."

흑표객 천명훈이 나섰다.

"오라."

이전부터 천원세가의 무인들은 개개인의 무공이 강하기로 이름 높았다.

무당과 제갈세가가 버티고 있는 호북 의창(宜昌)에 자리잡고 있다는 사실만으로도 천원세가의 위세가 어떻다는 것은 여실히 알 수 있는 일이다.

쩌엉!

단도를 사용하는 천명훈의 공격은 쾌속하면서도 신랄했다.

조풍령은 여전히 무표정한 모습으로 창을 휘둘렀다. 그의 공격은 항상 단조로웠다.

변화를 추구하기보다는 중(重)에 그 적을 두었다.

캉! 카카캉!

대여섯 번의 부딪침과 함께 천명훈이 몇 발자국 뒤로 물러섰다.

'내 상대가 아니다.'

천명훈이라 하면 천원세가에서 가장 강한 무인이었다. 그가 불과 십여 초를 버티지 못하고 뒤로 물러나는 모습은 하나의 커다란 충격이었다.

"다음."

조풍령의 말에 천명훈의 얼굴이 붉어졌다. 하지만 그는 어떠한 행동도 할 수 없었다. 조풍령이 마음만 먹었다면, 실제로 그는 커다란 부상을 면치 못했을 것이리라.

"오랜만이구려."

십팔도궁의 삼태상 중 일인인 대해도(大海刀) 궁천이 앞으로 나섰다.

"오시오."

조풍령은 말을 길게 하지 않았다.

차르르륵!

일변을 기점으로 창의 진동이 몸서리쳐지도록 느껴졌다. 흑표객 천명훈을 물러서게 한 초식이었다. 하지만 상대는 십팔도궁 그곳에서도 몇 손가락 안에 드는 고수 궁천이었다.

궁천의 신형이 미끄러지듯 조풍령의 창세 안으로 파고들며 수평으로 도를 휘둘렀다.

예상 외로 궁천의 도는 무척이나 느렸다.

그것은 마치 폭풍 전야의 바다를 보는 듯했다.

그렇게 느리게 날아들던 도는 어느 순간 해일이 되어 조풍령을 덮쳤다. 그가 어째서 대해도라 불리게 되었는지를 여실히 보여주는 모습이었다.

콰쾅!

마치 천년거암(千年巨巖)을 떠올리게 하는 모습.

그것이 바로 창마 조풍령이었다.

부딪침이 이는 가운데 폭풍이 불었다. 폭풍의 중심에는 한 사내가 있었다.

"울컥!"

궁천의 한쪽 무릎이 땅에 닿았다. 그의 안색은 처참하다 못해 보기 안쓰러울 정도로 일그러져 있었다.

"죽이시오."

궁천은 도를 부러뜨렸다.

인정을 빌어 살아남고 싶은 생각은 없었다. 창마 조풍령이 무인이라면 그 역시 자존심이 무엇인지를 아는 무인이었다. 십팔도궁을 욕되게 할 생각은 없었다.

아니, 애초부터 죽음을 각오했던 것일지도 몰랐다. 그전의 싸움으로 아무리 지쳐 있다고는 하지만 그는 다름 아닌 창마 조풍령이었다. 팽악과 헌원산의 합공조차 무너뜨린 그를 혼자의 힘으로 꺾을 수 있을 리 없었다.

궁천의 무공은 헌원산과 큰 차이가 있는 것이 아니었다. 그럼에도 홀로 도전한 것은 무인으로서의 마지막 자존심이었다. 그리고 어쩌면 조풍령에게서 이제는 희미해져 버린 무인의 혼을 느꼈기 때문인지도 몰랐다.

서걱!

창마 조풍령의 창이 허공을 갈랐다.

궁천의 죽음. 비록 정당한 비무였다고는 하지만, 그것은 장내에 뜨거운 기름을 퍼붓는 격이었다.

"죽여라!"

"용서하지 않겠다!"

십팔도궁의 무인들을 위시한 각 문파의 제자들이 조풍령을 향해 달려들었다.

한때 후기지수들이 선망하는 무인이었다고는 하지만, 공적으로 몰린 후 수많은 문파의 무인들이 조풍령의 창 아래 고혼(孤魂)이 되었다. 그들은 이제 그 빚을 갚고자 하는 것이다.

검기가 빗발치고 장력이 난무했다.

쩌정! 콰콰콰쾅!

모든 이가 조풍령을 지켜보았다.

조풍령의 창이 허공을 갈랐고 대해를 뒤엎었다. 물밀듯이 달려드는 수많은 무인들 사이에서도 조풍령은 빛나 보였다.

시간이 얼마나 흘렀을까?

"후욱후욱……."

태산 같던 그의 입에서 거친 숨소리가 흘러나왔다.

수십의 무인들이 단 한 사람을 포위한 채 벌이는 전투였다. 더구나 그들 개개인의 무공 역시 어지간한 문파의 장로급과 비슷한 상황이었다.

아무리 천하의 창마 조풍령이라 한들 한계가 있었다.

"하하! 하하하하!"

어느 순간 조풍령은 대소를 터뜨렸다.

지난 십 년의 세월 동안 마음에 쌓인 모든 것을 푸는 대소였다.

"무엇을 위해 살아왔는가!"

그의 고함이 애뇌산 망산봉을 울렸다.

창과 어우러진 한바탕의 춤사위가 펼쳐졌다.

그것은 인간이 펼칠 수 있는 무공이 아니었다.

창끝이 이는 곳에는 막이 서렸고, 그것은 곧 창막이 되어 조풍령의 전신을 감쌌다.

탕! 타타탕!

그를 위협하던 수많은 병장기들이 창막에 막혀 모조리 튕겨 나갔다.

잠시 싸움이 멈췄다.

조풍령은 주위를 둘러보았다. 수백의 시선이 그를 지켜보고 있었다. 조풍령은 그 속에 한 사람을 보았다.

"늦어서 미안하이."

권왕(拳王) 위지악이 씁쓸한 태도로 발을 내딛었다.

웅당 조풍령 역시 비밀 통로를 이용해 탈출했을 것이라 생각하고 있었기에 본진과 조금 떨어져 있던 것이 이런 결과를 가져왔다.

오히려 그 점이 더욱 미안했다. 그가 아는 창마 조풍령이라는 무인은 결코 등을 보이는 무인이 아니었다. 지난 세월이 그는 변하지 않았는데 그에 대해 믿음은 변했다. 그 점이 무엇보다 위지악의 마음을 아프게 하고 있었다.

"만약… 내가 죽는다면 내 유골을 상산에 뿌려줄 수 있겠나?"

"그렇게 하겠네."

위지악은 조풍령의 전신에 난 무수히 많은 상처들을 보았다.

살이 벌어질 정도로 깊은 검상도 있었고, 아직까지 박혀 있는 암기도 보였다. 무엇보다 중요한 것은 이미 조풍령은 대부분의 내공을 소진한 상황이라는 사실이었다.

슈우웅!

조풍령은 남아 있는 모든 내공을 끌어올려 창을 휘둘렀다.

조가창법 제팔식, 추풍운천(秋風雲天).

그가 위지악의 목숨을 구해준 초식이었다.

일권진천(一拳震天).

위지악은 거기에 맞서 하나의 초식을 펼쳤다. 그가 조풍령과 등을 맞대고 적을 상대하며 펼친 초식이었다.

콰쾅!

충돌음과 함께 조풍령의 신형이 천천히 기울어졌다. 그렇게 조풍령은 차가운 벌판에 몸을 누였다.

휘이이잉…….

바람이 조풍령의 죽음을 애도하고 있었다.

* * *

추격이 시작됐다.

중원 무인들로서는 어쩔 수 없는 결정이었다.

이대로 중원으로 돌아가기에는 너무 큰 피해를 입었다. 어떻게 해서든 적의 주력을 찾아내 격파해야 했다.

비록 절반이 넘는 적을 주살했다고는 하지만 실질적인 주력 병력에는 큰 피해를 주지 못한 상황이었고, 애초에 묘독문주를 비롯한 적지 않은 병력이 이동해 있던 상황이었다.

추격은 두 갈래로 나뉘어졌다.

서장으로 이어지는 운남 최북단인 덕굉(德宏)과 운남 최대 항구가 위치한 하구(河口)로 이어지는 길이었다.

덕굉보다는 하구로 가는 길에 더 많은 병력이 배치되었다.

실제로 삼백에 달하는 묘독문 주력 병력 대부분이 하구로 향했고, 칠마를 위시한 극소수의 인원만이 덕굉으로 향했다.

"우선 사천으로 회군해야 할 문파를 정해야 합니다."

제갈헌이 좌중을 둘러보며 말했다.

장내에는 이번 운남행에 참여한 모든 문파의 수뇌들이 모여 있었다. 그만큼 이번 회의는 중요했을뿐더러 적지 않은 피해를 입었던 만큼 그들의 의사 역시 들어봐야 했다.

"우선 산동, 강서 지역에 위치해 있는 문파들과……."

제갈헌이 슬며시 말끝을 흐렸다.

실제로 산동, 강서에 위치해 있는 문파들 중 남아 있는 문파라고는 악가만이 유일했다. 그 외에는 전멸되거나 몸을 움직일 수 없을 부상자들이 전부였다.

"산동 근처에 위치한 하북, 하남, 안휘에 있는 문파들은 모두 회군해야 합니다."

제갈헌은 팽악을 바라보았다.

남궁세가가 있다고는 하지만 실질적으로 그렇게 많은 병력을 보내온 것은 아니었고, 그들 중 팽악의 병력이 가장 많았다.

"알겠소이다."

팽악이 마지 못하는 태도로 고개를 끄덕였다.

확실히 제갈헌의 판단은 옳았다. 입은 피해를 생각한다면 분이 풀리지 않는 것이 사실이었지만, 돌아가 자파를 도와야 했다. 이미 몇몇 문파들을 중심으로 마곡에 대항할 채비를 갖추고 있다고 했다.

팽악이 수긍하는 모습을 보이자 나머지 문파들도 하나둘 제갈헌의 의견에 동의했다.

마곡과 묘독문과는 엄연한 격차가 있었다. 그들로서도 자파의 안위가 걱정되기는 마찬가지였다.

"죄송한 말씀이지만 종남파 역시 회군하는 것이 좋을 듯합니다."

"그렇게 하겠소."

종남의 목허 진인이 기다렸다는 듯이 대답했다.

애초 종남파가 참전한 것은 화산이라는 거악이 섬서에서 버티고 있다는 이유 때문이었다. 하지만 그것은 어디까지나 빙궁과 대막혈랑대의 움직임 심상치 않다는 가정 하에서였지, 본격적으로 그들이 침공해 온다면 화산파 홀로 버티기에는 한계가 있었다.

"상처가 심각한 부상자들 역시 마찬가지입니다. 그 외에 모든 문파에서는 무리가 없는 상황에서 추격에 동참해 주셨으면 합니다. 이것으로 모든 회를 마치겠습니다. 출발은 한 시진 후입니다. 모두 준비해 주시기 바랍니다."

제갈헌이 먼저 자리에서 일어났고, 모든 수뇌진들이 결정된 사항을 알리기 위해 각 문파로 돌아갔다.

"어디로 향하고 있느냐?"

"대리 방면입니다."

"대리(大理)라……."

염후아의 대답을 들은 위지악이 생각에 잠겼다.

칠마의 추격은 위지악을 비롯해 낭인대, 천독객 단중명과 삼십여 명으로 구성된 천독문에서 책임졌다.

이번 운남행에서 낭인들은 여러 문파에게 많은 지탄을 받았다. 적극적으로 싸움에 참여하지 않는다는 이유에서였다. 실제로 낭인들은 웬만한 전투에서 앞선에 서려 하지 않았다. 그리고 대규모 전투가 일어나면 후방에서 싸웠다.

그 모든 것이 염후아가 지시한 일이었다. 애초 낭인대는 칠마를 상대하기 위해 편성된 병력이었다. 그들이 죽기 전까지는 전력이 분산되어서는 아니 되었다.

"지겹군."

위지악은 하늘을 올려다보았다.

무더위가 시작되고 있는 운남의 하늘은 소름이 끼치도록 구름 한 점 없이 맑았다.

일행 모두의 얼굴에는 힘든 기색이 역력했다.

그토록 험한 싸움을 거치고, 또다시 긴 추격이 시작되려 하고 있었다. 이미 대다수가 한차례 칠마를 추격해 보았던 경험이 있는지라 그 일이 얼마나 고된 것인지 알고 있었다.

"그래도 이번에는 식수 걱정은 없겠습니다."

"하하!"

"그 말이 맞군요."

둥철악의 말에 여기저기서 대소가 터져 나왔다.

이제 얼마 있지 않으면 운남 전역은 우기(雨期)에 들어선다. 우기에 들어서면 하루에도 수차례 비가 내리는지라 굳이 식수 때문에 길을 돌아서 간다거나 물을 아껴 마실 필요가 없었다.

염후아가 실소를 흘렸다.

의기소침하던 분위기가 둥철악으로 인해 확연히 달라졌다. 다소 거친 성격의 둥철악이었지만, 저런 것 때문에 대다수의 낭인대원들이 그를 따르고 좋아했다.

"유 소저, 몸은 좀 어떤가요?"

"괜찮아요. 단 소저는요?"

이제는 어느 정도 친해진 단옥령과 유사하가 스스럼없이 말을 주고받았다.

"며칠 전 다친 발목이 좋진 않군요. 그래도 추격하는 데에 별 지장은 없을 거예요."

"그렇군요."

유사하가 고개를 끄덕였다.

확실히 그녀라면 부상을 입었다고 해서 낭인대원들보다 처지거나 하는 일은 없을 터였다.

"추격을 시작하겠습니다."

삼살 호리파가 위지악에게 다가와 조용히 말했다.

염후아가 그렇듯 호리파 역시 추격에는 일가견이 있었다. 물론 염후아가 난 것은 사실이었지만, 이렇듯 다수의 인원을 추격하는 일에는 호리파가 나선다 해도 큰 지장이 없었다.

"알았다."

"모두 진군한다!"

호리파가 크게 외치는 것과 동시에 지루한 추격전이 다시 시작되었다.

파! 파파팍!

호리파가 가장 앞에서 움직이고 둥철악과 나머지 낭인대원, 천독문도들이 그 뒤를 따랐다. 일행의 가장 후미에 있는 것은 염후아와 단옥령이었다.

위지악은 일행과는 전혀 상관 없다는 듯 개별적으로 움직였다. 연운비를 비롯하여 추격대에 합류한 유사하와 막이랑은 다소 유동적으로 움직였다.

추격을 한다고는 하지만, 어디서 묘독문의 잔여 병력이 기습을 해올지 모르는 일이었다.

비록 삼로로 나뉘어 적지 않은 묘독문 분타를 무너뜨렸다고는 하지만 모든 분타를 무너뜨린 것은 아니었다. 더구나 운남 각지에 위치해 있는 중소 문파들 역시 묘독문의 편이나 마찬가지였다.

"연 형, 무슨 생각을 그리 하십니까?"

추격이 시작되고 막이랑이 슬며시 연운비에게 다가갔다.

"아무것도 아닙니다."

"몸은 좀 어떠십니까? 묘독문의 태상호법과 싸우셨다고 하던데……."

막이랑이 상당히 아쉬운 표정으로 물었다.

막이랑은 당시 격전을 보지 못했다. 혹시라도 있을지 모르는 적의 기습을 대비해 후미에 있던 것이 그 원인이었다.

"큰 부상은 없었습니다."

"그렇군요."

"막 소협은 어째서 화산으로 돌아가지 않으셨습니까? 빙궁과 대막혈랑대가 호시탐탐 섬서를 노리고 있다 하던데……."

"이번 추격전이 끝나면 돌아갈 생각입니다."

막이랑이 쓴웃음을 흘리며 대답했다.

무리해 가면서까지 이번 추격전에 참여한 것은 다른 이유가 아니었다.

운남행에 참여한 것이 연운비의 존재 때문이었다면, 추격전에 참여한 것은 갈중혁의 존재 때문이었다.

그의 흔적이 칠마와 함께 덕광으로 이어졌다. 태어나 처음으로 호적수라고 느낀 사내. 이긴다고 확신할 순 없었지만, 다시 한 번 그와 검을 맞대고 싶었다.

"갈중혁이라 했던가요?"

"그렇습니다."

"강해 보이더군요."

연운비도 무엇 때문에 막이랑이 종남파와 함께 섬서로 돌아가지 않은 것인지 알고 있었다.

스스로를 무혼대주라 칭했던 사내.

이전 오대로 구성된 마곡에서 대주라 함은 그 무위가 열 손가락 안에는 들지 못해도 그 배를 칭한다면 족히 들어갈 무인이었다. 연운비는 타하무르라 자신을 밝혔던 무인을 아직도 기억했다.

곤을 쓰는 자. 아미파의 장로 매영 신니조차 패퇴시킬 정도로 강한 무위를 지니고 있었다.

그가 웃으며 자결을 하는 순간 그의 눈은 연운비를 향하고 있었다. 패배를 했을 당시에도 웃고 있던 그의 눈은 한없이 슬퍼 보였다. 마치 연운비의 손에 죽기를 바랐던 듯 그렇게 그는 고개를 꺾었다.

만약 매영 신니와의 싸움에서 내공의 소모가 없었다면 어쩌면 패배한 것은 연운비일 수도 있었다.

"솔직히 자신은 없습니다. 하지만… 이대로 섬서로 돌아가면 후회할 것만 같은 생각이 들더군요. 저는 연 형을 따라 운남행에 참여한 것에 대해 단 한 번이라도 후회해 본 적이 없습니다. 저를 진정한 무인으로 이끌어준 것이 연 형이라면 저를 무인으로 만들어준 것이 운남행이라고 생각합니다."

"무슨 이야기를 그리 재미있게 하시나요?"

두 사람이 한참 말을 주고받자 조금 떨어진 곳에 있던 유사하가 다가왔다.

"별일 아닙니다."

막이랑이 조금은 쑥스러운 표정으로 머리를 긁적였다.

"좀 어떠십니까?"

연운비가 걱정이 되는 표정으로 유사하에게 물었다.

요 며칠 유사하의 얼굴은 수척하다 못해 안쓰러울 정도였다. 여린 마음 때문일까? 운남행에 참여한 몇 안 되는 보타암의 제자들이 그녀를 제외하곤 아무도 살아남지 못했다.

"저는 괜찮아요."

"힘들다면 차라리 돌아가시는 것이……."

"아니에요."

유사하는 강하게 고개를 저었다.

아직도 그녀의 동문 사매들이 시마 소북살에게 잔인하게 살해당하는 모습이 기억에서 잊혀지지가 않았다. 종남파와 행동을 함께하고 있던 그녀의 동문 사매들은 가장 먼저 시마 소북살과 부딪쳤고, 그에 의해 처참하게 유린당했다.

"이대로 돌아갈 순 없어요."

"유 소저……."

"걱정하지 마세요. 저도 강호인이에요."

유사하가 싱긋 미소를 지었다.

'강호인이라…….'

그녀를 바라보고 있던 연운비는 문뜩 하늘에 이는 먹구름을 보고 조용히 눈을 감았다.

대리(大理)를 지나 점창산(點蒼山)에 이르자, 적은 병력을 분산시켰다.

광마 부평악과 대다수의 병력이 계속 서장으로 향하였고, 나머지 삼마를 위시한 일부의 병력이 산세가 험준한 점창산으로 들어섰다.

결국 일행 역시 위지악과 연운비를 중심으로 병력을 나눠야 했다.

흑살객(黠蒼山) 염후아는 낭인삼살과 함께 위지악과 함께하기로 결정을 내렸다.

삼마를 따라간 병력보다는 광마를 따라간 병력이 많았다.

만에 하나 위지악이 광마에게 패한다면 미리 연마한 절진으로 광마와 동귀어진이라도 해야 했다. 그리고 그 주축이 되어야 할 사람이 염후아였다.

막이랑, 유사하, 천독객 단중명을 비롯한 삼십여 명의 천독문도는 연운비와 함께 삼마의 추격을 책임졌다. 애초 천독문이 참여한 것은 시마의 독 때문이었다.

"이제는 헤어져야 하겠구나."

"언제 다시 뵐 수 있겠습니까?"

연운비는 안타까운 심정으로 위지악을 바라보았다.

마치 십 년은 늙어 보이는 듯한 모습이었다.

절친한 친우인 당문표와 마음속에 담아두었던 지기 창마 조풍령의 죽음이 가져온 결과였다.

"무엇을 안타까워하느냐. 네놈과 내가 무슨 같은 사문이라도 되었더냐? 만나도 그만, 만나지 않아도 그만이다."

위지악의 퉁명스러운 목소리를 듣고서야 연운비의 얼굴에 미소가 감돌았다. 이것이 그가 알고 있던 위지악의 모습이었다.

"조심해라. 강호는 무공만으로 살아갈 수 있는 곳이 아니다. 삼마가 무림 공적으로 추살령을 받았음에도 그들보다 강한 무인들의 합공에 버틸 수 있었던 것은 그만한 능력이 있기 때문이다."

"명심하겠습니다."

"너는 어떻게 하겠느냐?"

위지악은 고개를 돌려 단옥령을 바라보았다.

"저는……."

단옥령은 망설이며 생각에 잠겼다.

광마를 죽이고 싶은 생각은 변함이 없었지만, 막상 광마의 무위를 보자 현재 자신의 능력으로는 불가능한 일이라는 것을 깨달았다. 가보았자 도움이 되기는커녕 짐이 되지 않으면 다행한 일이었다. 비록 감춰둔 하나의 패가 있었지만, 그 역시도 쉽지 않을 듯싶었다.

"연 소협과 함께 가겠습니다."

"잘 생각했다."

위지악이 고개를 끄덕였다.

확실히 그녀의 무공이 광마에 비하자면 아무것도 아니었지만, 나머지 삼마에 비한다면 크게 차이나는 정도는 아니었다. 큰 도움이 될 터였다.

"너는 잠시 나를 따라오너라."

위지악은 연운비를 이끌고 한적한 곳으로 향했다.

"무슨 일이신지……."

"별건 아니다. 혹시라도 내 소식이 들려오지 않는다면……."

"어르신?"

"조용히 듣기만 하거라. 만약 내 소식이 들려오지 않는다면 광마와 함께 죽었다고 생각하여라."

"그게 무슨 말씀이십니까?"

연운비가 불안한 표정으로 물었다.

벌써 위지악과 함께 해온 지도 수개월이라는 시간이 흘렀다. 정이 들 만큼 들었고, 사소한 말 한마디에도 그 말에 담긴 위지악의 진심을 알 수 있었다.

"이긴다고 확신할 수는 없지만, 그렇다고 패하지도 않을 것이다. 아니, 설령 패한다 할지라도… 그의 목숨만은 내가 거둘 것이다. 그는 너무 나에게서 많은 것을 앗아갔지."

"어르신……."

"할 말은 이것으로 끝이다. 내가 이 싸움에서 살아남게 된다면… 조용한 곳에서 남은 여생을 보내고 싶구나. 간혹 내 생각이 나면 찾아오도록 하여라. 너무 쓸쓸한 것도 좋진 않으니."

"그렇게 하겠습니다."

연운비는 무릎을 꿇고 위지악에게 한 번의 절을 하였다.

원망스러울 때도 많았지만, 그것이 전부 자신을 위하는 것이라는 것을 알고 있었다. 운산 도인의 입적 이후 가장 큰 힘이 되어준 사람이 바로 위지악이었다.

"가보아라."

"보중하십시오."

연운비는 멀어져 가는 위지악의 뒷모습을 바라본 후 천천히 신형을 돌렸다.

본격적인 싸움은 지금부터 시작이었다.

第26章

장강혈전의 서막은 오르고

제26장

애뇌산 전투 한 달 전.

장강(長江).

수천 년의 세월과 수천 년의 애환을 담고 흐르는 강.

팔 개 성(省)을 가로지르고 열두 개의 성(省)에 흐르는 장강은 대륙의 젖줄이자 수백만 인구가 기대어 사는 생명 터이다.

강남에 육로보다 수로가 더 발달해 있는 이유는 장강이 존재하기 때문이다.

장강십팔채(長江十八寨).

당금에 와서는 수로맹이라 불리는 장강을 지배하는 호걸들의 모임.

장강십팔채가 등장하기 전까지만 하여도 장강은 수적들의 고향에 지나지 않았다. 그런 장강을 변모시킨 것이 장강십팔채의 호걸들이었다. 정파에서는 여전히 그들을 가리켜 수적이라 칭하나 민심은 그들을 장강의 호걸이라 칭하고 있었다.

"맹주, 피하셔야 합니다!"

한 사내가 다급히 뛰어오며 외쳤다. 일갈을 토하는 사내의 음성은 처절하다 못해 비참하기까지 했다.

흑상어 갈유목.

이것이 바로 사내를 가리키는 말이었다. 수로맹의 총군단장이자 수로맹을 통틀어서도 다섯 손가락 안에 꼽히는 고수. 그런 그가 초라한 기색으로 온몸에 피칠을 한 채 달려오고 있었다. 갈유목의 시선을 오직 한 사람에게 향해 있었다.

수로맹주(水路盟主) 철무경.

바로 그의 의형이자 현 수로맹을 이끌고 있는 무인이었다.

"이곳이 내 고향이거늘 어디로 피한단 말인가!"

철무경은 고개를 저으며 신형을 바로 세웠다.

그의 시야에 불타고 있는 선단들이 들어왔다. 그토록 위풍당당하던 제삼전선 부수함도, 누구도 감히 침범하지 못할 것이라 여겼던 제오전선 수라도 마찬가지였다. 오직 제일전선 풍멸(風滅)만이 유일하게 버티고 있는 전선이었다.

"종 아우는 어디에 있는가?"

"소식이 두절되었습니다."

철무경의 안색이 침중히 가라앉았다.

대부분의 전선들이 파괴되고 격침된 상황에서 제사전선 투귀를 이끌고 있는 종과령이라 해서 무사할 리는 없었다. 아마도 저 어딘가에서 외로운 싸움을 하고 있으리라.

수로맹과 함께 장강을 이끌고 있는 십팔 채 중 여섯 개 채가 손써볼 사이도 없이 적들의 수중에 떨어졌다.

만해도(萬海島).

숨죽이고 있던 그들이 움직인 것이다.

팔황(八荒) 중 일익이라는 자부심답게 그들의 능력은 엄청났다. 아무리 장강수로연맹이라 하여도 대적할 상대가 아니었다.

아쉬운 것인 수로맹과 십팔채 모두가 모인 상황에서 일전을 겨루었다면 어땠을까 하는 생각이었다. 그랬다면 싸움이 지금처럼 일방적으로 흘러가지는 않았을 것이리라.

"피하셔야 합니다."

"나는 이곳에서 풍멸과 함께하겠네."

"총채가 남아 있습니다. 투귀가 올 것입니다. 그때까지만 버티면 됩니다."

"미련을 가지지 말게."

철무경은 고개를 저었다.

수로맹 다섯 전선 중 비록 투귀가 강하다고는 하지만, 적들 역시 강했다.

그중에서도 철갑으로 몸을 뒤덮고 있는 저 검은 전선은 풍멸조차 우습게 여길 정도로 거대했을뿐더러, 파괴력 역시 기존 전선들을 뛰어넘은 것이었다.

"나는 차라리 그들이 오지 않기를 바란다네……."

"대형……."

갈유목은 고개를 꺾었다.

지금 이곳에 있지 않은 두 척의 전선은 수로맹의 최후의 보루라 할 수 있었다. 그들이 이곳에 온다면 철무경이 빠져나갈 때까지 시간을 벌어줄 수는 있겠지만, 그들 역시 이곳에서 뼈를 묻게 될 터였다.

"가세. 풍멸이 있는 한 우리는 아직 패한 것이 아닐세."

철무경이 수중의 도를 들었다.

도를 들자 그의 전신에서는 지금까지와는 확연히 다른 투지가 피어올랐다.

이것이 바로 수로왕이라 불리는 무인의 기세였다.

"크하하!"

제오전선 수라를 이끌고 있는 괴두어(怪頭魚) 장철웅은 불타고 있는 선체를 보며 광소를 터뜨렸다.

"피하셔야 합니다."

"피해? 어디로 피한단 말이냐, 사방이 적이거늘."

장철웅은 단호히 고개를 저으며 말했다.

"나는 수라와 생사를 함께하겠다!"

장철웅은 일갈을 내지르며 선미에 올라서려는 만해도 무인들을 그대로 번쩍 들어 올려 목을 비틀어 버렸다.

말 그대로 괴력이었다. 만해도 무인들도 만만한 자들은 아니었지만 장철웅의 괴력을 이기지 못하고 그렇게 죽어나갔다.

하지만 장철웅 혼자 적을 감당하기에는 그 수가 너무 많았다. 수라에 타고 있는 수로맹의 무인들 역시 그 수가 적은 것은 아니었지만, 무공 수준이 너무나 떨어졌다.

수라에 타고 있는 수로맹 무인들 중 일류고수는 기껏해야 오십 명이나 될까 하는 정도였다. 그 인원으로는 사방에서 미친 듯이 달려드는 만해도 무인들을 대적할 수 없었다.

"대형은 어디 계시냐?"

"풍멸에 수로맹의 깃발이 올라왔습니다."

"크크, 역시 대형이시구나."

장철웅은 호쾌한 대소를 터뜨렸다.

도망치지 않을 것이라 생각은 하고 있었지만, 이렇듯 노골적으로 수로맹 깃발을 내걸으리라고는 생각조차 못했다.

"투귀 이 미친놈은 언제 오려고 아직까지 모습을 보이지 않는 건가. 내 오면 단단히 혼쭐을 낼 것이다."

장철웅이 괴소를 흘리며 중얼거렸다.

하지만 그 역시 투귀가 올 것이라는 기대는 하지 않았다. 투귀 혼자서 이곳을 포위하고 있는 전선과 선단을 뚫는 것은 불가능에 가까운 일이었다.

"부수함이 침몰했습니다!"

만해도 무인들과 악전고투를 벌이고 있는 수로맹 무인 하나가 큰 소리로 외쳤다.

"흐흐, 셋째 형도 그렇게 갔군."

이제 선미를 제외하고는 배는 만해도 무인들에게 완전히 장악당한 상태였다.

물론 배 선체 깊숙한 곳에는 조타수들을 이끌며 싸우고 있는 귀벽수(鬼檗手) 부목한이 있을 테지만, 그 역시도 오래 버티지는 못할 터였다.

"배를 폭파시킬 준비를 하라고 일러라."

"크흑……."

장철웅의 말에 수로맹 무인들이 피눈물을 흘렸다.

장강에서 살아가는 그들에게 배는 곧 목숨이었다. 배를 폭파시킨다는 것은 그들의 혼이 무너진다는 것을 뜻했다. 그럼에도 장철웅의 결정에 항변할 수 없는 것은 차마 적에게 넘길 수 없다는 그의 뜻을 잘 알고 있었기 때문이다.

"혼자 죽지는 않을 것이다!"

장철웅은 광천대소를 터뜨리며 물밀듯이 쇄도하는 적들의 한가운데로 뛰어내렸다.

온몸에 칼이 박히고 사지가 떨어져 갔다. 그런 순간에도 장철웅은 눈을 감지 않았다.

"내가 바로 과두어 장철웅이다!"

콰콰쾅!

장철웅이 마지막 고함을 지르는 것과 동시에 수라의 본체가 반으로 갈라졌다.

당파였다. 만해도 무인들은 급히 그들의 배로 건너가려 했지만, 수로맹 무인들이 그것을 보고만 있지 않았다. 배는 빠르게 침몰했다.

'대형… 끝까지 모시지 못해 죄송합니다.'

수로맹을 통틀어 가장 호방하다는 장철웅은 그렇게 수라와 함께 최후를 맞이했다.

"막내야……."

철무경은 아련한 눈빛으로 물속으로 침몰해 가는 제오전선 수라를 바라보았다.

그 속에는 그의 의제 장철웅과 그를 믿고 따르는 수많은 수하들이 있었다.

"하하. 하하하하!"

철무경은 대소를 터뜨렸다. 울분에 찬 대소였다. 그의 눈에서는 지금 피눈물이 흐르고 있었다.

수로맹의 주력이라 할 수 있는 다섯 전선 중 두 척을 잃었다.

두 척의 전선을 잃은 것보다 가슴이 찢어지도록 아픈 것은 두 척의 전선과 함께했을 형제들이었다.

"풍멸은 전투 태세로 돌입하라! 지금부터는 내가 직접 지휘할 것이다!"

철무경은 뱃머리로 향했다.

장강의 용. 승천룡(昇天龍)이라 일컫는 청룡의 문양이 그곳에 있었다. 저것이 바로 수로맹 제일전선 풍멸을 가리키는 징표이자 풍멸의 혼이었다.

"가자, 형제들의 복수를 위해!"

철무경은 검은 전선을 향해 풍멸을 몰았다.

승산이 없다는 것을 누구보다 잘 알고 있지만, 그의 투지만큼은 뜨거웠다.

콰르르르…….

물결을 해쳐 나가는 풍멸의 위용에 달려들던 중형 선박 몇 척이 그대로 부서져 나갔다.

비록 여기저기 손상이 있었다고는 하지만, 그래도 수로맹 제일전선인 풍멸이다. 저런 날파리 따위에게 당할 리 없었다. 목표는 오직 하나, 검은 전선이었다.

"좌현에서 적이 올라오고 있습니다."

"후미도 마찬가지입니다."

미비한 피해에 불과했지만, 중형 선박과 부딪친 것이 속도에 지장을 가져왔다.

"제가 맡겠습니다."

갈유목이 움직였다. 아직은 철무경이 움직여서는 아니 되었다. 그것은 적에게 약세를 보이는 꼴이었다. 철무경이 그 자리에 있는 한 적들도 감히 풍멸을 우습게 보지는 못할 터였다.

"크아악!"

"커억!"

여기저기서 비명 소리가 터져 나왔다. 막으려는 자와 그렇지 않은 자들과의 혈투였다.

"쉽지 않을 듯허이."

"어르신."

등 뒤에서 들려온 목소리에 철무경은 고개를 돌렸다.

그곳에는 수로맹의 두 명의 원로 중 한 명인 마수신의(魔手神醫) 유문백이 서 있었다.

"수상객들이 너무 많은 피해를 입었네."

"알고 있습니다."

"강노수들로는 전투에 한계가 있네."

만해도와 수로맹이 벌인 전투는 이것이 처음은 아니었다.

십팔채 중 다섯 채가 일시에 무너진 뒤, 수로맹에서는 급히 전열을 재정비하여 만해도에 맞섰다. 하지만 여기저기 퍼져 있던 모든 전력들이 일시에 모일 수는 없는 노릇이었고, 그것이 결정적인 패인이었다. 쌓이고 쌓인 피해가 이제 와서는 돌이킬 수 없는 지경에 이른 것이다.

평상시라면 삼백여 명의 수상객과 백여 명의 강노수들이 타고 있어야 할 풍멸이었지만, 현재는 그 인원도 반의반도 되지 않았다. 그나마 총단 무인들이 그 공백을 메워주고는 있지만, 언제 무너질지 아슬아슬한 상황이었다.

"어르신께는 죄송합니다. 괜히……."

"허허, 아닐세. 이 늙은 몸을 불러주어서 오히려 영광이었다네. 맹주가 아니었으면 누가 나를 기억하고 불러줬을 것인가? 나는 의원이기도 하지만 무인이기도 하다네."

유문백은 담담한 표정으로 철무경의 옆에 섰다.

"저들이 오는군."

"그렇군요."

철무경은 정면에서 빠른 속도로 다가오는 소형 전선을 보고 숨을 들이쉬었다.

쾌속정과는 다른 그것은 오로지 노의 힘으로만 움직일 수 있는 전선이었다. 소형 전선에는 노잡이들을 제외한 몇 명의 인영이 타고 있었다. 심하게 요동치는 배였지만, 인영들은 조금의 흔들림도 없이 배 위에 서 있었다.

언뜻 보기에도 만만치 않은 고수들이었다.

"해전은 피하겠다는 것이군."

유문백은 침중한 표정으로 고개를 저었다.

모든 강노수을 모아 저들을 향해 화살을 발사하면 배는 물론이요, 사람까지 물고기 밥으로 만들 수 있겠지만 그렇게 할 경우 생기게 되는 일시적인 전력의 공백에 적들이 난입할 수가 있었다.

결국 저들을 상대하기 위해서는 저 정도의 고수가 나서야 한다는 것이었다.

이 배에서 고수라고 불릴 만한 무인은 몇 되지 않았다. 유문백이나 철무경, 그리고 흑상어 갈유목이 전부였다. 그중 적들을 상대하러 간 갈유목이 쉽사리 돌아오지 못하는 것을 보면 그 역시도 만만치 않은 적을 상대하고 있는 듯싶었다.

"오라. 내가 바로 철무경이다."

철무경이 수중의 도를 힘차게 움켜쥐었다. 이미 그는 죽음을 각오했다.

*　　*　　*

"저자가 수로맹주인가?"

"그렇습니다."

검은 전선, 그곳에 타고 있는 한 중년인의 말에 회의노인이 공손한 태도로 대답했다.

바다를 다스리는 자. 이제 그 영역을 넓혀 중원의 심장부인 장강을 지배하려는 자, 그의 이름은 천군(天君) 태무룡이었다.

"멋진 사내군."

"주, 주군……."

"그렇지 않은가? 이 상황에서 깃발을 내걸다니."

태무룡의 말에 만해도 삼봉공 중 일인인 동해조수 위일악이 곤란하다는 표정을 지었다. 그 의기만큼은 대단하다 하나, 어찌 되었거나 적의 수뇌였다. 싸움 중 적장을 칭찬하는 것만큼이나 아군의 사기를 떨어뜨리는 일은 없었다.

"보고 싶군, 어떤 사내인지 말이야. 장강수로맹이라… 수적들에 불과하다고 생각했거늘 아니란 말인가?"

"그래 보았자 저희의 상대는 아닙니다."

"알고 있네."

태무룡이 고개를 끄덕였다.

이미 바다를 주름잡던 사해방과 해사방이 무너졌다. 소문조차 퍼질 틈 없이 빠른 공격이었다. 이제 장강수로맹만 무너진다면 중원 천하에 더 이상 만해도를 위협할 수 있는 세력은 존재하지 않았다.

"마곡에서 연락은 없었는가?"

"산동악가와 황보세가를 공격하고 있는 것 같습니다. 아마 며칠 안에 산동은 마곡의 수중에 떨어질 듯싶습니다. 그럼 다음은 묘독문 일부 병력과 함께 강소를 도모하겠지요."

"역시… 마곡(魔谷)이란 건가……."

태무룡은 무거운 표정으로 중얼거렸다.

그도 알고 있었다, 만해도의 전력이 마곡에 비해 한참은 미치지 못한다는 것을.

그것은 만해도뿐만이 아니었다. 팔황 중 그나마 예전 전력을 보유하고 있는 포달랍궁이 아니라면 그 어느 세력도 마곡의 힘에 미치지 못했다.

지금 대세를 주관하는 것은 마곡이었다.

실제로 그럴 힘도 있었을뿐더러, 마곡의 양대산맥이라 불리는 문성(文星)의 지휘 역시 탁월했다. 그가 아니었다면 지금쯤 중원무림의 전력이 운남으로 이동하지도 않았을 터였다.

"신경 쓰지 마십시오. 어차피 물길은 저희의 것입니다. 그리고 절강과 복건 일대의 지배권을 저희에게 넘기기로 약조하지 않았습니까?"

"알고 있네."

"무벌은 어떻게 하실 작정입니까?"

무벌(武閥).

그들이 등장한 것은 암천회와의 싸움에서였다.

삼십 년 전, 세상을 얻고자 하는 군웅들의 집단 암천회의 발호는 잠잠하던 강호에 태풍을 몰고 온 사건이었다.

무벌이 등장한 것은 암천회의 난이 중반으로 치달을 무렵이었다. 그들에 대항하고자 하는 무인들은 속속 무벌에 합류했으며, 결국 암천회의 난은 무벌과 정, 사 양도의 연합군에 의해 마무리되었다.

암천회의 수뇌들 중 대다수는 다시 어둠 속으로 숨어야 했고, 무벌은 호남, 광서, 복건, 안휘 남부에 걸쳐 강력한 신흥 세력으로 자리잡으며, 지금에 와서는 천하제일세라는 강력한 문파가 되었다.

"그들은 움직이지 않을 것일세."

"주군……?"

"그렇게만 알고 있으면 되네. 대세는… 우리의 것일 터이니."

*　　　*　　　*

난전(亂戰).

캉! 카카카캉!

무려 세 명의 적을 맞이하며 철무경은 폭풍처럼 상대를 몰아붙였다. 그의 애병 묵혈도(墨血刀)가 춤을 추었다. 어우러지는 병장기의 주인들 역시 만만한 상대는 아니었으나, 수로왕이라 불리는 무인답게 철무경은 강했다.

"허허, 기가 막히는군. 아직 불혹이 되지 않았다고 들었건만……."

한편에서 싸움을 지켜보고만 있는 초로인이 헛웃음을 흘리며 고개를 주억거렸다.

철무경이 상대하고 있는 세 명은 모두 만해도의 구대호법에 속하는 무인들로서 그들 개개인의 능력은 구파의 장로들에 비해서도 처지지 않았다.

그런 그들이 아무리 수로맹주라 불린다고는 하지만, 일개 수적의 우두머리한테 밀리고 있었다. 일시적인 현상에 불과할 뿐이지만, 자존심이 상하지 않을 수 없었다.

다른 한편에서는 함께 온 독각와룡 흑도산이 마수신의를 상대하고 있었다.

초로인, 삼봉공 중 일인인 추명파자 석태량은 주위를 둘러보았다.

제일전함이라 불릴 정도로 풍멸은 강했다. 수많은 전선들과 쾌속정들이 공격을 퍼붓고 있다고는 하지만, 쉽사리 끝낼 수 있는 분위기가 아니었다.

석태량은 문성(文星)이 어째서 선제공격으로 십팔 채 중 몇 개 채를 무너뜨리려 했는지 이제야 이해할 수 있었다. 만약 수로맹 모든 힘이 뭉친 상황에서 전쟁을 벌였다면 상황이 어찌 흘러갔을지 모르는 일이었다. 그리고 설령 전투에서 이겼다 할지라도 엄청난 피해를 입었을 터였다.

"대단하다."

"수로왕! 과한 호칭이라 생각하였거늘, 오히려 모자람이 있구나!"

철무경을 공격하는 세 명의 호법들은 감탄을 터뜨렸다.

적이지만 훌륭했다. 이와 같은 무인을 합공으로 죽여야 한다는 것이 안타깝기 그지없었다. 하지만 명령이 떨어진 이상 어쩔 수 없는 일이었다.

콰쾅!

두 번의 연이은 충돌에 철무경의 신형이 비틀거리며 한 걸음 뒤로 물러섰다.

몰아치고는 있다지만, 그것이 승기는 아니었다. 그의 일도 일도에는 필생의 공력이 담겨 있었다. 세 명의 호법은 그런 공격을 상대하면서 오히려 삼 푼 정도의 힘을 비축하고 있었다.

"내가 바로 철무경이다!"

철무경은 이를 악물고 다시 도를 휘둘렀다.

그 기세에 세 명의 호법은 또다시 물러섰다. 피해를 각오한다면 맞받아 치지 못할 공격도 아니었지만, 어느 누구도 그럴 생각을 하지 않았다.

그것이 전문적으로 합공을 연마한 사람과 그렇지 않은 사람의 차이였다.

기실 세 명의 호법 모두 철무경에 비해 그다지 무공이 떨어지지 않는 무인들이었지만, 합공을 하다 보니 딱히 자신들의 무공을 적절히 사용하지 못하고 있었다.

"후읍, 후읍……."

철무경의 입에서 거친 숨소리가 흘러나왔다.

그 역시도 본능적으로 느끼고 있었다, 조금만 더 시간이 흐른다면 그때는 기혈의 역류로 인해 목숨을 장담할 수 없다는 것을. 그럼에도 공력을 줄이지 못하는 것은 그 순간 쇄도해 올 반격 때문이었다.

한 명 한 명이 결코 그에 못지않은 고수들이었다. 그런 자들에게 틈을 준다는 것은 곧 죽음을 의미했다.

"끝이로군."

석태량은 조금은 아쉽다는 표정으로 철무경을 바라보았다.

그럴 리는 없겠지만, 혹시라도 세 호법이 패한다면 차례가 돌아오지 않을까도 생각하고 있었다. 최근 십 년 동안 제대로 된 비무를 한 것이 기억이 나지 않을 정도였다. 그런 상황에서 철무경 같은 무인이라면 적수로서 부족함이 없었다. 하지만 지금 보이는 상태로는 몇 초도 지나지 않아 무릎을 꿇을 것 같았다.

콰직!

철담수 와운명이 펼쳐 낸 조법에 철무경의 왼쪽 어깨 살이 한 움큼 뜯겨져 나갔다.

와운명 역시 허리춤에 상처가 나는 것은 피할 수 없었지만, 애초부터 피해를 각오하고 펼친 조법이었다. 그와 동시에 한편에서 기회를 엿보고 있던 폭룡권 진명이 권풍을 내질렀다. 권풍은 그대로 철무경의 가슴에 적중했다.

"크윽……."

철무경은 피를 토하며 바닥으로 나뒹굴었다.

마지막은 구절편 황조백의 차례였다. 아홉 마디로 나뉘어진 채찍은 철무경의 목줄기를 노리고 쇄도했다.

"맹주!"

한편에 있던 마수신의 유문백이 상대하던 독각와룡 흑도산을 무시한 채 철무경이 있는 곳으로 몸을 날렸다.

챙!

의수로 된 그의 왼쪽 팔이 구절편을 튕겨냈다. 그 덕분에 철무경은 무사할 수 있었지만, 유문백은 그렇지 못했다.

"어, 어르신……."

철무경은 급히 유문백이 있는 곳으로 달려갔다. 유문백의 신형은 천천히 쓰러지고 있었다.

"어째서, 어째서……!"

유문백의 등에는 한 자루의 검이 깊숙이 박혀 있었다. 독각와룡 흑도산의 검이었다.

"아, 아쉬워하지 말게. 만남이 있으면 이별도 존재하는 법이니… 자, 자네라도 어서 이곳을……."

유문백은 마지막 말을 마치지 못하고 고개를 꺾었다.

그것이 천하 빈민들을 위해 평생 의술을 펼쳐 온 마수신의 유문백의 최후였다.

"용서하지 않겠다!"

철무경은 유문백을 눕히고 자리에서 일어났다.

가공할 만한 기세가 그의 전신에서 뿜어져 나왔다. 이제는 흑도산까지 가세한 네 명의 호법이 숨을 죽인 채 철무경을 바라보고 있었다. 이것이 철무경의 마지막 공격이 되리라는 것은 그들도 잘 알고 있었다. 그렇기 때문에 경시하지 못하고 기다리고만 있는 것이다.

파파팍!

그 순간 어디선가 일단의 흑의인들이 배 위로 날아들었다.

흑의인들은 일말의 머뭇거림도 없이 곧장 만해도 호법들을 향해 공세를 퍼부었다.

"누구냐!"

"웬 놈들이냐!"

우거진 숲이나 은신할 만한 장소가 있는 산악 지역이라면 몰라도 망망대해(茫茫大海)나 다름없는 장강의 한복판이었다. 그런 상황에서 도저히 있을 수 없는 흑의인들의 가세는 만해도 무인들의 심기를 불편하게 만들었다.

어쩔 수 없이 호법들은 철무경을 공격하던 것을 멈추고 흑의인들을 상대했다.

흑의인들의 무공은 놀랍도록 강했다.

구대호법이라면 만해도에서 도주나 삼태상을 제외하곤 적수가 없는 무인들이었다. 비록 합공이라고는 하지만 흑의인들은 그런 구대호법들을 상대로 조금도 물러서지 않고 있었다.

"그대들은 누구인가?"

흑의인들의 정체를 모르는 것은 만해도 무인뿐만이 아니었다. 철무경 역시 모르는 것은 마찬가지였다.

"장강이 저들에게 넘어가는 것을 바라지 않는 자."

흑의인들 중 유일하게 복면을 쓰고 있지 않은 중년인이 말했다.

"도움은 필요치 않다!"

철무경이 싸늘한 어조로 외쳤다.

이미 죽음을 각오한 상황이었다. 피를 나눈 형제들이 죽었고, 목숨보다 소중한 동료들이 죽었다.

천명(天命)이 있어 조금이라도 목숨을 이어갈 수 있다면, 마지막 남은 힘까지 저들을 향해 도를 휘두르리라.

"도움이 아니다, 거래일 뿐."

"거래라… 크하하하!"

철무경이 하늘을 올려다보며 대소를 터뜨렸다.

누가 보더라도 수로맹의 패배가 확실시되는 상황이었다. 지푸라기라도 잡아도 시원치 않을 마당에 상대는 그것이 도움이 아니라 거래라 말하고 있었다. 무인으로서 자존심을 지켜주겠다는 뜻이었다.

"그 말에 대한 책임은 져야 할 것이다."

흑의중년인의 말에 나선 것은 추명파자 석태량이었다.

"책임이라… 그럴 능력이 있다면 얼마든지."

흑의중년인이 여유로운 표정으로 신형을 움직였다.

슈슈슉!

그의 주먹이 흔들리는 것과 함께 대여섯 개의 권영이 석태량을 노리고 쇄도했다.

"흥!"

석태량은 판관필을 휘두르며 흑의중년인의 권법에 맞섰다.

추명파자라 불릴 정도로 그의 점혈 솜씨는 대단했다. 단 한 번이라도 그의 판관필에 격중당한다면 반신이 마비되고 내공의 흐름이 봉쇄되었다.

펑! 퍼퍼펑!

연이어 몰아친 권풍에 석태량의 신형이 뒤로 밀려났다.

"네놈은 누구냐!"

석태량이 지금까지와는 다른 굳은 낯빛으로 흑의중년인을 바라보았다.

결코 자신의 하수가 아니었다.

석태량의 무공은 비록 삼봉공 중에서는 처지는 편에 속했지만, 만해도에서 다섯 손가락 안에 드는 고수였다. 그런 그가 흑의중년인의 공격을 감당하지 못하고 있었다.

"말하지 않았나? 장강이 그대들에게 넘어가는 것을 원하지 않는 자. 아니, 중원을 그대들에게 넘겨줄 순 없다고 해야 하겠지."

'어렵구나…….'

석태량은 주위를 둘러보았다.

열세는 아니었지만, 확실히 승기는 흑의인들의 것이었다. 호법들은 흑의인들의 조직적인 합공에 밀려 번번이 물러서고 있었다.

"오늘만 날이 아니니 이만 물러가도록 하겠다. 이 빚은 머지않아 갚을 것이다."

석태량은 판관필을 접으며 신형을 날렸다. 네 명의 호법이 그 뒤를 따랐다. 그들로서도 무리해 가면서까지 이번 싸움에 목숨을 걸 생각은 없었다. 어차피 전세는 그들의 것이었다.

"고맙소."

만해도 무인들이 물러가자, 철무경이 진심 어린 표정으로 흑의인들에게 포권을 취했다.

"그럴 겨를이 있으면 어서 이곳을 빠져나가도록 하라."

흑의중년인은 주먹에 묻은 피를 닦으며 대답했다.

과연 만해도 삼대봉공 중 일인답게 석태량의 무위는 가공했다. 스치기만 하였는데도 웬만한 도검으로 흠집조차 낼 수 없는 그의 강기공이 깨졌다.

"미안하지만 그것은 불가하오."

철무경은 고개를 주억거렸다.

흑의인들이 고마운 것은 사실이었지만, 그렇다고 순순히 그들의 말을 따를 생각은 없었다.

이미 적지 않은 동료들이 저들의 손에 목숨을 잃었다. 그런 상황에서 적들을 눈앞에 두고 후퇴한다는 것은 있을 수 없는 일이었다. 더구나 이미 이곳은 만해도의 무수한 전선들에 의해 포위된 상황이었다. 물러난다 하여도 그것이 쉽지 않았다.

"남은 자들을 생각하지 않을 것인가?"

"남은 자들이라……."

철무경은 주위를 둘러보았다.

진한 황색의 물이 흐르는 이곳에 존재하는 것은 무수히 많은 만해도 전선들과 풍멸뿐이었다.

무엇을 보라는 것일까?

그곳에는 존재하는 것은 황색의 물과 시리도록 맑은 하늘뿐이었다.

"저곳을 보라."

흑의중년인은 한곳을 가리켰다. 철무경은 흑의중년인의 시선이 향한 곳으로 고개를 돌렸다.

아무것도 보이지 않는 곳.

언제부터인가 그곳에는 무수히 많은 점들이 보이고 있었다.

"저, 저들은……."

철무경의 눈시울이 붉어졌다.

보이지조차 않은 먼 거리였지만 느낄 수는 있었다.

한평생을 함께해 왔던 동료들, 그리고 그들이 혼이 담겨져 있는 그것은, 수로맹 제사전선 투귀와 무수히 많은 중, 소형 전선들이었다.

"대형, 접니다! 저 해웅이 왔습니다!"

투귀의 선미 그곳에서는 엄청난 체구의 거한이 가슴을 두드리며 외치고 있었다.

해웅(海熊) 종과령.

수로맹을 통틀어 가장 장대한 체구를 지니고 있는 열혈의 사내. 그가 죽음을 무릅쓰고 달려온 것이다.

"크크, 맹주, 우리가 왔소."

"그거 보슈. 우리를 내쫓더니 이 꼴이 된 거 아니겠소?"

"케케, 일단 적들부터 쫓아버립시다."

종과령의 옆에서 세 명의 사내가 있었다.

철무경은 그들이 누구인지 알 수 있었다.

장강삼귀(長江三鬼).

수로맹이 창설될 당시 끝까지 합류하지 않고 장강을 떠나 파양호(鄱陽湖) 어딘가에 숨은 장강삼귀였다.

오지 않으리라 생각했다. 그만한 다툼이 있었고, 서로에게 칼까지 겨누었다.

하지만 그런 그들이 지금은 만해도라는 적을 맞이하여 한 힘이 되어주고자 온 것이다.

저 수많은 중, 소형 전선들은 삼귀의 전투 선단인 무투귀혼대였다.

"이제 거래를 하겠는가?"

흑의중년인은 담담한 태도로 말했다.

"대체 당신들은 누구요?"

그제야 철무경은 느낄 수 있었다, 투귀가 이곳에 올 수 있도록 조치를 취한 것이 이들이라는 사실을.

비록 장강삼귀가 도움을 주었다 하나 그 전력으로는 만해도의 포위망을 뚫기엔 역부족이었다.

"말하지 않았는가? 장강이 저들에게 넘어가는 것을 바라지 않는 자.

우리 역시 중원무림인이다."

흑의중년인은 바람에 날리는 머리를 묶었다.

얼핏 그의 손등에 하나의 문신이 보였다. 십장생(十長生) 중 하나인 석(石)의 문양이었다.

"하하하! 하하하하!"

철무경은 대소를 터뜨렸다. 근래에 들어 이렇게 시원한 대소를 터뜨려 보기는 실로 오랜만이었다.

"좋소. 거래에 응하리다. 조건은?"

"간단하다. 수로맹 모든 전선은 이 시간 부로 총단으로 후퇴한다. 후일을 도모하는 것이 우리의 조건이다."

"후퇴라……."

철무경은 이를 악물고 검은 전선이 있는 곳으로 시선을 향했다.

이글거리는 그의 눈빛은 지금 그의 마음을 대변해 주고 있었다. 수많은 형제들을 죽음으로 몰고 간 철천지원수가 눈앞에 있음에도 아무것도 할 수 없다는 자괴감.

"총단으로 후퇴한다."

철무경은 분루를 삼키며 명령을 내렸다.

"이 빚은 반드시 갚을 것이다!"

철무경은 사자후를 내질렀다.

한탄과 울분에 찬 사자후였다. 그의 사자후가 장강을 떨쳐 울렸다.

第27章

접창의 혼은 영원하다

제27장

점창산(點蒼山).

애뇌산과 함께 운남이악으로 불리는 명산.

한때 구파에 속했던 점청파가 있던 곳으로도 유명했던 점창산은 애뇌산만큼은 아니라 하여도 험준하기가 이를 데 없는 산이다.

삼마는 대략 이십여 명으로 추정되는 묘독문 무인들과 함께 점창산 깊숙한 곳으로 몸을 숨겼다. 광마를 따라 이동한 병력이 오십 명 남짓이라는 것을 생각해 보았을 때 그리 많지 않은 병력이었다.

묘독문의 대부분의 병력은 소문주 미르타하의 지휘 아래 하구(河口)로 향했다.

"추격이 어떻소?"

"흐흐, 노력하고 있소."

낭인삼살 중에서 유일하게 남은 호리파가 말했다.

위지악은 곤마보다는 연운비의 무공을 더 높게 평가했다. 물론 경험

면에서는 떨어지지만, 천멸장 적천악이나 묘독문의 태상호법 호미야루는 곤마보다 그 무위가 떨어지지 않는 무인이었다. 연운비는 벌써 두 차례나 그런 무인들을 꺾었고, 그 정도라면 곤마를 상대한다 한들 큰 위험에는 처하지 않을 터였다.

문제는 마곡의 무혼대주였다. 막이랑이 책임지겠다고는 했지만, 실력이 조금 처지는 것이 사실이었다. 호리파가 남은 이유가 그것 때문이었다.

요마나 시마는 걱정이 없었다. 천독객 단중명은 독이나 무공에 있어서 시마보다 오히려 우위에 있었다. 요마 역시 유사하와 단옥령의 합공이라면 크게 걱정할 것이 못 되었다.

"조심하시오."

천독객(千毒客) 단중명이 걱정되는 표정으로 소북살을 바라보았다.

천독문에서도 추격에 능한 자는 많았지만, 시마 소북살의 함정에 여러 차례 당하며 부상을 입었다. 이제 추적술에 능한 무인이라고는 그나마 소북살이 유일했다.

연운비 역시 염후아에게 추격술을 전수받아 일가견이 있다고는 하지만 곤마를 상대할 때를 대비해 나설 수 없었다. 혹시라도 연운비가 부상을 입는다면 그것만큼 큰 전력의 손실은 없었다.

"젠장……!"

일각 정도 추격을 계속하던 호리파가 고개를 주억거리며 욕설을 내뱉었다.

엊그제 내린 비로 대부분의 흔적이 사라졌다. 더구나 이곳은 점창산에서도 험준하기로 이름 높은 대뇌봉(大雷峰)이었다. 봉우리들 사이에 무수한 협곡이 있어 몸을 숨기기에도 적당했다. 숨고자 한다면 쉽사리 찾아내기 힘든 그런 곳이었다.

"하면 대뇌봉을 내려가서 포위망을 구성하도록 합시다."

단중명이 주위를 둘러보며 말했다.

아무래도 이런 곳에서 적들과 싸우기에는 불리했다. 천독문도들은 당문과는 다르게 독공을 펼치지 않는다면 실질적으로 펼칠 수 있는 무공이 몇 되지 않았다.

"연 형은 어떻게 생각하십니까?"

단중명이 시선을 돌려 연운비의 의견을 물었다.

실질적으로 일행의 통솔을 단중명이 맡고 있다고 하지만 일행을 이끄는 것은 연운비였다. 단중명 역시 위지악이 자신보다는 연운비가 있었기에 삼마의 추격을 허락했다는 것을 알고 있었다.

권왕이 인정한 고수.

그것이 무엇보다 단중명의 호기심을 자극시켰다.

정파에 구룡(九龍)이 있다 하나 안중에 두지 않고 있었다. 실제로 단중명은 그만한 능력을 지니고 있었고, 구룡보다는 오히려 광검이나 십팔도궁의 후계자로 지목되는 광천도 혁련후를 경쟁자로 생각했다.

물론 천수신검(千手神劍) 막이랑의 무공은 생각했던 것 이상이었다. 하지만 분명 자신과는 어느 정도 차이가 있었다. 무공은 비슷했지만, 독공을 쓴다면 충분히 제압할 수 있었다. 천독문이 유명한 것은 독이지 무공이 아니었다.

지난 십여 일간 그가 연운비와 함께하면서 놀란 것은 담백할 정도로 허물없는 그의 성품이었다. 무공이야 드러내지 않으니 알 도리가 없었지만, 그 역시 자신의 아래는 아닌 듯싶었다.

"제가 무엇을 알겠습니다. 저보다야 여러분들이 더 잘 아실 터이니 그렇게 하지요."

"흠… 무작정 내려가는 것도 좋지 않다고 생각해요."

단옥령이 반대 의견을 내세웠다.

상대는 다름 아닌 바로 삼마였다. 이런 추격전에는 익숙해 있는 자들이다. 그런 자들에게 등을 보인다는 것은 상당히 위험한 일이었다.

"그렇다고 이곳에 있을 수는 없소. 등을 보이더라도 우선은 내려가야 하오."

단중명이 단호하게 말했다.

바람의 방향이 좋지 않았다. 바람을 등지고 싸우는 것은 독문 고수로서 당연히 해야 할 행동이었다. 더욱이 삼마 중에는 독공의 고수인 시마 소북살이 있었다. 쇄갈독을 위시한 시마의 삼대절독은 천독문에서도 해약을 만들지 못했다.

"휴, 알겠어요. 어쩔 수 없지요. 저와 막 소협이 뒤를 맡겠어요."

단옥령이 편치 않은 기색으로 고개를 끄덕였다.

산색이 짙푸르고 무성하다 하여 얻어진 이름답게 점창의 산세는 험준하고 숲이 우거져 매복을 하면 발견하기가 쉽지 않다. 더욱이 북쪽으로 가면 동굴이 많아 몸을 숨기기에도 좋았다.

점청파가 묘독문과의 싸움에서 어느 정도 버틸 수 있었던 것도 점청산이 존재했기에 가능한 일이었다.

'삼마라…….'

연운비는 아직도 당문표의 죽음이 머리 속에서 잊혀지지가 않았다.

이제는 떨쳐 버려야 할 이름임에도 그 기억은 여전히 가슴속을 짓누르고 있었다.

그것은 자책이었다.

만약 연운비가 당시 나서지 않았다면… 그랬다면 상황이 어떻게 되었을지 모르는 일이었다.

'이것이 강호인가?'

연운비는 애써 흔들리는 모습을 보이지 않기 위해 노력했다.

일행의 중심이 자신에게 있다는 것은 누구보다 잘 알고 있었다. 이제 이들을 책임져야 하는 것은 그 자신이었다.

이번 운남행에서 각파의 원로급 고수들은 적지 않은 피해를 입었다. 당장 연운비 일행만 보더라도 일대제자 이상의 배분은 없었다. 물론 이들의 무공이 중진 무인들에 비해 떨어지는 것은 아니었지만, 분명 경험상의 차이는 있었다.

그럼에도 병력을 이렇게밖에 편성할 수 없었던 것은 묘독문 주력 병력이 하구로 이동한 이유 때문이었다. 살아남은 대다수의 원로급 고수들은 각파로 회군하거나 하구 방향으로 편성되었다.

'응?'

그렇게 걸음을 옮기고 있던 연운비는 문뜩 이상한 느낌에 그 자리에 멈춰 섰다.

"무슨 일인가요?"

근처에 있던 유사하가 의아하다는 표정으로 물었다.

혹시나 하는 생각에 이미 주위의 기척을 면밀히 살핀 후였다. 그 어디에도 적이라 짐작되는 기운은 느껴지지 않았다.

'무엇인가 있다.'

연운비의 표정이 변했다.

그 역시 누군가의 기척을 느낀 것은 아니었다. 하지만 무인으로서의 본능이 그에게 위험을 예고하고 있었다. 그것은 어딘가 모를 이질감이었다.

"적입니다. 모두 제자리에 멈추십시오!"

연운비가 제자리에서 큰 소리로 외쳤다.

"연 형?"

단중명 역시 뒤에서의 소란을 느끼고 내공을 끌어올려 주위를 확인한 연후였다. 분명 사방 백여 장 내에서 인기척은 없었다.

그다지 특별히 이상한 점도 없었다. 산새들이 지저귀고, 풀벌레들이 뛰어다녔다.

"산새?"

단중명의 표정이 굳어졌다. 분명 올라올 때에는 이렇게 시끄럽게 지저귀던 산새들이 없었다.

"습격이다! 암습을 조심하라!"

단중명이 큰 소리로 외쳤다.

스으윽…….

그와 동시에 일단의 흑의인들이 그들에게 쇄도해 왔다. 대낮임에도 그들은 마치 어둠 속에 존재하는 것 같았다.

무엇보다 일행의 간담을 서늘하게 만든 것은 그들의 태도였다. 매복이 간파당했음에도 전혀 상관없다는 태도로 일행을 향해 살기를 내뿜으며 달려들고 있었다. 그 숫자 역시 삼십여 명을 넘어서는 것이었다.

챙! 채채챙!

가장 앞에 있던 단중명이 몇 명의 수하들과 함께 그들의 공격을 막아섰다.

'어디서 이런 자들이?'

단중명은 놀라움을 금치 못했다.

기척을 느끼지 못했다는 사실만으로도 흑의인들의 무공이 만만치 않다고는 생각하고 있었지만, 이것은 예상 밖이었다.

그가 누구인가?

천독문에서도 그를 상대할 수 있는 사람은 몇 손가락으로 꼽을 정도였다. 그런 자신이 비록 주위에 아군이 있어 독공을 사용하지는 않고 있다고 하지만, 겨우 세 명의 흑의인에게 둘러싸여 고전을 면치 못하고 있었다.

정예라 할 수 있는 그의 수하들도 흑의인들에게 속수무책으로 밀려나고 있었다.

"누가 연운비라는 놈이냐?"

흑의인들 중 우두머리라 생각되는 자가 전장의 한복판에서 외쳤다.

"당신은 누구요?"

연운비가 앞으로 막 나서려고 하는 순간, 막이랑이 한 걸음 먼저 연운비의 앞을 막아서며 검을 들었다.

"네가 연운비냐?"

"그렇소. 당신은 누구요?"

"그럼 죽어라."

흑의인은 더 이상 볼 것도 없다는 태도로 검을 찔러왔다.

기습이라고는 하지만 어느 정도 거리가 떨어져 있던 상황, 막이랑은 상대의 공격에 침착하게 대응하며 맞서갔다.

"겨우 이 정도였더냐?"

흑의인은 여유있는 태도로 막이랑을 몰아붙였다.

막이랑의 무공도 녹록하지는 않았지만, 흑의인에 비할 바는 아니었다. 흑의인의 무공은 당금 구대문파의 원로급 무인들을 넘어서는 수준이었다.

'확실히 나보다는 강하다. 하지만…….'

막이랑은 물러서기보다는 반격을 택했다.

매개이도(梅開利導).

이십사수 매화검법의 한 초식이 펼쳐지며 매화의 수실이 사방을 뒤덮었다.

아직도 연운비가 광마 부평악에게 비무를 청하는 모습이 기억에 선명했다. 비록 이기지는 못하였다지만, 그 의기만큼은 그 자리에 있던 누구도 따라올 수 없는 것이었다.

"매화검법? 너는 누구냐?"

흑의인은 흠칫 놀라며 몇 걸음 뒤로 물러섰다.

그로서도 막이랑이 전력을 다한 매화검법은 우습게 볼 만한 무공이 아니었다.

"막이랑. 대화산파의 제자이다."

"천수신검……."

흑의인은 뜻밖이라는 모습으로 막이랑을 바라보았다.

이 자리에 막이랑이 있다는 것이 뜻밖이라기보다 막이랑의 무공 수준이 그가 생각했던 것 이상이라는 사실 때문이었다.

그 역시 구룡에 대해서는 들어보았고, 그들의 무공 수준 역시 알고 있었다. 광도 무하태와 천수신검 막이랑이 구룡 중 강하다고는 하지만, 그래도 후기지수였다. 하지만 지금 겪어본 막이랑의 수준은 자신과 비교해도 큰 차이가 나지 않는 정도였다.

스윽…….

흑의인은 조용히 옆으로 비켜섰다. 그러자 근처에 있던 두 명의 흑의인이 막이랑에게 쇄도했다.

분명 막이랑의 무공이 생각 외로 강한 것은 사실이었지만, 자신보다는 아래였다. 그리고 그는 막이랑을 상대하기 위해 이 자리에 온 것이 아니었다.

"네가 연운비라는 놈이냐?"

흑의인의 시선이 이번에는 연운비에게 향했다.

천독문도들은 그들 특유의 복장을 입고 있었고, 이 자리에 이제 남은 사람이라고는 연운비밖에 존재하지 않았다.

"그렇습니다."

연운비는 흑의인의 눈길을 피하지 않았다. 아니, 그럴 이유가 없었다.

"네가 적 봉공을 이겼다 들었다. 맞느냐?"

연운비는 흑의인의 몸에서 흘러나오는 지독한 살기에 태청신공을 운기했다. 그러자 그토록 자욱하던 흑의인의 살기가 연운비의 몸에 닿자 물이 흐르듯 스르륵 사라졌다.

그와 동시에 흑의인의 눈에서 한광이 번뜩였다.

그의 몸에서 흘러나오는 살기는 일반 무인들이 내보내는 살기와는 달랐다.

심즉살(心卽殺).

비록 극성에는 이르지 못했지만, 웬만한 무인이라면 그 살기만으로도 숨이 멎게 할 수 있었다.

그것이 바로 유령문의 기공 혼원살인공(混元殺人功)이었다.

"연 소협, 조심하시오! 그것은 유령문의 기공이오!"

혼원살인공을 알아본 단중명이 멀리서 큰 소리로 외쳤다.

팔황의 난 당시 무수한 중원 무인들이 유령문의 혼원살인공에 목숨을 잃었다.

"죽어라!"

흑의인은 검을 뻗어왔다.

실로 극쾌의 쾌검이었다. 마치 모든 심력을 이 한 초식에 쏟아 붓기라도 하듯 흑의인의 전신에서는 진기가 폭주했다.

그런 흑의인의 검세를 보면서도 연운비는 담담한 표정이었다.

빠르다고는 하지만 운용의 묘가 없었다. 힘의 배분이 너무 속도에만 치우쳐 있었다.

쩌엉!

연운비는 검을 휘둘렀다.

초식이라고 부르기에도 애매한 휘두름이었다. 그 휘두름에 흑의인의 검이 산산조각으로 부서졌다.

"이, 이것이……."

흑의인은 손잡이만 남은 검을 보며 말을 잇지 못했다.

목숨을 빼앗지는 못한다 할지라도 부상은 입힐 것이라 확신했다. 비록 장기인 암습이 아니라고는 하지만, 정면 대결을 펼친다 하더라도 내심 자신이 있었다.

"크크, 이거 천살대주께서 고생을 하시는구려."

"호호, 그러기에 제가 혼자서는 무리라 하지 않았나요?"

그 순간 장내에 몇 명의 인영이 내려섰다.

"삼마……."

연운비는 그들을 바라보았다.

사이한 요기를 내뿜는 요마 미염랑과 독으로 전신을 무장한 시마 소북살이 느긋한 표정으로 다가오고 있었다.

"둘째 형의 복수를 갚겠다."

우측에서는 곤을 든 한 명의 무인이 연운비를 향해 다가왔다. 곤마 육단소가 바로 그였다.

창마 조풍령의 죽음은 이미 모든 이들에게 알려져 있었다.

무인으로서의 최후.

모든 이들이 조풍령의 죽음을 가슴에 묻었다. 비록 공적으로 몰려 변방의 오지에서 최후를 달리했다고는 하지만, 그는 진정 무인다운 무인이었다.

"당신들에게는 그런 말을 할 자격이 없습니다."

연운비는 굳은 표정으로 검을 들었다.

조풍령의 죽음을 보면서 연운비는 가슴이 아파 오는 것을 느꼈다. 저런 무인이 어째서 죽어야 하는지 그 이유를 알 수 없었다. 그런 조풍령을 두고 의형제를 맺은 그들은 등을 돌렸다.

"이, 이놈이……."

곤마 육단소의 눈에서 불길이 일었다.

그렇지 않아도 조풍령의 죽음 이후 광마가 그들을 대하는 태도가 달라졌다는 것을 느끼고 있는 상황이었다. 그런 상황에서 연운비의 말은 비수가 되어 그들의 마음에 박혔다.

"가만두지 않겠다!"

육단소가 곤을 휘둘렀다.

일기만파(一氣萬波).

곤이 무서운 점은 그 육중함에 있다.

검처럼 날카롭지도 않고, 도처럼 패도적이지도 않다. 그럼에도 소림을 비롯한 적지 않은 문파들이 곤을 병기로 사용하는 데에는 그만한 이유가 있기 때문이다.

육단소는 그런 곤의 위력을 여실히 보여주고 있었다.

쾅! 콰쾅!

적천악의 일장이 패도적이면서도 장중했다면, 육단소의 곤은 무거우면서도 중압감이 느껴졌다.

'이제는 내가 곤륜의 검이다.'

광마에게 패하며 연운비는 죽음을 생각했다.

그러나 이제는 아니었다. 설령 다시 광마와 싸운다 한들 도망치는 한이 있더라도 목숨을 이어갈 것이다. 그것이 당문표에 대한 예의이고 그가 지닌 삶의 무게였다.

쩌엉!

애뇌산의 험준함을 다스렸던 상청무상검도가 점창의 혼을 기리기라도 하는 듯 공명음을 토했다. 기련산 천운봉에서 보았던 무수한 검로(劍路)들이 이제는 상청무상검도와 조화를 이루며 또 다른 길을 찾아갔다.

그것은 새로운 길의 개척이었고, 진정한 곤륜의 신검(神劍)이 시작되는 순간이었다.

"쿨럭… 이럴 수가."

육단소는 피를 토하며 한쪽 무릎을 꿇었다.

단 일 격. 그 일 격에 내부가 진탕되는 충격으로 상당한 부상을 입었다. 능히 받아칠 수 있을 것이라 생각하고 있었기에 정신적인 충격은 더욱 컸다.

"셋째 오라버니, 제가 돕겠어요!"

요마 미염랑이 기겁을 하며 급히 육단소 옆으로 달려왔다.

이 중에서 무공이 가장 강한 사람이 바로 육단소였다. 육단소가 패한다면 단독으로는 그 누구도 연운비의 상대가 되지 못한다는 것을 뜻했다. 물론 적천악이 죽었을 때 어느 정도 강하다는 생각은 하고 있었지만, 그래도 이 정도는 아니었다.

곤마 육단소와 적천악의 무공이 비슷하다고는 하지만, 경험에 있어서는 비교가 되지 않을 만큼 차이가 컸다. 칠마가 무림 공적으로 지목되었음에도 아직까지 생명을 부지하고 있는 데에는 그럴 만한 이유가 있었다.

"비켜라! 혼자서도 충분하다!"

육단소는 버럭 소리를 내지르며 곤을 바로 쥐었다.

부상을 입었다고는 하지만, 십 년 전에 비한다면 실로 아무것도 아닌 부상이었다. 더구나 육단소는 아직 전력을 다한 것이 아니었다. 그가 전력을 다한다면 설령 광마나 창마라 할지라도 쉽사리 그를 꺾을 수 없었다.

"당신의 상대는 여기 있어요!"

요마가 움직이려는 기색을 보이지 않자 흑의인들을 상대하고 있던 단옥령이 몸을 빼서 미염랑 앞으로 날아왔다.

전세가 좋지 않다고는 하지만, 그렇다고 해서 삼마 중 두 명의 합공을 연운비 홀로 감당하게 놔두는 것 역시 좋지 않았다.

"모두 쳐라!"

시마 소북살이 공격 명령을 내렸다.

그럴 리는 없겠지만, 곤마가 패했을 경우를 생각하지 않을 수 없었다. 이 자리에 있는 다른 이들을 모두 제거한다면 설령 곤마가 패한다 할지라도 합공으로 충분히 제거할 수 있었다.

'함정이라니… 어떻게, 대체 어떻게…….'

단중명은 수세에 몰리고 있는 수하들을 보며 당혹한 마음을 감추지 못했다.

삼마와 이십여 명으로 구성된 묘독문 무인들이라면 모르겠지만, 유령문의 살수들은 상대하기가 극히 까다로웠다. 그나마 밤이 아니라서 다행이었지, 그렇지 않았다면 필패의 싸움이다. 그만큼 그들의 암습은 무서웠다.

팔황의 난이 일어났을 때에도 유령문의 문도 수는 팔황에 속한 다른 문파에 비한다면 현저히 적었다. 하지만 마곡을 제외한다면 가장 많은 인명을 해친 것이 바로 유령문이었다.

"네놈이라도 죽여주마!"

천살대주가 수하에게서 검을 받아 들고 막이랑에게 쇄도했다.

비록 연운비에게 일패도지(一敗塗地)를 했다고는 하지만, 그의 본신 무공은 약하지 않았다.

어둠 속이라면 몰라도 지금 같은 상황에서는 연운비의 상대가 되기엔 요원하다는 사실을 인지한 것이다. 그렇다면 막이랑이라도 죽여 상대의 전력을 약화시켜야 했다. 곤마가 패할 것이라는 가정 또한 생각해 두어야 했다.

"그는 내 상대요!"

그 순간 누군가가 장내에 모습을 드러냈다. 바로 마곡의 무흔대주 갈중혁이었다. 갈중혁의 옆에는 기이하게도 눈썹이나 수염은 희었는데 머리만큼은 흑발인 노인이 있었다.

"젠장……!"

천살대주가 욕설을 내뱉으며 비켜섰다. 서로의 문파에서 지위는 비슷했지만, 마곡은 팔황에 속한 모든 문파에 우선했다. 그것이 마곡과 다른 문파의 차이였다.

"오랜만이군."

"그렇구려."

"그럼 시작해 볼까?"

갈중혁이 싱긋 미소를 지으며 쌍검을 빼 들었다.

"간닷!"

갈중혁은 굳이 선공을 양보하지 않았다. 이것은 비무가 아니라 어디까지나 상대의 목숨을 취하고자 하는 싸움이었다. 진정한 싸움을 원하는 자, 그것이 바로 갈중혁이라는 무인이었다.

챙! 채채챙!

갈중혁의 쌍검은 실로 매서웠다. 막이랑은 변변한 저항조차 하지 못하고 대여섯 걸음을 속절없이 물러났다.

화아아악!

그렇게 밀려나던 막이랑이 반격을 취한 것은 실로 한순간의 일이었다.

매화노방(梅花路傍).

화산 깊숙이 몸을 담고 있던 절기가 펼쳐졌다. 종과 횡을 이용한 검빛이 사방을 뒤덮었다.

"훌륭하다!"

갈중혁은 진정으로 상대에게 감탄했다.

처음 검을 맞대었을 때만 하여도 막이랑의 무공 수준은 두 수는 족히 차이나는 실력이었다. 그랬던 막이랑이 이제는 전력을 다하지 않으면 승리를 장담할 수 없는 무인이 되어 있었다.

갈중혁은 흥분으로 인해 몸이 떨려오는 것을 느꼈다.

"막이랑이라고 했지?"

"그렇다."

"저승에 가서도 잊지 말아라. 내 이름은 갈중혁이다. 저승사자가 묻거든 내가 보내서 왔다고 말하거라."

언제부터인가 갈중혁의 눈에 살기가 감돌았다.

상대가 강해야지만 살기를 품는 자. 그것이 바로 무혼대주 갈중혁이었다.

"산개하라! 지닌 모든 독을 살포한다!"

단중명의 명이 떨어지자, 지금까지 독의 사용을 자제해 왔던 천독문 무인들이 지니고 있던 독을 살포했다.

살수에게 등을 보인다는 것은 스스로 위험을 자초하는 일이었지만, 지금 같은 상황에선 도리가 없었다. 동귀어진이라도 해서 피해를 입혀야 했다.

하지만 그것 역시 쉬운 일은 아니었다. 어느새 적들은 주위를 포위한 채 압박을 가하고 있었다.

"연 형! 시간이 없소."

세 명의 흑의인에게 둘러싸인 단중명이 일갈을 내질렀다.

무리라는 것을 알지만, 지금으로서는 연운비를 믿을 수밖에 없었다. 어째서 유령문의 살수들이 이곳에 있는지 모르겠지만, 이 난국을 타개할 수 있는 것은 연운비뿐이었다. 그가 빠른 시간 안에 곤마를 제압하고 포위망을 뚫어줘야 했다.

"네 걱정이나 해라!"

시마 소북살이 부시장을 내뿜었다.

덕분에 곤혹스러워진 것은 천독문 무인들이었다. 그렇지 않아도 밀리고 있던 판국에 단중명을 상대하던 흑의인 세 명의 가세는 전황을 더욱 어렵게 만들고 있었다.

"크하하! 시간이 없다고! 애송이 놈들, 나 곤마 육단소가 그렇게 만만히 보였단 뜻이냐!"

육단소는 전신의 모든 내공을 끌어올려 연운비를 몰아쳤다.

일격 일격에 힘이 실려 있었다.

광마가 광혈진기로 인한 살심을 억누르지 못해 무분별한 살인으로 공적으로 지목되었다면, 육단소는 길러준 양부를 시해하고 그 일가족을 불태워 죽인 죄로 공적으로 지목되었다.

어째서 육단소가 그런 행동을 하였는지는 알려지지 않았지만, 그 양부가 공동의 속가제자라는 것이 발단이 되어 그는 무림 공적으로 지목되었다.

그런 면에서 육단소는 지극히 불행한 무인이었다.

그 양부의 성품이나 행동거지를 따지기 이전에 공동의 무인이었다는 이유 하나만으로도 육단소의 편은 없었다. 그럴 때 육단소를 구해준 것이 바로 광마 부평악이었다. 칠마에 속한 모든 마인들은 한 번씩 그렇게 부평악에게 목숨을 구원받았다.

"쥐새끼 같은 놈, 도망만 칠 생각이더냐?"

이미 연운비의 내공이 자신에 못지않다는 것을 알고 있는 육단소로서는 물러서고만 있는 연운비의 모습이 탐탁지 않았다.

한편에서는 갈중혁과 함께 모습을 드러낸 흑발노인이 무표정한 얼굴로 두 사람의 싸움을 지켜보고 있었다.

'누구인가…….'

연운비가 육단소와 정면 승부를 내지 못하는 이유는 바로 흑발노인의 존재 때문이었다.

흑발노인에게서는 특별한 기세가 느껴지지 않았다. 하지만 그렇다고 해서 노인이 무공을 익히지 않았다고는 생각할 수 없었다. 그렇다면 노인의 무공이 연운비가 파악할 수 없을 정도로 뛰어나다는 것을 의미했다.

"이놈! 네 상대는 나다!"

육단소의 눈에서 살기가 솟구쳤다.

"죽여주마!"

돌연 육단소의 곤이 두 개로 분리되었다.

그렇게 두 개로 분리된 곤은 기이한 움직임을 보이며 빠르게 쇄도해 들었다.

멀리서 그 광경을 본 시마 소북살과 요마 미염랑이 놀라는 모습을 감추지 못했다. 곤을 두 개로 분리하는 것은 육단소가 생사대적을 만났을 때나 취하는 행동이었다.

이제껏 육단소가 곤을 두 개로 분리한 적은 평생을 통틀어 단 두 번에 불과했다.

쩌엉!

연운비는 검을 세웠다.

지금까지와는 확연히 다른 막강한 기세가 육단소에게서 느껴졌던 것이다. 적천악이나 호미야루보다 약하다고 생각했던 그의 무위가 지금 이 순간만큼은 오히려 그들보다 높다고 생각되었다.

콰콰쾅!

연이은 폭발음과 함께 연운비의 신형이 끊어진 실처럼 나가떨어졌다. 대비를 하고 있지 않았기에 일어난 일이었다.

"연 형!"

"연 소협!"

사방에서 연운비를 걱정하는 목소리가 퍼져 나왔다.

"내가 바로 곤마 육단소이다!"

연운비가 떨어져 나간 것을 확인한 육단소가 사자후를 내질렀다.

모두의 안색이 변했다. 만약 연운비가 패한다면 그 누구도 이 자리에서 살아나갈 수 없었다. 그만큼 연운비가 아군에서 차지하는 비중은 절대적이었다.

"저는 괜찮습니다."

그 순간 떨어져 나갔던 연운비가 몸을 추스르고 자리에서 일어났다. 그 어디에도 부상의 흔적은 보이지 않았다.

"이, 이놈이……."

육단소의 얼굴이 와락 찌푸려졌다.

연운비가 튕겨져 나간 것이 충돌에 의한 피해가 아니라 충격을 흡수하기 위한 한 방편이었다는 점을 깨달은 것이다.

"가지가지 하는구나!"

육단소가 재차 공격을 퍼부었다.

두 개로 분리된 육단소의 곤은 실로 매서웠다. 비록 그 길이는 짧아졌다고 하지만, 그 안에 담긴 힘만큼은 전혀 차이가 없었다. 연운비는 그런 두 개의 곤을 상대해야 했다.

이번에는 연운비도 호락호락 당하고 있지만은 않았다.

비폭유천(飛瀑流泉)!

상청무상검도의 한 초식이 펼쳐졌다. 상대의 흐름을 끊는 비폭유천의 초식은 부드러우면서도 단호했다.

"파하!"

연운비는 지금까지의 소극적인 자세를 버렸다. 흑발노인이 어떻든 간에 지금 연운비가 상대하고 있는 것은 곤마 육단소였다. 흑발노인은 그 이후의 일이었다.

캉! 카카카카캉!

파죽지세 같은 육단소의 공격에 맞서 연운비는 조금도 물러서지 않았다.

이미 수세에서는 벗어난 상황이었다.

쩌젱!

상청의 기운은 짙은 푸르름과 함께 점창의 혼을 이어받았다.

검파(劍波).

검기의 파도가 육단소를 몰아쳤다. 생각은 곧 초식으로 이어졌고, 초식은 육단소를 압박했다.

"심검……."

육단소가 이를 악물었다.

곤륜신검(崑崙神劍).

어째서 연운비를 가리켜 그런 말을 하는 것인지 알 수 있었다.

백여 년 전 팔황의 난이 일어났을 당시 중원을 떨쳐 울렸던 검선(劍仙)의 검. 파검(破劍)의 전설과 함께 그것은 중원 무인들의 마음속의 빛이자 희망이었다.

"죽인다!"

육단소의 눈에 핏발이 섰다.

내력을 극도로 끌어올렸다. 물러선다면 큰 피해가 없겠지만, 그렇게 하기에는 자존심이 허락하지 않았다. 그는 바로 곤마 육단소였다.

쐐애애액!

곤의 중첩. 열십자로 뻗어나간 곤이 연운비의 검을 막아갔다. 충돌이 아니라 흡수였다.

곤이 무서운 점이 바로 이것이었다. 무기의 특성상 상대의 공격을 흡수할 뿐만 아니라, 극히 찰나의 순간에도 반격을 가해왔다.

연운비는 내력을 끌어올렸다.

시간을 끌어서는 안 된다는 것을 알고 있었다. 호흡을 조절하고 힘을 응축시켰다.

일초의 승부.

곤마 육단소도 그것을 느꼈다. 긴장감이 고조됐다.

"파하!"

선공을 취한 것은 연운비였다.

천잠변(天蠶變)!

멀다고만 생각했던 길이 보였다. 그것은 창마 조풍령과의 싸움 이후에서였다.

그가 보여주었던 움직임. 그 기운을 음미해 보면서부터 그것은 시작되었다.

육단소의 두 눈이 부릅떠졌다.

그의 신형이 조금씩 떨리기 시작했다. 너무나 익숙한 기운이 연운비에게서 느껴졌다. 태어나 처음으로 두려움을 느낀 상대였다. 창마 조풍령, 의형으로 대했다지만 마음 한구석에는 언제나 그에 대한 두려움이 있었다.

지금 그의 눈앞에 있는 것은 연운비가 아닌 창마 조풍령이었다.

'콰쾅' 하는 폭음성과 함께 육단소의 신형이 삼 장 밖으로 나가떨어졌다.

"크악……!"

연운비와는 다르게 육단소의 입에서는 검붉은 피가 꾸역꾸역 흘러나왔다. 심상치 않은 내상이었다.

파팍!

연운비는 재차 신형을 날렸다. 마무리를 짓기 위해서였다. 다른 때라면 몰라도 상황이 좋지 않았다.

시간을 끄는 것은 아군의 피해를 가중시키는 일이었다. 멀리서 치열한 싸움을 벌이고 있던 시마와 요마가 대경실색하며 상대하던 적들을 떼어놓고 급히 곤마를 돕기 위해 신형을 날렸다.

스으윽…….

그 순간 누구도 예상치 못한 일이 일어났다.

상황을 지켜보고만 있던 흑발노인이 움직인 것이다. 어느새 흑발노인의 손에서는 한 자루의 검이 들려 있었다. 일반적인 검과는 모양새가 확연히 다른 그것은 연검(軟劍)이었다.

삼사 장은 족히 떨어져 있던 흑발노인의 신형이 지척에까지 이르렀다. 지독히도 빠른 신법이었다. 신랄한 검세의 기운이 연운비를 압박해 들어갔다.

좌악!
연검은 그대로 연운비의 옆구리를 스치고 지나갔다.
뚝… 뚜뚝…….
상처는 깊었다. 폭포수처럼 피가 흘러나왔다.
그것도 마지막 순간 연운비가 몸을 뒤틀지 않았다면 허리가 반으로 끊어졌을 터였다.
"으윽……."
연운비의 신형이 크게 휘청였다.
곤마만 하더라도 상대하기 벅찬 상황에서 전혀 예기치 않던 기습이었기에 그 피해는 더욱 컸다.
"연 소협!"
근처에 있던 유사하가 상대하고 있던 두 명의 흑의인을 물리치고 달려왔다.
"아니 됩니다!"
연운비는 다급히 소리를 질렀다.
그녀의 마음이 이해가 가지 않는 것은 아니었지만, 흑발노인의 무공은 그녀가 상대할 수준이 아니었다.
"큭!"
흑발노인이 가소롭다는 표정으로 달려드는 유사하에게 일검을 휘둘렀다.
"아악!"
연검은 도무지 종잡을 수 없는 움직임을 보이며 유사하에게도 상처를 남겼다.
그녀의 허벅지 살이 한 움큼 떨어져 나갔다. 그녀를 도와주기 위해 움직였던 연운비에게도 다시 하나의 선혈이 그어졌다.

"비겁하다!"

멀리서 그 모습을 본 단옥령이 큰 소리로 외쳤다.

"호호, 너는 네 몸이나 신경을 쓰거라!"

요마 미염랑이 교소를 흘리며 공격에 박차를 가했다. 삼살 호리파가 도와주고는 있다지만, 전세는 비등비등했다.

막이랑 역시 무혼대주 갈중혁에게 밀리고 있는 상황이었고, 천독객 단중명이 홀로 고군분투하고 있다고는 하지만 천살대주가 호시탐탐 기회를 노리고 있었다.

"제법이구나."

흑발노인이 살짝 눈살을 찌푸렸다.

무인으로서는 비겁하기 짝이 없는 행동이었지만, 아무렇지도 않다는 모습이었다.

그것은 흑발노인이 익힌 무공과도 관련이 있었다.

오히려 상대와 정면승부를 하는 것이 흑발노인에게는 더 이상한 일일 수도 있었다.

"그리 쉽게 피할 공격이 아니었거늘."

흑발노인이 놀라는 것은 연운비가 단순히 옆구리에 부상을 입는 정도에 그쳤다는 이유 때문이었다. 만약 자신이 그 상황에서 기습을 받았다고 한들 저 정도에서 그치기는 요원한 일이었다.

휘이잉…….

장내에 한차례 돌개바람이 불었다.

후드드득…….

비가 내렸다.

우기에 접어든 운남의 날씨는 도무지 종잡을 수가 없었다. 하루 대여섯 번의 소나기는 물론이요, 심지어 심할 때는 며칠 내내 비가 그치지 않는 경우도 있었다.

'힘들겠구나…….'

연운비는 옆구리의 상처를 지혈하며 이를 악물었다.

설마 하는 마음은 있었지만, 이렇듯 곤마 육단소와 싸우는 와중에 기습을 해올 것이라고는 생각하지 못하고 있었다. 지금까지 상대했던 무인들에 대한 생각이 있었기에 더욱 그러했다.

흑발노인의 검법은 기괴하면서도 신랄했다. 오로지 상대를 죽이기 위해 만들어진 살검 같았다.

"이것도 받아봐라!"

흑발노인이 다시 움직였다.

하나, 이번에는 연운비도 호락호락 당하고 있지만은 않았다. 비록 흑발노인의 무공이 고강하다고는 하지만, 처음 예상했던 것만큼은 아니었다.

그제야 연운비는 흑발노인의 무공이 천살대주와 비슷하다는 것을 깨달았다. 흑발노인에게서 어떤 기도도 느끼지 못했던 것은 살수의 무공을 사용하기 때문이었다.

만월파(彎月波).

초승의 양날의 검이 흑발노인의 검에 맞서갔다.

연운비는 처음부터 절초를 구사했다. 그만큼 흑발노인의 무공은 상대하기가 까다로웠다.

"이놈! 살려둬서는 후환이 될 놈이로구나!"

흑발노인, 연운비의 검에 담긴 내력을 읽은 유령문(幽靈門)의 태상장로인 야이목풍이 말했다.

챙! 채채챙!

야이목풍은 조금의 틈도 주지 않고 공격을 가했다.

어느덧 장내에는 득세를 올리던 흑의인들이 천독문도의 목숨을 하나 둘씩 끊어놓고 있었다.

"연 형, 후퇴해야 하오!"

단중명이 고함을 터뜨렸다.

천독문도들이 약한 것이 아니라 흑의인들이 너무나 강했다. 더구나 독을 사용하기에는 지형도 좋지 않을뿐더러 너무 밀집돼 있었다. 몇 가지 독을 사용해 보았지만, 흑의인들의 대처가 너무 좋아 소용이 없었다. 믿었던 연운비마저도 패색이 짙어 보였다.

"어림없다!"

하지만 연운비조차도 야이목풍에게서 벗어날 수 없었다.

무공 수준을 떠나 야이목풍의 연검은 상대하기가 극히 까다로웠다. 더구나 처음에 입었던 부상이 발목을 잡고 있었다. 이대로 시간이 흐른다면 패하는 것은 필경 연운비일 터였다. 지금까지 겨룬 것도 초수로 따지자면 고작 십여 초에 불과했다.

그 순간이었다.

"점창의 혼은 영원하다!"

어디선가 하나의 인영이 모습을 드러냈다.

오 척 단신의 자그마한 체구의 지독할 정도로 못생긴 곰보사내였다. 그렇게 장내에 뛰어든 곰보사내는 흑의인들을 향해 무작정 살수를 펼쳤다.

"커억!"

대번에 두 명의 흑의인이 죽임을 당했다. 곰보사내의 무공도 강했지만, 기습이었기에 가능한 일이었다.

"모두 이리로 피하시오!"

운남 사투리가 섞인 중원어였다. 일순간 그 말을 알아듣지 못하고 있었던 일행은 불신의 눈으로 곰보사내를 바라보았다.

비록 곰보사내가 자신들을 도와주었다고는 하지만, 갑자기 나타난 자를 함부로 믿을 수도 없었다. 더구나 이곳은 적지인 운남이었다.

"나는 점창파의 제자요."

곰보사내는 계속 살초를 뿌리며 흑의인들을 상대했다.

극쾌의 쾌검을 구사하는 곰보사내의 무공은 오히려 흑의인들보다도 더 살기가 짙어 보였다.

서걱!

다시 한 명의 흑의인이 쓰러졌다.

"시간이 없소!"

곰보사내는 초조한 눈빛으로 외쳤다.

지금이야 기습을 당한 상황인지라 진영이 무너져 흑의인들을 손쉽게 상대하고 있다지만 진영이 구축된다면 상황이 어찌 될지 모르는 일이었다.

"그를 따라 움직인다!"

잠시 고민하던 단중명이 결정을 내렸다.

이대로라면 어차피 적들 손에서 벗어날 수 없었다. 거미줄 같은 치밀한 함정이었고, 모두가 불리한 상황이었다. 그나마 곰보사내가 아니었다면 이렇듯 몸을 뺄 기회를 만들 수도 없었다.

"연 형, 어서!"

단중명을 필두로 천독문도들이 먼저 몸을 뺐다. 시마 소북살은 굳이 단중명을 붙잡지 않았다. 그렇지 않아도 홀로 단중명을 상대하는 것이 힘에 겨운 상황이었다. 그렇다고 천살대주에게 도움을 요청하자니 자존심이 상하는 일이었다.

"가라!"

갈중혁이 한편에서 부상당한 팔을 부여잡고 있는 막이랑을 보고 검을 거두었다.

분명 유리한 것은 자신이었지만, 아직 승부가 끝난 것은 아니었다. 승부를 내야 하는 것은 자신이었지 다른 사람이 아니다. 오랜만에 적수라 느낀 상대를 의미없이 죽이긴 싫었다.

"고맙소."

"고마워할 것은 없다, 그 목숨을 잠시 유보시켜 주는 것뿐이니까."

잠시 갈중혁을 쳐다보던 막이랑은 고개를 숙이고 일행이 향한 곳으로 몸을 날렸다.

"유 소저, 도망치십시오."

연운비는 몸을 빼지 않았다.

장내에 아직 유사하를 비롯하여 단옥령, 삼살 호리파가 남아 있었다. 도망치는 것은 그들이 몸을 뺀 이후의 일이었다.

연운비는 기회를 보며 요마 미염랑에게 일장을 날렸다.

상청인(上淸印).

곤륜의 절학이 모습을 드러냈다.

장중하면서도 대지를 흔드는 상청의 기운이 미염랑을 향해 몰아쳤다.

콰콰!

그다지 힘을 실은 공격도 아니었지만, 일장을 마주친 미염랑의 신형이 주체할 수 없을 정도로 밀려났다. 그만큼 연운비와 미염랑의 무공 차이는 컸다.

"같잖은!"

흑발노인이 노한 표정으로 짓쳐들었다.

감히 자신을 무시해도 유분수지 싸우던 상대를 두고 어떻게 다른 이를 도와줄 생각을 한단 말인가?

그것도 연운비는 부상까지 입은 채 일방적으로 밀리고 있던 상황이었다.

캉!

목줄기를 노리고 날아든 연검은 웅혼한 철검의 기세에 막혀 어떤 효용도 보지 못했다.

"이놈이?"

흑발노인의 눈빛이 변했다.

그리 쉽게 막을 수 있는 성질의 공격이 아니었음에도 너무나 쉽게 공세가 차단당했다.

"유 소저, 지금입니다!"

연운비는 유하사에게 전음을 날리며 모든 내력을 끌어올려 야이목풍에게 일검을 날렸다.

야이목풍은 급히 몇 걸음 뒤로 물러섰다. 연검의 특성상 정면으로 검을 부딪쳐 가는 것은 스스로 위험을 자초하는 일이었다.

팟! 파팟!

그와 동시에 연운비는 유사하의 허리를 안고 몸을 날렸다. 야이목풍이 뒤늦게서야 상황을 깨닫고 검기를 뿌려보았지만, 이미 연운비의 신형은 저 멀리 달려가고 있었다.

"저놈만큼은 반드시 잡아야 한다!"

그런 연운비를 보며 야이목풍이 고함을 내질렀다.

第28章

거센 빗줄기는 발목을 붙잡고

제28장

후드드드득!

굵은 빗줄기가 대지를 때렸다. 시커먼 먹구름이 가득 끼어 있는 걸로 봐서는 쉽게 그칠 비가 아니었다.

"크악!"

뒤처졌던 천독문도 한 명이 비명을 지르는 소리가 울려 퍼졌다.

흑의인들은 집요할 정도로 따라붙었다. 부상을 입은 자들이 하나둘 목숨을 잃어가고 있었다. 그렇다고 해서 멈춰 생사를 결하기에는 전력의 차이가 너무 컸다.

서른 명의 천독문도 중 이제 남은 숫자는 열 명 남짓에 불과했다. 그에 비해 흑의인들의 숫자는 전혀 줄지 않았다. 곰보사내에게 죽은 서너 명이 전부였다.

더구나 무엇보다 중요한 것은 연운비가 부상을 입었다는 사실이었다. 곤마 역시 부상을 입었다고는 하지만, 연운비가 더 심했다. 그런 상황에서 흑발노인의 존재는 큰 부담이 되었다.

'이대로라면…….'

연운비는 입술을 질끈 깨물었다.

시시각각 추격자들과의 거리가 가까워지고 있었다. 만약 지리를 잘 아는 곰보사내가 아니었다면 지금까지 도망치지도 못했을 일이었다. 하지만 그것도 이제 한계에 다다랐다.

'스승님이라면 이런 상황에서 어떻게 대처하셨을까?'

연운비는 일행 모두를 바라보았다.

힘든 기색이 역력했다. 대다수가 적지 않은 부상을 입고 있었고, 그중에서도 삼살 호리파는 곧 쓰러져도 이상할 것이 없을 정도로 심한 부상이었다.

"이리로 오시오."

곰보사내가 돌연 방향을 틀었다.

"그쪽은 대뇌봉으로 올라가는 길이 아니오?"

"그렇소."

"죽을 자리를 찾자는 것이오?"

단중명의 얼굴이 와락 찌푸려졌다.

산 아래로 도망간다면 모르되, 오히려 산 위로 올라간다면 포위를 당해 이러지도 저러지도 못하고 꼼짝없이 갇힌 신세가 될 수도 있었다.

"산 아래에는 이미 적들의 병력이 깔려 있소."

"그게 무슨 소리요?"

"지금은 내 말을 믿어야 하오. 나는 당신들 때문에 목숨을 걸었소."

곰보사내가 눈을 빛내며 단중명을 바라보았다.

단중명은 쉽게 결정을 내리지 못했다. 곰보사내가 목숨을 구해준 것은 사실이지만, 그것 하나만으로 확인되지 않은 사실에 일행을 위험에 빠뜨릴 순 없었다.

"나는 저분을 믿습니다."

그 순간 나선 것은 연운비였다.

연운비는 곰보사내의 두 눈을 바라보았다. 지독할 정도로 못생긴 곰보사내였지만 그 눈빛만큼은 한없이 맑았다. 연운비는 저런 눈을 가지고 있는 사람을 알고 있었다.

바로 둘째 사제 무악이었다. 마치 거대한 곰을 연상케 하는 외모였지만 눈빛만큼은 누구보다 깨끗했다. 저런 눈을 가지고 있는 사람은 결코 거짓을 말하지 못했다.

"좋소. 연 형의 뜻에 따르겠소."

단중명은 일말의 머뭇거림도 없이 고개를 끄덕였다.

"고맙소."

곰보사내가 연운비를 향해 고개를 숙였다.

"아닙니다. 고개를 숙여야 할 사람은 저희입니다. 늦었지만 정말 감사합니다."

연운비는 깊숙이 허리를 숙였다.

곰보사내는 잠시 연운비를 바라보았다. 그렇게 두 사람의 눈은 깊은 신뢰의 빛을 띠며 서로를 바라보고 있었다.

"이럴 시간이 없습니다. 어서 가지시죠."

곰보사내가 먼저 몸을 날렸다.

"유 소저, 혼자 움직일 수 있겠습니까?"

"예, 가능할 것 같아요."

유사하가 고개를 끄덕였다.

지혈이 어느 정도 된 상태이고 동맥이 잘리지 않아 그렇게까지 큰 부상은 아니었다. 오히려 여기저기 상처를 입은 연운비의 부상이 더 심해

보였다.

"먼저 가십시오."

"연 소협?"

"제 걱정은 하지 않으셔도 됩니다. 제 한 몸 정도는 지킬 수 있습니다."

"하지만……."

"부탁입니다. 시간이 없습니다."

연운비는 간절한 표정으로 유사하를 바라보았다.

지금 이 시간에도 적들은 추격에 박차를 가하고 있었다. 그리 먼 거리도 아니었다. 너무나 선명히 적들의 발자국 소리가 들려오고 있었기에 마음이 조급했다.

"알겠어요. 그럼 이것 하나만 약속해 주세요. 반드시 살아 계시겠다고……."

"약속하겠습니다."

연운비는 유사하의 눈을 보며 대답했다.

"믿겠어요."

그 말을 끝으로 유사하는 몸을 날렸다. 그런 유사하의 뒷모습을 바라보던 연운비는 천천히 신형을 돌렸다.

'이것으로 모두의 목숨을 살릴 수 있다면…….'

연운비는 이를 악물었다. 철검이 그의 손에 쥐어졌다.

"오라. 내가 곤륜의 검이다!"

연운비의 입에서 사자후가 터져 나왔다.

"그 사람은 어떻게 되었소이까?"

곰보사내가 한편에서 달리고 있는 유사하에게 연운비의 모습이 보이지 않자 의아해하며 물었다.

"남았습니다."

"남다니 무슨 소리이오? 설마……?"

곰보사내의 눈썹이 와락 찌푸려졌다.

"바보 같은……."

곰보 사내는 탄식을 터뜨렸다. 이상한 낌새는 느꼈다고는 하지만, 설마 추격을 늦추기 위해 홀로 적들을 상대할 것이라고는 생각하지 못했다.

그 순간 멀리서 연운비의 사자후 소리가 들려왔다.

의기천추(義氣千秋)라!

어째서 모든 사람들이 연운비를 가리켜 그런 말을 하는 것인지 알 수 있었다.

도망치던 사람들의 눈에 이슬이 맺혔다.

이 자리에 있는 모든 사람이 죽는다 한들 살아남아야 할 사람은 오히려 연운비였다. 그것이 복수를 위해서도 나은 길이었다.

"차라리 이곳에서 당당하게 죽읍시다!"

막이랑이 치밀어 오르는 울분을 참지 못하고 소리쳤다.

"개죽음을 당할 생각이오?"

곰보사내가 이를 악물었다.

애초 나서지 않으려 했던 마음을 바꾸고 모습을 드러낸 것은 한 사내의 검법을 본 이후의 일이었다.

백 년 전 멸문당했다고 알려진 점창파(點蒼派).

곰보사내는 마지막 남은 점창의 무인이었다. 멸문당했다고 알려진 점창파는 이렇듯 일인단맥(一人單脈)으로 백여 년이라는 긴 시간을 이어오고 있었던 것이다.

사부에게 수없이 들었던 두 가지 검법. 그중 하나가 바로 연운비가 펼친 검법이었다. 펼치는 순간 그 기운을 느낄 수 있었고, 보는 순간 그 검법임을 확신했다.

팔황의 난 당시 다른 문파와는 다르게 점창파는 물러서지 않고 묘독문에 끝까지 맞서 싸웠다. 운남에 위치해 있던 대다수의 문파들이 사천이나 귀주로 물러났다는 점을 생각하면 무모한 일이었다. 당시 유일하게 점창파를 도왔던 문파가 곤륜과 아미였다.

만약 그 두 문파가 아니었다면 이렇듯 일인단맥으로나마 명맥을 유지해 오지도 못했을 일이었다.

"죽으려거든 당신들 혼자 죽으시오. 나는 이대로 계속 가겠소이다."

곰보사내는 멈추지 않고 계속 몸을 날렸다.

그로서도 연운비가 걱정되지 않는 것은 아니었지만, 목숨을 버릴 생각은 없었다. 백여 년 전의 빚은 이미 충분히 갚았다고 할 수 있었다.

"저분 말이 맞소. 우리가 남아 있는 것이 오히려 연 소협에게는 부담이 될 수 있소."

단중명이 곰보사내의 말에 동의했다.

"가요. 지금은 가야 해요. 그래야……."

유사하가 차마 말을 잇지 못하고 고개를 떨어뜨렸다. 마지막 순간 연운비의 표정이 아직까지 잊혀지지가 않았다. 아니, 오히려 그 모습을 보았기에 가자고 말을 꺼낼 수 있었는지도 몰랐다.

"그래요. 단 소문주의 말이 맞아요. 살아남아야 복수를 할 것이 아니겠어요?"

모두가 고개를 끄덕이며 몸을 날렸다. 그렇게 연운비와 일행 사이의 거리는 점점 벌어지고 있었다.

파파파팍!

발자국 소리가 가까워질수록 연운비의 마음에는 오히려 편안함이 깃들었다.

홀로 남은 것이 후회되지는 않았다.

스승님이 돌아가시고, 혼자라는 생각이 들었다. 하지만 우연치 않게 기련쌍괴를 만났고, 적지 않은 사람들을 만나 오랜 시간을 함께했다.

연운비는 호흡을 골랐다.

이십 장… 십 장… 적들이 다가오는 것이 확연하게 느껴졌다.

서걱!

거무튀튀한 철검이 흑의인 한 명의 목을 베었다.

연운비는 손속에 사정을 두지 않았다. 손속에 사정을 두어 한 사람이 살게 되면 그만큼 동료의 목숨이 위태로웠다.

"놈이다!"

"조심해라!"

앞서 가던 동료가 단 일 검을 받아내지 못하는 것을 본 흑의인들이 기겁을 하며 멈춰 섰다. 아무리 기습이었다고는 하지만, 살수 특유의 무공을 익히고 있는 그들이 연운비의 기척조차 잡아내지 못할 것이라고는 생각하지 못했다.

캉! 카카캉!

서너 명의 흑의인이 일시에 연운비에게 달려들었다. 하지만 밀리는 것은 오히려 그들이었다.

"컥……."

다시 한 명의 흑의인이 연운비의 손에 쓰러졌다.

일순간이었지만 흑의인들이 움찔거렸다. 멀리서 다수의 흑의인들이 달려오는 것을 본 연운비는 그 틈을 놓치지 않고 무작정 뒤로 몸을 날렸다. 일행이 간 곳과는 전혀 다른 방향이었다.

철퍽! 철퍼퍽!

신법을 펼치기가 여의치 않을 정도로 사방이 온통 물바다였다.

추격하는 입장에서는 흔적이 남지 않아 힘들 일이 되겠지만, 그것은 쫓기는 입장에서도 마찬가지였다. 빗줄기는 일 장 앞이 제대로 보이지 않을 정도로 굵어져 있었다.

"허윽……."

연운비는 한기가 엄습하는 것을 느끼고 한차례 몸을 떨었다.

상처가 난 곳이 욱신거렸다. 지혈을 했다지만 제시간에 치료하지 못한 결과였다. 그중에서도 야이목풍에게 당한 옆구리의 상처는 심각했다.

시야가 뿌옇게 흐려졌다.

과도한 출혈로 인한 결과였다. 상처를 치료해야 했다. 이대로라면 일각도 버티기 어려웠다.

연운비는 태청신공을 운기했다.

한기가 조금은 가시는 것이 느껴졌다. 그러다 보니 자연 신법의 속도가 떨어졌다. 더구나 길을 알지 못하니 제대로 가고 있는 것인지 구분이 가지 않았다. 비만 아니라면 어느 정도 윤곽은 볼 수 있을 터이지만, 산을 내려가고 있는 것인지 올라가고 있는 것인지조차도 파악이 되질 않았다.

'다른 사람들은 어떻게 되었을까…….'

연운비는 일행이 걱정되었다.

일행과 다른 방향을 선택했다고는 하지만, 추격자들이 자신만을 쫓아올 리가 없었다.

무엇보다 걱정되는 것은 흑발노인의 존재였다. 곤마 육단소보다 오히려 뛰어난 무공을 가지고 있음에도 일말의 망설임도 없이 기다렸다는 듯이 기회를 잡고 암습을 가했다.

다시 부딪친다 해도 자신이 없었다. 정상인 몸 상태에서라면 승산이 있을지도 모르겠지만, 그것도 일 대 일 비무일 때 이야기였지, 누군가와 합공을 한다면 필패의 싸움이었다. 그만큼 흑발노인의 무공은 상대하기가 까다로웠다.

"여기서부터 방향이 갈렸습니다."

흑의인 중 한 명이 연운비가 간 곳과 나머지 일행이 간 곳을 가리키며 말했다.

"추적은?"

"비 때문에 여의치가 않습니다."

"뭐라?"

천살대주가 얼굴을 와락 찌푸렸다.

"아, 아닙니다. 가능합니다."

놀란 흑의인이 급히 고개를 숙였다. 유령문의 규율이라고도 할 수 있겠지만, 상급자가 시킨 일을 완수해 내지 못한다면 돌아오는 것은 혹독한 처벌뿐이었다.

"이리로 간 자는 누구냐?"

"곤륜신검입니다."

"신검은 무슨. 알았다."

천살대주가 가보라는 듯 손을 내저었다.

"어떻게 하시겠습니까?"

"놈을 쫓는다."

야이목풍은 생각할 가치도 없다는 듯 말을 내뱉었다.

"다른 놈들도 쫓아야 하지 않겠습니까?"

"세 분께서 놈들을 맡아주시오."

"그렇게 하겠소."

곤마 육단소가 파리한 안색으로 고개를 끄덕였다.

마음 같아서는 연운비를 쫓아가 일장에 쳐죽이고 싶었지만, 지금 대세를 주관하는 것은 야이목풍이었다. 그것이 광마가 지시한 내용이었고, 야이목풍의 명령을 거부하는 것은 광마의 말을 거역하는 것과 같았다.

더구나 연운비에게 느끼는 일말의 두려운 감정도 있었다. 그것은 무공의 고하 여부가 아니라 말로는 표현하지 못할 기세였다.

"무혼대주는 어떻게 하시겠나?"

야이목풍이 갈중혁의 의견을 물었다.

삼마와는 다르게 갈중혁은 함부로 대할 수 없는 상대였다. 마곡의 무인이라는 것은 둘째치고, 산 아래를 포위하고 있는 무혼대를 지휘해야 할 사람이기도 하였다.

"당연히 놈들을 쫓아갈 생각입니다. 못다 한 승부는 내야겠지요."

갈중혁이 무뚝뚝한 표정으로 말했다.

무를 숭배하는 마곡의 무인답게 야이목풍을 보는 그의 시선은 곱지 않았다.

마곡의 무인들은 적어도 타인의 비무에는 그 누구도 관여하지 않았다. 그것은 그 무인을 모독하는 일일 뿐만 아니라, 자존심을 짓뭉개는 일이었다.

"편한 대로 하시게. 따로 병력을 편성하지는 않겠네. 세 분과 무혼대주, 무혼대 무인이라면 놈들을 충분히 상대하고도 남을 터이니."

"알겠습니다."

"다른 모든 놈들은 놓쳐도 좋다. 하지만 놈만큼은 반드시 죽여야 한다. 권왕을 죽이기 위해 지금껏 기다렸던 우리다. 놈을 죽이지 못한다면 문에서 혹독한 처벌이 있을 것이다."

야이목풍이 주위를 둘러보며 말했다.

흑의인들 모두가 한차례 몸을 떨었다. 혹독한 처벌이 무엇이라는 것쯤은 그들도 짐작하고 있었다. 그렇게 생사를 넘나드는 치열한 추격전이 시작되었다.

"모두 이리로 오시오."

곰보사내는 일행을 협곡 깊숙한 곳으로 이끌었다. 곰보사내는 몇 차례나 뒤를 바라보았다. 혹시나 흔적을 남겼을까 하는 우려에서였다. 만일 이토록 비가 오지 않았다면 이들을 구하기 위해 나서지도 않았을 터였다.

"걱정하지 마시오. 흔적은 어느 정도 지웠소. 나머지 흔적들은 이 비가 지워줄 것이오."

삼살 호리파가 흐릿한 눈빛으로 간신히 말했다.

정신을 잃지 않은 것이 신기할 정도로 호리파의 부상은 심했다. 요마 미염랑을 상대한 대가였다. 단옥령과 합공을 했음에도 우위를 점하지 못했을뿐더러 주위에 있던 흑의인 한 명의 기습으로 인해 큰 부상을 입었다.

한참을 더 가던 곰보사내는 절벽 틈 사이로 걸음을 옮겼다. 틈은 겨우 한 사람이 통과할 수 있을 정도로 비좁았다. 만약 둥철악같이 체구가 큰 사람이라면 통과할 수 없을 정도였다.

"막혀 있는 곳이질 않소?"

"와보시면 알게 되오."

곰보사내는 조심스럽게 한쪽 벽면을 밀었다.

그러자 놀라운 일이 일어났다. 막혀 있다고 생각한 곳에 하나의 길이 나타났다.

"들어오시오."

곰보사내는 주저없이 성큼 발을 내딛었다. 머뭇거리던 일행은 막이랑이 먼저 걸음을 옮기자 나머지 일행도 하나둘 안으로 들어갔다. 그렇게 일행 모두가 들어가자 '스르릉' 하는 소리와 함께 문이 닫혔다.

"이곳은 안전할 것이오."

"당신은 대체 누구요?"

곰보사내가 확신하는 태도로 말하자, 막이랑이 그간 궁금해하던 것을 물었다.

"말하지 않았소? 나는 점창파의 제자요."

"점창파는 멸문당했다고 들었소만?"

"누가 그런 소리를 하오?"

돌연 곰보사내가 무서운 눈빛으로 막이랑을 노려보았다.

"미안하오. 나도 다만 들은 소리였소."

막이랑이 이내 고개를 숙이며 사과의 말을 건넸다.

실제로 백여 년이라면 멸문당했다고 해도 과언이 아닌 세월이었지만, 어찌 되었거나 당사자가 있는 앞에서 꺼낼 말은 아니었다.

"하면 다른 문도들은……."

"없소. 나 혼자요."

곰보사내가 조금도 부끄럽지 않다는 당당한 태도로 말했다.

"본 문은 팔십여 년 전부터 일인전승으로 비전을 전해왔소. 내가 당금 점창파의 장문인인 조철산이오."

"무례를 용서하십시오."

막이랑이 정중히 포권을 취하며 말투를 바꾸었다.

나이 차이는 그리 많지 않다고는 하지만 상대는 일문의 문주였다. 배분을 떠나 응당 취해야 할 행동이었다.

"상관없소. 십 년이면 강산도 변한다 하였는데 백 년이 지났거늘……."

조철산이 침울한 표정으로 말했다.

비록 점창산 깊숙한 곳에 숨어 이렇듯 일인전승의 문파로 명맥을 이어가고 있다고는 하지만, 간혹 변장을 하고 인근 마을이나 현에 들어가 세상 소식도 듣고 있었기에 당금 강호무림에서 점창파를 기억하는 문파가 없다는 것을 잘 알고 있었다.

"몸은 어떤가?"

"괜찮습니다."

한편에서는 단중명이 수하들을 일일이 돌봐주고 있었다.

"이곳은 안전한가요?"

단옥령이 역시 부상당한 호리파를 돌봐주며 걱정되는 표정으로 물었다.

"당분간은."

"당분간이라면?"

"보다시피 나 혼자라면 모를까, 이 많은 인원이 먹을 식량이 없소. 그리고 내 말을 믿을지 모르겠지만, 대뇌봉 아래를 포위하고 있는 적들만 기십은 족히 되어 보였소. 대체 그들은 누구요? 만약 당신들 적 중 묘독문도가 섞여 있지 않았다면 나는 나서지 않았을 것이오."

"산 아래 있는 자들의 무공 수위는 어떻던가요?"

"당신은 아직 내 말에 대답하지 않았소."

"그들은 유령문의 살수들이에요. 마곡의 인물도 있구요."

"팔황……."

조철산은 침음성을 삼켰다.

짐작은 하고 있었다지만 그것이 사실로 밝혀지자 적지 않은 충격이었다.

"그들은… 흑의인들보다 오히려 강했소."

"강했다고요?"

단옥령이 이해하지 못하겠다는 표정으로 반문했다.

"그렇소."

"믿기 어렵군요. 그들만 하더라도……."

"당신들이 착각하는 것이 있소. 내가 본 흑의인들의 무공은 그다지 강하지 않았소, 당신들과는 비교조차 되지 않을 정도로. 한데 당신들은 너무나 쉽게 밀리더군."

"그게 무슨 소린가요?"

"말 그대로요. 그들은 당신들을 죽이기 위해 싸웠고, 당신들은 살아남기 위해 싸웠소. 그게 당신과 그들의 차이요. 심지어 상청무상검도를 사용했던 그 사람 역시 마찬가지더구려."

조철산의 말에 모두가 침묵을 지켰다.

확실히 흑의인들의 무공은 그렇게까지 강하지 않았다. 살기가 짙은 것이 특징이라면 특징이었고, 그것 이외에는 이렇다 할 점이 없었다. 한데도 이상하게 몸이 움츠러들었고, 그것이 결정적인 패인이 되었다.

"저… 연 소협은 무사하실까요?"

유사하가 조심스럽게 말을 꺼냈다.

"상청무상검도를 사용하는 사람을 말씀하는 것이오?"

"무슨 검법인지까지는……."

"쉽게 죽지는 않을 듯싶더이다. 그곳에 있던 사람들 중 그만이 진작부터 내 존재를 파악하고 있었으니까."

"그 말이 정말인가요?"

단옥령이 놀란 눈빛으로 물었다.

"그렇소. 내가 있는 방향으로 절대 등을 돌리지 않더이다."

조철산은 연운비를 떠올리며 생각에 잠겼다.

아무리 보아도 이립을 넘지 않은 나이, 그 나이에 그 정도의 무공을 익힌 자가 있을 것이라고는 생각해 본 적이 없었다.

그것은 하나의 커다란 충격이었다.

곤마 육단소의 무공만 하더라도 조철산으로서는 감당하기 버거운 상대였다. 응당 연운비가 패할 것이라 생각하고 있었지만, 결과는 정반대였다.

"문제는 이 비요. 비가 우리들의 목숨은 구해주었다지만, 그 사람에게는 가혹한 짐이 될 것이오."

"무슨 뜻인가요?"

"적들은 나만큼 점창산에 대해 알지 못하오. 하지만 적어도 그 사람보다는 산의 지리에 대해 잘 알고 있소."

"그런……."

"참고로 말하자면 그들은 몇 개월 전부터 이 근방에 머무르던 자들이오."

"몇 개월 전이라 하셨나요?"

"그렇소."

조철산이 단호하게 말했다.

"아……."

유사하의 입에서 탄식이 흘러나왔다.

조철산의 말이 사실이라면 연운비는 지금 지극히 위험한 상황에 처해 있었다.

"도, 도울 방법은 없나요?"

"불가하오. 이곳에서 나가는 즉시 적들은 우리의 존재를 눈치챌 것이오. 적어도 며칠이라도 이곳에서 숨죽은 듯이 지내야 하오."

모두가 침묵에 잠겼다.

그들이 해줄 수 있는 것은 오직 한 가지뿐, 그것은 연운비가 무사하기를 마음속으로 기원하는 것이었다.

『검선지로』 4권에 계속…